AF236220

NORDLICHTLIEBE

ISLAND UND ANDERE BESCHERUNGEN

KARIN LINDBERG

KARIN LINDBERG

Impressum
Lektorat: Dorothea Kenneweg
Korrektorat: SKS Heinen
Covergestaltung: Casandra Krammer - www.casandrakrammer.de
Covermotiv: © Shutterstock.com
Copyright © Karin Lindberg 2019
www.karinlindberg.info
Facebook
Karin Baldvinsson
Am Petersberg 6a
21407 Deutsch Evern

Alle Rechte vorbehalten.
Jede Verwertung oder Vervielfältigung dieses Buches – auch auszugsweise – sowie die Übersetzung dieses Werkes ist nur mit schriftlicher Genehmigung der Autorin gestattet. Handlungen und Personen im Roman sind frei erfunden. Ähnlichkeiten mit lebenden oder verstorbenen Personen sind rein zufällig und nicht beabsichtigt.

Herstellung und Druck über tolino media GmbH & Co. KG, Albrechtstr. 14, 80636 München. Printed in Germany. Fragen zu Produktsicherheit an: gpsr@tolino.media.

VORWORT

Liebe Leserin, lieber Leser,

weder im Isländischen noch im Englischen gibt es das
förmliche ›Sie‹, ich habe daher in meinem Roman komplett
darauf verzichtet, da die Dialoge sonst nicht authentisch
wären. Man spricht sich auf Island grundsätzlich mit dem
Vornamen an, da die Nachnamen sich darauf beziehen,
wessen Kind man ist, und nicht in der gleichen Form wie bei
uns existieren. Auf Island sind die Telefonbücher nach
Vornamen sortiert. Die Vornamen der Väter (meistens, nicht
immer) bekommen den Zusatz ›-son‹ (für Sohn) oder ›-dóttir‹
(für Tochter) und bilden damit den ›Nachnamen‹.

Und nun wünsche ich Euch viel Freude mit der
Geschichte. Ich hoffe, Ihr habt genauso viel Spaß beim
Lesen wie ich beim Schreiben.

Alles Liebe
Karin Lindberg

KAPITEL 1

*O*bjektiv gesehen war ihre Lage vielleicht gar nicht so ausweglos, wie sie sich anfühlte. Also alles nur Ansichtssache. Höchstwahrscheinlich musste sie die Ereignisse der letzten Tage nur aus einer anderen Perspektive betrachten. Immerhin, es hatte keinen Amokläufer gegeben, keinen Atomunfall und auch keine Naturkatastrophe. Niemand war gestorben.

Außer sie selbst zu einem kleinen Teil vielleicht, aber das interessierte keinen. Nicht die Presse – die schon gar nicht –, nicht ihre Eltern und auch nicht ihre Schwester.

Alexandra schloss die Lider, riss sie aber sofort wieder auf, als die Bilder der Hochzeitsfeier vor ihrem inneren Auge auftauchten. Wenn sie eins nicht wollte, dann an diesen grauenhaften Tag erinnert zu werden. Dabei war er anfangs ganz schön gewesen, ihre Schwester hatte in dem mit Spitzen besetzten Kleid großartig ausgesehen, die Haare zu einer kunstvollen Frisur gesteckt, der Teint strahlend, der Bräutigam – ein Arschgesicht.

Sie atmete tief durch und schaute aus dem Fenster, unter

1

ihr nur Wolken, in ihren Ohren knackte es. In wenigen Minuten würden sie in Keflavík landen. Viel hatte sie von der Insel aus der Luft noch nicht gesehen, aber das würde sie vom Boden aus nachholen. Das Reiseziel hatte sie nicht nach den üblichen Kriterien ausgesucht, sondern danach, wo die Paparazzi sie nicht vermuten würden. Die hatten sicher ihre Lager auf Mallorca und sonst wo aufgeschlagen, und Alex war zuvor noch nie auf Island gewesen, deswegen war Island perfekt. Das hoffte sie zumindest.

Hauptsache raus, hatte Alex gedacht und den nächstbesten Flug gebucht, der sie aus Hamburg wegbrachte. Normalerweise war Flucht nicht ihre erste Wahl, aber in diesem speziellen Fall war ihr nichts anderes übrig geblieben. Sie brauchte Zeit zum Nachdenken, und ihre Familie brauchte Zeit, um sich abzuregen. Dabei war es nicht einmal ihre Schuld gewesen, dass die Hochzeitsfeier in einem Desaster geendet hatte. Die Enttäuschung saß tief, dass ihr niemand glaubte, vielleicht war das auch der eigentliche Grund, warum sie abgehauen war. Als ob sie am Tag der Hochzeit mit dem Mann ihrer Schwester herummachen würde. Es war erschreckend, dass ihr überhaupt irgendjemand einen derartigen Fehltritt zutraute. Die Paparazzi, die Presse – das hätte sie alles ausgehalten, wenn ihr die wichtigsten Menschen nicht auch noch in den Rücken gefallen wären. Sie brauchte Abstand von allem und allen.

»Du musst dich wieder anschnallen«, riss eine weibliche Stimme sie auf Englisch aus ihren trüben Gedanken. Die Stewardess der Icelandair lächelte.

Alex kam der Aufforderung nach und schob ihre Tasche unter den Sitz ihres Vordermanns, der Platz neben ihr war frei geblieben, die Saga Class war nicht voll besetzt.

Die hübsche Blondine in Uniform setzte ihren Weg durch die Reihen fort. Überall wurden Zeitungen zusammengefaltet, Computer weggepackt und Tische nach oben geklappt. Eine andere Flugbegleiterin lief mit einer Plastiktüte und einem Wägelchen durch den Gang und sammelte Müll und Geschirr ein. Alex war zum ersten Mal wirklich froh gewesen, dass man sich an Bord der Maschine einen W-LAN-Zugang hatte kaufen können. So hatte sie auf dem dreistündigen Flug einen Mietwagen und die Unterkunft für drei Wochen gebucht, was sie von zu Hause aus nicht mehr geschafft hatte. Sie hatte andere Sorgen gehabt. Auf der Flucht dachte man zunächst nicht daran, wo man schlafen sollte und wie man dorthin kam. Jetzt konnte sie ein bisschen klarer denken, trotzdem fühlte sich alles noch irreal an. Sie wünschte sich so sehr aufzuwachen, damit dieser Alptraum aufhörte. Aber kein Blinzeln, kein Zwicken half. Es war die bittere Realität, der sie zu entkommen versuchte.

Und in drei Wochen war auch noch Weihnachten! Alex war zwar nicht unbedingt eine der Frauen, die sich in die besinnliche Zeit stürzten, das ganze Haus dekorierten und Tonnen von Keksen backten, aber an Heilig Abend hatte sie bisher immer mit ihrer Familie gefeiert. Jetzt fragte sie sich, ob sie noch willkommen war – ob sie überhaupt bei den Menschen sein wollte, die sie eine Lügnerin nannten. Die Scham brannte tief in ihrem Bauch, und ein Loch klaffte in ihrem Herzen. Sie war vor der ganzen Hochzeitsgesellschaft bloßgestellt worden, obwohl es nicht ihr Fehler gewesen war. Nie hätte sie geglaubt, dass sie einmal in so einer Situation landen würde. Natürlich nicht, es war einfach zu absurd, immerhin war Leopold ihr Schwager!

Es ruckelte – das Flugzeug war offenbar durch ein Luftloch geflogen –, dann durchbrachen sie die Wolkendecke, und Alexandras Aufmerksamkeit wurde auf die Landschaft unter ihnen gelenkt. Sie sah das dunkle Meer, die schwarzen Felsen und die moosüberzogenen Lavafelder. Den Flughafen konnte sie schon entdecken, sehr viel mehr war da nicht an Zivilisation zu erkennen. Es war erst kurz nach zwei und dämmerte bereits, viel Tageslicht würde sie hier also nicht abbekommen, aber das war ihr egal. Eigentlich fühlte es sich sogar ganz gut an, sie mochte die Dunkelheit, die Sterne, die Ruhe der Nacht. Sich jetzt an einen Strand zu legen und sich die Sonne auf den Pelz brennen zu lassen, würde ihr falsch vorkommen. Hier war sie richtig. Außerdem hatte sie ihre Kamera im Gepäck, sie hoffte darauf, zum ersten Mal in ihrem Leben die berühmten Nordlichter in natura entdecken zu können. Heute aber vermutlich nicht, denn es hatte gerade angefangen zu schneien, man sah plötzlich gar nichts mehr.

Wahnsinn, dachte sie und hielt sich an den Armlehnen fest, als das Flugzeug leicht ins Wanken geriet – vermutlich eine Windbö. Nun ja, was sollte man erwarten, sie befand sich quasi auf dem Polarkreis, natürlich wehte hier keine luftige Sommerbrise. Alex schluckte und atmete erleichtert auf, als die Maschine kurz darauf sicher auf dem Boden aufsetzte und der Pilot sofort in die Eisen stieg. Sie wurde nach vorne geschleudert und hätte sich um ein Haar die Stirn am Vordersitz angeschlagen.

»Mein Gott«, japste sie und wischte sich ihre feuchten Hände an der Jeans ab.

Etwas später war sie auf dem Weg zum Schalter der Mietwagenfirma, ihre Absätze hallten auf dem glatten Boden der Ankunftshalle wider. Es herrschte reges Treiben am Flughafen, die Isländer stürmten in den Duty Free Shop, schleppten Unmengen Süßigkeiten, Spirituosen, Wein und Bier aus dem Laden und schoben ihre Beute auf Einkaufswagen zusammen mit ihrem Gepäck nach draußen.

Als ob es bald nichts mehr geben würde, dachte sie amüsiert. Alex hielt nichts von Hamsterkäufen, und auf Schleppen hatte sie auch keine Lust. Die ersten Nächte würde sie in Reykjavík verbringen, ein bisschen Sightseeing machen, ehe sie in den Norden weiterfuhr, von wo aus man – laut Internet zumindest – derzeit die größte Chance hatte, die beeindruckendsten Nordlichter zu erleben. Außerdem wohnte ihre Freundin Erla auch in Akureyri. Selbst wenn sie also keine Polarlichter zu Gesicht bekommen sollte, so würde sie zumindest ihre Studienkollegin wiedersehen. Zum ersten Mal seit achtundvierzig Stunden keimte so etwas wie Zuversicht in Alex auf, und ihre angespannten Schultern sanken ein wenig herab.

Der Schock saß allerdings noch immer tief, dass ihre Familie sie für schuldig hielt, obwohl sie das Gegenteil beteuert hatte. Sie war zum Sündenbock geworden, das musste sie erst mal verdauen, und doch, sie fühlte sich etwas leichter, während sie ihren Koffer hinter sich herzog.

Dieser Tag konnte nicht noch beschissener werden. Zum wiederholten Mal schaute Andrés auf die Uhr, davon blieb die Zeit leider auch nicht stehen. Erneut wählte er die Nummer der *Flugfélag Íslands*. Nachdem er den üblichen Gruß abgewartet hatte, erkundigte er sich, ob es noch einen Flug nach Akureyri gab.

»Tut mir leid, der Betrieb ist vorläufig eingestellt, das Wetter …«

»Verdammt«, stieß er hervor.

»Ich kann dir leider nicht sagen, ob wir morgen wieder fliegen.«

»Gibt es noch was von Keflavík aus?«

Es dauerte einige Sekunden, bis er eine Antwort erhielt.

»Die letzte Maschine ist vor zehn Minuten gestartet.«

»Scheiße.«

»Kann ich sonst noch was für dich tun?«

»Nein, vielen Dank.« Er legte auf und unterdrückte einen derben Fluch.

Natürlich konnte er nichts dafür, dennoch war er sich sicher, dass weder Svala noch Hildur das so sehen würden, wenn er ihnen mitteilte, dass er die Geburtstagsfeier nicht erreichen würde.

Eine Hoffnung hatte er noch, obwohl er trotzdem zu spät zur Party kommen würde, aber so würde er es immerhin überhaupt noch schaffen. Besser spät als gar nicht … Er beschleunigte seine Schritte und steuerte geradewegs auf den Schalter der Mietwagenfirma *Bílaleiga Akureyrar* zu. Es stand eine Frau vor ihm, die hektisch in ihrer überdimensionierten Handtasche wühlte. Mein Gott, das Ding war riesig! Darin konnte sie eine Leiche verstecken. Er würde nie verstehen, was Frauen alles mit sich herumschleppten. Andrés ließ seinen Blick über ihren Körper gleiten. Ihre schlanken Beine steckten in einer Designerjeans, an den Füßen trug sie hohe Wildlederstiefel mit schmalen Absätzen. Statt einer Jacke hatte sie nur ein dünnes Seidenblüschen mit buntem Blütendruck an. Er konnte sich ein Schmunzeln nicht verkneifen, ob ihr wohl klar war, dass sie auf Island und nicht auf den Kanaren gelandet war? Ihm konnte es ja egal sein, wenn sie sich den wohlgeformten Hintern abfror. Er räusperte sich dezent und trat hinter sie. Sie zückte gerade eine Kreditkarte aus einem – wie sollte es anders sein – überdimensionierten Portemonnaie und schob diese über den Tresen.

»Entschuldigung«, sagte Andrés auf Englisch, da die Frau vor ihm garantiert eine Touristin war. »Ich habe es wirklich furchtbar eilig, könnte ich vielleicht vor?«

Sie wandte sich ihm zu, und er war überrascht, als er in ihre riesigen, rehbraunen Augen schaute, die ihn verwirrt anblinzelten. »Bitte?«

»Ich habe einen ganz dringenden Termin, und ich bin sehr in Eile«, erklärte er.

»Ja, tut mir leid, bei mir ist es auch dringend«, erwiderte sie knapp und wandte sich ab.

»Hey Sturlaugur, kannst du mir schnell helfen«, sagte Andrés auf Isländisch zum Mitarbeiter hinter der Scheibe, den er zufällig kannte, weil er keine Zeit vergeuden wollte. »Ich hab' echt ein Problem.«

»Ach, Andrés, hallo, wie geht's?«

»Ja, ja, sehr gut. Hast du noch einen Geländewagen für mich? Muss in den Norden, Flüge gehen ja keine mehr.«

»Tut mir leid, die junge Frau hier hat sich eben den letzten gesichert.« Er zuckte mit den Schultern.

Andrés unterdrückte einen Fluch. »Holtavörðuheiði werden sie bei dem Wetter ganz sicher bald dichtmachen, ich muss zusehen, dass ich noch über den Pass komme, Flüge gehen schon keine mehr, es ist echt dringend.«

»Na hör mal«, mischte sich Miss Seidenblüschen auf Englisch ein. »Kannst du nicht warten, bis du dran bist?«

»Es ist wirklich wichtig«, betonte Andrés noch einmal in Richtung Sturlaugur. »Und wenn ich jetzt gleich losfahre, schaffe ich es vielleicht noch.«

»Das musst du dann mit der Dame ausmachen, ich kann ihr das Auto schließlich nicht einfach wieder wegnehmen.« Er verzog entschuldigend das Gesicht.

Andrés hatte so eine dumpfe Vorahnung, dass das mit der Frau vor ihm nicht einfach werden würde. Obwohl sie so zart und verletzlich wirkte, zeigten schon alleine ihr Kleidungsstil und die Aufmachung, dass sie keine Person war, die vornehme Zurückhaltung übte und anderen den Vortritt ließ. »Du würdest mir echt einen riesigen Gefallen tun, wenn ich den Geländewagen haben könnte«, wandte er sich mit einem hoffentlich freundlichen Lächeln an sie.

Sie schnappte nach Luft. »Ich habe den bestellt und bezahlt, womit soll ich dann fahren?«

»Wo möchtest du denn hin? Ich könnte dich ja hinbringen«, schlug er vor. Wenn er Glück hatte, musste sie nur nach Reykjavík. Dort kam er ohnehin vorbei auf dem Weg nach Nordisland.

»Nein, wirklich nicht. Stell dich bitte wieder hinten an, ich bin dran. Das ist ja unerhört, kannst du nicht einfach warten, bis ich hier fertig bin?«

Andrés hob eine Augenbraue. »Das ist der letzte Geländewagen, verstehst du nicht? Für mich ist das wirklich wichtig. Ich brauche ein Auto!«

Sie wirbelte noch einmal herum, ihre Augen funkelten. »Warum glaubt ihr Männer eigentlich immer, dass ihr das Zentrum des Lebens darstellt? Ich habe Nein gesagt, ist das so schwer zu verstehen? Und wenn es der letzte ist, hast du eben Pech gehabt, ich habe den Wagen nicht umsonst reserviert.«

»Können wir uns nicht irgendwie einigen?«

»Himmel Herrgott noch mal, nein! Ich möchte jetzt einfach diese Schlüssel nehmen, meinen Mietwagen abholen und losfahren.« Sie atmete genervt aus, und er konnte sie ein bisschen verstehen. Gleichzeitig schwand seine Hoffnung, doch noch rechtzeitig nach Akureyri zu kommen.

»Aber das geht nicht … Ich muss –«, stammelte er.

Sie fiel ihm ins Wort. »Ich muss … Was sind das denn für Manieren? *Ich* muss jetzt los.«

Sie nahm den Schlüssel entgegen, dann griff sie ihr Gepäck und stöckelte davon.

»Hey, warte«, rief er und folgte ihr.

»Was soll das werden?« Sie bedachte ihn mit einem abschätzigen Blick.

»Bitte, ich würde nicht fragen, wenn es nicht wichtig

wäre.« Er versuchte ruhig und höflich zu bleiben, auch wenn es in ihm ganz anders aussah.

»Ich bin nicht die Wohlfahrt, es wäre nett, wenn du mich jetzt in Ruhe lassen würdest. Du weißt auch nicht, was ich gerade alles hinter mir habe. Das Letzte, was ich jetzt gebrauchen kann, ist ein Mann, der mich bedrängt, ich solle ihm mein Auto überlassen. Das ich reserviert habe, wohlgemerkt.«

Nicht die Wohlfahrt? Was glaubte sie denn? Dass er ein Penner war, der sie anschnorren wollte? Unmut machte sich in ihm breit, den er herunterschluckte. Ja, vermutlich sah er ein bisschen mitgenommen aus, was aber kein Grund war, sich so aufzuführen. Er hatte die letzten zwei Tage am Flughafen in Oslo verbracht. Die Gewerkschaft hatte zu Streiks aufgerufen, es war drunter und drüber gegangen, geschlafen hatte er wenig bis gar nicht. Nichts davon war seine Schuld. Er hasste Menschen, die andere von oben herab behandelten. »Du glaubst wohl, du bist was Besseres, hm?«

Sie zögerte. »Was soll das denn jetzt?«

»Guckst mich so überheblich an.«

»Wenn du mich nicht augenblicklich in Ruhe lässt, fange ich an zu schreien. Wo sind wir denn hier, dass du mich so schräg von der Seite anmachst?«

Er wusste, dass sie recht hatte, gleichzeitig war sein Geduldsfaden mittlerweile so dünn, dass er Mühe hatte, gelassen zu bleiben. »Ich zahle dir das Doppelte«, bot er an, weil ihm nichts Besseres einfiel.

Sie lachte nur spitz. »Glaub mir, wenn ich eins nicht brauche, dann ist es Geld.«

Er schnaubte kaum hörbar. Ja, das sah man ihr an. Dumm von ihm. »Was kann ich denn tun, damit ich das Auto kriege?«

»Du? Gar nichts. Und jetzt wäre es nett, wenn du mich

wirklich in Ruhe lassen würdest, ich möchte weiter. Ist das so schwer zu verstehen? Mein Gott!«

»Klar, Frauen wie du …«

Sie erstarrte. »Frauen wie ich?« Ihre Stimme klang unnatürlich hoch, ihre Lider flatterten.

Und dann geschah etwas sehr Merkwürdiges. Ihre rehbraunen Augen füllten sich mit Tränen, sie schimmerten wie tiefe Seen, und ihre Unterlippe zitterte.

Ach du Schande, dachte er. Jetzt kamen die Krokodilstränen, vor solchen Herzchen nahm er sich lieber in Acht. Er hatte sie doch nur ganz höflich gefragt …

»Du hast keine Ahnung, wer ich bin«, stieß sie hervor. »Was gibt dir, verdammt noch mal, das Recht, mich erst zu belästigen und dann zu beleidigen?«

Andrés trat schuldbewusst von einem Fuß auf den anderen. Es stimmte im Grunde, was sie sagte, aber war ihre Reaktion darauf nicht doch ein wenig übertrieben? »So schlimm war es ja wohl nicht.«

Sie schluckte, dann ging sie wortlos davon. Andrés folgte ihr nicht, er hatte endlich begriffen, dass es ein aussichtsloses Unterfangen war, sie überreden zu wollen. Seine Chancen, die Feier noch rechtzeitig – oder überhaupt – zu erreichen, verloren sich im regen Schneetreiben, in dem immer wieder heftige Böen an die Scheiben des Flughafengebäudes klatschten.

KAPITEL 2

$\mathcal{A}$lex stand im Reykjavík Grand Hotel und starrte auf die auf dem Bett ausgebreiteten Klamotten. Zum wiederholten Mal fragte sie sich, was sie sich beim Kofferpacken eigentlich gedacht hatte. Es war wirklich alles dabei – was sie hier *nicht* gebrauchen konnte. Seidenblusen, Leggins, Kleider, dünne Strumpfhosen, High Heels, Schmuck …

Was fehlte: Winterjacke, Mütze, Schal, Handschuhe, festes Schuhwerk, Wollpullover, dicke Socken …

»Gott, ich bin so blöd.« Sie rieb sich die Stirn, dann entschied sie, dass die Reise nicht an ihrem mangelnden Vermögen, zu packen, scheitern sollte. Sie hatte zu Hause in Hamburg andere Sorgen gehabt –, die hatte sie immer noch. Aber Alex war noch nie ein Mensch gewesen, der lange mit sich haderte. Deswegen entschied sie sich, etwas gegen diesen Zustand zu tun. Sie schnappte sich ihre Handtasche, zog sich die viel zu dünne Jacke über und verließ ihr Hotelzimmer. Auf dem Weg zum Parkplatz nahm sie sich einen Augenblick, um die wunderschönen Glasarbeiten in den hohen

Fenstern der Hotellobby zu bewundern, die einige der wichtigsten isländischen Sagas zeigten.

Eine Viertelstunde später stieg sie aus einem Taxi, das sie zum *Laugavegur*, der größten Einkaufsstraße im Zentrum der Hauptstadt, gebracht hatte. Wenn man den Online-Reiseführern glauben mochte, so fand hier das gesellschaftliche Leben statt – tags wie nachts. Sie schaute sich um und war überrascht, dass auf den Gehwegen kein Schnee lag, wie sonst überall. Und dann erinnerte sie sich, ja klar, sie hatte gelesen, dass die Isländer die Gehwege beheizten.

»Witzig«, murmelte sie und schlang die Arme um ihren Oberkörper, denn die Wärme kam leider nicht bei ihr an. Eine Bar reihte sich an die andere, interessante Modegeschäfte und Touristenläden gaben durch das Schaufenster einen kleinen Vorgeschmack auf das Angebot. Sie ging ein paar Meter, bis sie an einen Laden kam, der aussah, als ob man dort eine vernünftige Jacke – ihr dringendstes Problem – finden konnte. »66 North«, las sie von einem Schild, im Schaufenster standen zwei Modepuppen, eine trug gelbes Ölzeug, die andere einen robust wirkenden Parka mit Kunstpelzkragen. Auch wenn sie den Slogan, der aufs Fenster gepappt war, nicht verstand, konnte sie sich doch zusammenreimen, dass die beiden Plastikfreunde zeigen sollten, wo das Unternehmen herkam, aus dem Bereich der Funktionskleidung für Fischer. Irgendwie cool, dann drückte sie die Tür auf und ging hinein. Hinter der Kasse standen zwei junge Mädchen, die sich auf Isländisch unterhielten. Als sie Alex entdeckten, grüßten sie sie mit einem »Góðan daginn, can we help you?«

Ja, anscheinend war es offensichtlich, dass sie nicht von hier war. Alex antwortete auf Englisch. »Danke, ich schaue mich erst mal um.«

»Du lässt uns einfach wissen, wenn du etwas brauchst«,

gab eine der beiden zurück. Alex nickte lächelnd und ging durch den Laden hinüber zu den Frauensachen. Sie stöberte durch die Fleece- und Wollpullover, bis sie zu den Anoraks kam. Isländer setzten offenbar auf klares Design ohne viel Schnörkel. Sie nahm einen Bügel und suchte nach ihrer Größe, die Jacke war schwarz und ziemlich schwer. Sie schlüpfte hinein und fühlte sich sofort geborgen und eingekuschelt. Das Ding war gekauft! Sie brachte sie zur Kasse, suchte dann noch ein paar Kleinigkeiten – Mütze, Handschuhe, eine lange Wolljacke, die bis über den Hintern reichte, und dicke Socken. Nachdem sie bezahlt hatte – den Anorak zog sie direkt an –, ging sie nach draußen und atmete tief durch. Sie schloss für eine Sekunde die Augen und genoss das heimelige Gefühl, das sich in ihr ausbreitete. Wenn man nicht fror, sah die Welt gleich ganz anders aus. Sie stöberte hier und da in den Läden, trank einen Kaffee und gönnte sich ein Stück süßen Kuchen. Isländer mochten es offenbar gern zuckrig und klebrig. Nachdem sie sich noch ein paar Kleinigkeiten – ein Kleid, ein Paar robuste Stiefel, Wanderschuhe und ein paar Bücher – gekauft hatte, fuhr sie zurück zum Hotel und ließ sich erst mal im hauseigenen Spa verwöhnen.

Am nächsten Tag schaute sie sich die Stadt an, spazierte am Ufer entlang, ging hinauf zur berühmten Hallgrímskirkja, kletterte in den Turm und fotografierte die großartige Aussicht aufs Meer, ehe sie zu Mittag aß und sich dann auf den Weg zu ihrem Auto machte. Ihr Handy brummte, sie vermutete, dass es nur wieder irgendwelche Journalisten waren, die sie ausfragen und demütigen wollten. Daher nahm sie nicht gleich ab, sondern schaute erst aufs Display. Sie war überrascht, dass es ihre Mutter war, die anrief.

»Hallo?«, beantwortete sie.

Vielleicht hatten ihre Eltern ja endlich eingesehen, dass sie zu hart mit ihr ins Gericht gegangen waren.

»Alexandra?«

Sie hob eine Augenbraue, wer sollte denn sonst an ihr Handy gehen? »Ja, Mama. Was gibt's?«

»Wo steckst du?«

»Ich bin ein paar Tage verreist, ich dachte, dass sich die Gemüter dann etwas abkühlen würden.«

Gundula Schäfer stieß die Luft aus, ehe sie fortfuhr. »Ich bin doch ein bisschen erstaunt«, sagte sie, und Alex' Hoffnungen lösten sich in Rauch auf. »Du hast allen Ernstes die Kaltschnäuzigkeit, in den *Urlaub* zu fahren und es dir gutgehen zu lassen?«

»Na, ganz so ist es ja nicht. Du hast ja selbst gesehen, was die Presse über mich schreibt. Vor meiner Wohnung haben die Paparazzi ihr Lager aufgeschlagen – ich wollte einfach weg aus der Schusslinie.«

»Ja, das trifft sich wohl gut, hm?«

»Mama, was soll das?«

»Besonders leid scheint es dir ja nicht zu tun.«

»Das ist nicht fair. Du hast keine Ahnung, wie ich mich fühle.«

»Weißt du, was ich nicht fair finde?« Ihre Mutter ließ ihr keine Zeit, zu antworten. »Ich finde nicht fair, dass du dich erst aufführst wie ein Flittchen und dich dann auf und davon machst. Du scheinst jedenfalls nicht vergessen zu haben, wie man die Firmenkreditkarte benutzt.«

Ach, daher wehte der Wind. In Alex' Bauch hatte sich ein dicker Klumpen gebildet. »Ich bin überstürzt abgereist, du weißt selbst, wie unmöglich die Lage war. Ich regle das, wenn ich zurück bin, keine Sorge.«

Ihre Mutter lachte humorlos. »Du nimmst es mal wieder zu leicht. Wie immer.«

Mal wieder? Wie immer? Ja, das war klar. Nur, weil sie nicht wie ihre ›fehlerfreie‹ Schwester war, wurde sie immer wie das schwarze Schaf behandelt, das alles, aber auch wirklich alles falsch machte. Da war die Sache mit Leopold nur noch ein weiterer Punkt auf der langen Liste ihrer Verfehlungen. Plötzlich fühlte sie sich sehr müde und allein.

»Nein, Mama, ich glaube nicht, dass du das über mich sagen kannst. Ich habe euch mehrfach erklärt, wie die Situation zustande kam. Wenn man jemandem etwas vorwerfen sollte, dann Leopold.«

»Jetzt hör aber auf mit diesen Lügen, Alex! Steh doch einmal dazu, dass du Mist gebaut hast. Wenn du dich entschuldigen würdest, könnte man die Sache vielleicht aus der Welt schaffen.«

»Ich werde mich nicht dafür entschuldigen, ich habe nichts Falsches getan. Hast du dich schon mal gefragt, wie er in diesen Raum kam? Nein? Eben.« Der einzige Fehler, den sie vielleicht begangen hatte, war, zu viel zu trinken. Aber seit wann war es verboten, bei einer Feier betrunken zu sein? Nein, hier ging es um etwas ganz anderes, und damit waren sie direkt beim Thema. Ihre eigene Mutter bezeichnete sie als Flittchen und Lügnerin. Sie hatte genug davon, sich das anzuhören.

»Ich erwarte von dir –«, fuhr diese derweil fort.

Alex unterbrach sie. »Lass das doch. Ich lege jetzt auf, Mama.«

»Wenn du das machst, sperre ich dir die Kreditkarte, wirst du schon sehen, wie weit du damit kommst.«

»Das ist nicht dein Ernst. Willst du mich etwa behandeln wie ein Kleinkind?«

»Wenn du dich wie eins aufführst?«

Alex schnappte nach Luft. Sie konnte nicht fassen, was hier gerade passierte. »Es ist eine Firmenkreditkarte, Mama.

Ich bin dort angestellt, und bisher war es auch kein Problem.«

»Du bist im Urlaub, und du benutzt die Karte für private Zwecke.«

Unglaublich, das war einfach unglaublich. Sie arbeitete jetzt seit vier Jahren in der Marketingabteilung des familieneigenen Kosmetikkonzerns, gab ihr Bestes, und doch war das – im Vergleich zu den Leistungen ihrer Schwester, die die Firma *Niderma* irgendwann leiten würde – doch nie genug. Alex hatte sich damit abgefunden, dass eben nur eine Tochter den Ansprüchen der Eltern genügen konnte. Aber dass sie diese verdammte Kreditkarte als Druckmittel gegen sie verwenden wollten, war zu viel. Bislang hatte sie das Ding immer benutzt, wenn sie unterwegs gewesen war, und nachher mit der Buchhaltung abgerechnet. Es war nie zu Unstimmigkeiten gekommen. Dass ihre Mutter jetzt diesen Trumpf zog, war nur eine weitere Schikane, die Alex sich nach allem nicht mehr bieten lassen wollte. »Tu, was du nicht lassen kannst«, gab sie knapp zurück, während sie Mühe hatte, ruhig zu bleiben. Dann legte sie auf, ehe sie noch etwas sagte, das sie später bereuen würde.

Ihr Herz hämmerte hart gegen ihren Brustkorb, und ihr war übel. Speiübel. An einem Geldautomaten hob sie das Tageslimit an Bargeld ab – man konnte nie wissen, ob ihre Mutter ihre absurden Drohungen wahrmachte. Es war einfach unfassbar!

Hastig tippte sie eine SMS an ihre Schwester Vanessa, in der sie sie erneut darum bat, sie bitte zurückzurufen, weil sie ihr alles noch einmal erklären wollte. Sie hatte in den vergangenen Tagen mehrfach versucht sie zu erreichen, aber Vanessa ignorierte sie.

Wirre Gedanken kreisten in Alex' Kopf, während sie etwas später zum Mietwagen stapfte und losfuhr. Sie war so wütend und fand doch kein Ventil, also drehte sie die Musik voll auf. Autobahnen gab es auf Island keine, der Weg nach Akureyri, der Hauptstadt des Nordens, schien auch nicht weiter kompliziert zu sein. Man sollte sich immer auf der Straße 1 halten, und in etwa fünf Stunden wäre man da, hatte die Frau an der Hotelrezeption gesagt. Gut, das würde sie tun, und irgendwo auf dem Weg würde sie ihre ehemalige Kommilitonin Erla anrufen, die nach dem Studium zurück nach Island gegangen war und eine Familie gegründet hatte. Erla hatte sie immer wieder eingeladen, sie zu besuchen, aber bislang hatte es nie geklappt. Nun war sie da, und Alex freute sich, ihre alte Freundin bald wiederzusehen. Alex hatte sich eine Ferienwohnung übers Internet gebucht, aber nur, weil Erla mittlerweile Mann und zwei Kinder hatte – sie wollte der Familie weder auf den Geist gehen, noch umgekehrt.

Es ging über Berge und durch tiefe Täler, sie fuhr über Flüsse und kam an dunklen, teilweise zugefrorenen Seen vorbei. Die Landschaft wirkte gespenstisch still, es war für Alex kaum vorstellbar, dass hier ein paar Tiere überwintern konnten. Dort, wo nur wenig Schnee lag, ragten schwarze Felsen und Lavagesteine in die Höhe. Selbst einfache Pflanzen mussten es in dieser rauen Natur schwer haben. Nach zwei Stunden fing es an zu schneien, es war mittlerweile dunkel geworden. Daran, dass man nur ein kurzes Zeitfenster mit Tageslicht hatte, musste sie sich wirklich erst gewöhnen. Andererseits, so richtig hell wurde es in Hamburg zu der Jahreszeit auch nicht. Alles war besser, als zu Hause zu sein, wo alle gegen sie waren, erinnerte sie sich und konzentrierte sich wieder aufs Fahren.

. . .

er Winter hatte noch nicht mal richtig angefangen, und schon jagte ein Sturm den nächsten. So viel zum Thema globale Erwärmung. *Wo denn*, fragte sich Andrés, als er in seinen Chrysler stieg und einen Gang einlegte. Obwohl er das ganze Auto eben vom Schnee befreit hatte, war die Windschutzscheibe beinahe wieder von unzähligen Flocken überzogen. Dann kam eine Windbö und fegte alles beiseite.

Auch gut, dachte er. So war es nun mal, wenn man auf dem sechsundsechzigsten Breitengrad lebte. Deswegen gab es hier auch so gut wie keine Leitplanken, sondern nur gelbe Stangen, die einem den Weg wiesen, der einzige Farbtupfer inmitten des wirbelnden Weiß. Seufzend fuhr er los, er musste die paar Erledigungen hinter sich bringen, seine Liste war ohnehin schon ellenlang – weil er einige Reparaturen immer wieder aufgeschoben hatte. Nachdem heute auch noch der Boiler seinen Geist aufgegeben hatte, konnte er nicht mehr warten.

Er war erst einige Minuten unterwegs, als ihm ein Geländewagen auffiel, der halb im Graben hing, der Motor lief noch, und das Bremslicht leuchtete. Entweder war der Fahrer verletzt oder lebensmüde – oder beides. Er hielt dahinter an und stellte den Warnblinker an, ehe er ausstieg und nach vorne hastete. Der eisige Nordwind peitschte ihm dicke Schneeflocken ins Gesicht, er konnte kaum die Hand vor den Augen sehen, das Atmen fiel ihm schwer. Er klopfte an die Scheibe, als er sah, dass darin eine junge Frau saß, mehr konnte er nicht erkennen. Sie ließ das Fenster einen Spalt herunter und war ganz augenscheinlich putzmunter. »Ja?«, fragte sie auf Englisch. Es wunderte ihn nicht, dass es sich um eine Touristin handelte, die einfach dämlich war. Er unterdrückte ein Seufzen. Es war nicht sein Tag heute, und jetzt musste er anscheinend auch noch den Abschleppdienst für so eine unfähige Tussi spielen.

»Brauchst du Hilfe?«, fragte er und hoffte, dass sie Nein sagen würde.

»Ich warte, dass es aufhört zu schneien«, bekam er als Antwort.

Beinahe hätte er laut aufgelacht. Das meinte sie doch nicht ernst! »Dir ist schon klar, dass das Tage dauern kann? Bis dahin bist du längst tot.«

»Was?«

»Es schneit, ist dir das schon aufgefallen?«, meinte er sarkastisch. Schneeflocken wirbelten umher und verfingen sich in seinen Wimpern.

»Sehr witzig, deswegen stehe ich ja hier. Bin mit dem Wagen weggerutscht.«

»Kannst du nicht einfach weiterfahren?«

»Ich will kein Risiko eingehen.«

»Soll das ein schlechter Scherz sein?« Herrje, diese Frau hatte echt keine Ahnung, dass es das Dümmste war, bei einem Schneesturm einfach im laufenden Auto sitzen zu bleiben. »Das ist mein voller Ernst«, gab sie ein wenig pikiert zurück.

Gott, wie ahnungslos konnte frau eigentlich sein? »Also, wenn du keinen Todeswunsch hast, solltest du weiterfahren. Wenn du hier stehen bleibst, kannst du an einer CO_2-Vergiftung sterben.« Anscheinend musste er es ihr genau erklären, sonst würde sie seine Warnung womöglich noch ignorieren, und mitverantwortlich am sinnlosen Tod einer Ausländerin wollte er sich nun wirklich nicht machen.

»Wie sollte das denn gehen? Ich stehe nicht in einer Garage.«

»Dein Auto wird eingeschneit, du merkst gar nicht, wenn der Auspuff zu ist, und dann hat es sich für dich erledigt.

Und wenn du den Motor ausmachst, wirst du erfrieren. Das ist dir hoffentlich klar, oder?«

Himmel, wenn es nicht so ernst wäre, würde er sie einfach stehen lassen. Dass manche Leute sich nicht informierten, wenn sie ein Land bereisten, von dem sie keine Ahnung hatten. Nicht umsonst starben immer wieder Touristen, die bei Vík í Mýrdal Fotos schossen, obwohl tausende Schilder deutlich davor warnten, dass die Wellen unberechenbar waren und einen einfach so fortspülen konnten.

»Ehrlich?« Sie ließ die Scheibe ein wenig weiter nach unten, sodass er ihr Gesicht nun vollständig sehen konnte. Das Erste, was ihm auffiel, waren ihre geröteten Wangen und die rehbraunen Augen. Sein Puls schnellte in die Höhe.

»Du schon wieder.« Er stöhnte.

Sie runzelte die Stirn, sie hatte ihn also auch erkannt. Ihre Lippen wurden schmal. *Ein Jammer*, dachte er, *dass eine so hübsche Frau so dämlich ist.*

»Wo willst du denn hin?«, hörte er sich dennoch fragen. Er konnte sie nicht sich selbst überlassen, egal wie unsympathisch sie ihm war.

»Nach Akureyri, aber ich bin in der letzten Stunde echt ein paarmal fast von der Straße abgekommen, und nein, ich bin nicht lebensmüde.« Damit spielte sie auf seinen Tadel an, das war ihm klar. Er unterdrückte ein Schmunzeln, immerhin, sie hatte einen Hauch von Humor in sich.

»Tja, hier solltest du nicht bleiben. Ich muss auch nach Akureyri, du kannst hinter mir herfahren, es ist nicht mehr weit.«

»Aber nur, wenn du nicht so schnell fährst. Ich bin auf dem Weg ein paarmal von Irren überholt worden.«

Andrés konnte sich das lebhaft vorstellen. »Seit wann bist du denn unterwegs?«

»Seit acht Stunden, es ist grauenhaft, ich bin total erschöpft.«

Er grinste. Genau wie er gedacht hatte: Sie war hübsch, aber Auto fahren konnte sie nicht. Er wollte nicht zu hart mit ihr ins Gericht gehen. Vermutlich gab es da, wo sie lebte, nicht oft und nicht so viel Schnee. »Woher kommst du?«

»Deutschland.«

Ja, das hatte er sich gedacht, der leichte Akzent war nicht zu überhören. »Wo genau?«

»Hamburg.«

Was machte er hier eigentlich? Es war ihm doch sowas von egal, wo sie lebte oder was sie tat – wenn sie nicht gerade in Gefahr war, sich umzubringen. »Und wo musst du jetzt hin?«

»Ich habe eine Ferienwohnung gebucht, warte, ich kann dir die Straße gleich sagen.« Sie zückte ihr Handy und scrollte und wischte, dann las sie vor: »Hafnarsträti.«

Er grinste, natürlich hatte sie keine Ahnung, wie man die Straße *Hafnarstræti* – ›Hafenstraße‹ – aussprach, eigentlich sagte man ›Hapnarstraiti‹. Beinahe war er versucht sie ›Eyjafjallajökull‹ sagen zu lassen, nur um sich ein bisschen auf ihre Kosten zu amüsieren.

Moment mal, was tat er da eigentlich? Für einen Augenblick hatte er sogar das wilde Schneetreiben um sie herum vergessen. Er wollte sich weder lustig machen, noch überhaupt was mit ihr zu tun haben. »Gut, also, ich krieche über die Straße, dann kannst du mir nachfahren«, sagte er deshalb nur noch.

»Sehr witzig, wenn es dir zu große Umstände bereitet, kannst du es auch sein lassen. Ich komme schon zurecht.« Sie schob ihre Unterlippe nach vorne und funkelte ihn an. Vermutlich glaubte sie das, was sie da von sich gab, sogar. Irgendwas an ihr faszinierte ihn, obwohl er wirklich nicht begriff, was das sein sollte. Von komplizierten Frauen hatte er die Nase voll.

Er hob die Augenbraue, der Gedanke hatte ihn ernüchtert, und er war wieder bei der Sache. Klar, die Prinzessin war es vermutlich nicht gewohnt, dass er nicht augenblicklich den roten Teppich für sie ausrollte. »Ich will am Ende nicht verantwortlich sein, dass du erfrierst oder sonst was. Also, fahr hinter mir her oder lass es sein«, brummte er nur noch, dann stapfte er zurück zu seinem Auto. Bevor er einstieg, schüttelte er sich und klopfte den losen Schnee ab, damit er sich nicht die Sitze einsaute – was bei dem Wetter kaum zu vermeiden war.

Andrés legte einen Gang ein und löste die Handbremse, dann fuhr er im Schritttempo an ihrem Wagen vorbei, ließ das Beifahrerfenster herunter und hob den Daumen mit einem süffisanten Grinsen im Gesicht. Er sah, dass sie ihn anstarrte – vermutlich überlegte sie, ihm den Mittelfinger zu zeigen. Beinahe fand er es schade, dass sie es nicht tat. Auf eine perverse Art machte es ihm Spaß, sie zu provozieren.

Er fuhr weiter und achtete darauf, nicht zu schnell zu werden. Er hatte keine Lust, gleich noch das Abschleppseil rausholen zu müssen, weil sie hektisch das Steuer verriss und doch noch im Graben landete.

Eine halbe Stunde später waren sie da, unversehrt und unfallfrei. Er hielt kurz an, stieg aus und öffnete ihre Fahrertür. »Da sind wir.« Er zeigte auf das Gästehaus links von ihnen. »Brauchst du auch noch Hilfe mit deinem Gepäck?« Sein Tonfall war sarkastisch, was ihr wohl nicht entging, denn sie verzog ihre vollen Lippen zu einem Schmollmund.

»Nein, danke. Tut mir leid, wenn ich dich von irgendwas Wichtigem abgehalten habe.« Sie holte ihr Portemonnaie aus der überdimensionierten Handtasche. »Was bekommst du von mir?«

»Soll das ein Witz sein?« Andrés schnappte nach Luft. Sie wollte ihn bezahlen? Wofür hielt sie ihn eigentlich? Sofort ärgerte er sich darüber, ihr überhaupt Hilfe angeboten zu haben. Dass sie ihn mit einem Geldschein abspeisen wollte, ging gegen seine Ehre.

Sie blickte mit ausdrucksloser Miene zu ihm auf. »Nein, keineswegs. Ich möchte bloß nicht in deiner Schuld stehen.«

Gott, wie erbärmlich war das denn? Als ob er Geld für so einen kleinen Gefallen nehmen würde. Aber vielleicht machte man das in ihrer Welt ja so. »Lass mal stecken. Schönes Leben noch.« Dann ging er davon und nahm sich vor, beim nächsten Mal, wenn er ihren Mietwagen sah, einfach weiterzufahren.

Der Tag wurde leider nicht besser. Nachdem er alles besorgt und erledigt hatte, fuhr er wieder nach Hause. Als er gerade in die Auffahrt einbog, klingelte sein Handy. Er schaute aufs Display, Hildur blinkte darauf. Was wollte sie schon wieder von ihm? Hatte es nicht gereicht, dass sie ihn gestern zur Schnecke gemacht hatte, weil er zu spät zur Feier gekommen war? »Ja?«, beantwortete er dennoch. Er brachte dieses Gespräch lieber gleich hinter sich.

»Wo zur Hölle bleibst du?«, keifte sie, und ihm fiel ein, dass er ja beim Aufräumen hatte helfen wollen.

Scheiße. Er unterdrückte einen Fluch. »Ich wäre schon längst da, aber ich musste jemandem aus dem Graben helfen.« Gut, das war zwar nicht ganz die Wahrheit, aber geholfen hatte er definitiv.

»Ja, ist klar. Glaubst du nicht, ich hätte dich nicht gesehen, wie du vor drei Stunden hier weggefahren bist? Das ist mal wieder typisch, auf dich ist einfach kein Verlass.«

Andrés hatte aufgehört zu zählen, wie oft sie diesen Satz schon zu ihm gesagt hatte. Ob alle Exfrauen so anstrengend waren? Er wusste es nicht, er kannte aber auch nicht viele

Leute, die nach einer Scheidung noch befreundet waren. Er und Hildur gehörten jedenfalls nicht dazu. »Ich bin gleich da. Soll ich noch was mitbringen?«

»Na, jetzt sind wir auch gleich fertig mit dem Aufräumen, und du kannst auch da bleiben, wo du bist.«

Warum rief sie dann an? Er seufzte. »Bis gleich.« Dann legte er auf.

KAPITEL 3

Alex hatte noch nie zuvor einen Shitstorm dieses Ausmaßes am eigenen Leib erlebt, deswegen hatte sie auch nicht gewusst, wie beschissen man sich in so einer Situation fühlte. Egal wohin sie klickte, überall wurde über sie hergezogen – die Sachlage war klar: Sie war die abgestempelte Schlampe – und das waren noch die harmlosesten Kommentare.

Sie wollte ob dieser himmelschreienden Ungerechtigkeit brüllen, mit den Füßen aufstampfen und eine Pressemitteilung herausgeben, in der sie beschrieb, wie es wirklich gewesen war. Aber das würde nichts nützen, das wusste Alex leider sehr gut. Sie war verurteilt, die Welt *wollte* glauben, was sie auf dem Silbertablett präsentiert bekam, ob es nun stimmte oder nicht. Ja, sie war eine Unternehmertochter, die mit dem buchstäblichen goldenen Löffel im Mund geboren war. Sie hatte die besten Schulen und Unis besucht, leitete den Social-Media-Bereich des familieneigenen Kosmetiklabels und wusste zu gut, dass sie auf Posts, Artikel und Kommentare keinesfalls antworten durfte, es würde alles nur schlimmer machen. Wenn ihre Schwester nur auf sie gehört hätte, dass es keine gute Idee war, die Hochzeit von Klatschreportern begleiten zu lassen, hätte nie jemand von diesem Dilemma mit Leopold erfahren. Aber leider hatte man ihre professionelle Meinung ignoriert – und sie musste jetzt die Folgen ausbaden. Ihre Vergangenheit machte es der Presse auch leicht, sie als die Böse hinzustellen. Ja, Alex hatte einen lausigen Männergeschmack und war in den letzten Jahren einige Male deswegen in einschlägigen Klatschmagazinen unter die Lupe genommen worden. Aber das hier war etwas ganz anderes. Und sich nicht mal verteidigen zu können, fühlte sich beschissen an.

Sie schob ihren halb vollen Teller von sich und tupfte sich den Mund mit einer Serviette ab. Ihr war der Appetit vergangen, *selbst schuld*, sagte sie sich. *Ich hätte ja nicht Instagram und Facebook öffnen müssen.*

Den Fehler würde sie nicht wieder begehen. So bald jedenfalls nicht. Eine Auszeit hieß ja eigentlich, dass man sich eine Zeitlang komplett verabschiedete, also würde sie das auch tun. Kein Social Media, definitiv keine deutsche Presse – bis sich der Sturm gelegt hatte oder das nächste Sternchen ins Fettnäpfchen oder die falschen Arme gestolpert und Alex' Leben nicht mehr interessant genug war, um es noch länger durch den Kakao zu ziehen.

Sie trank einen Schluck Wasser, dann winkte sie den Kellner heran, um zu bezahlen. Sie saß in einem netten Restaurant, Kerzen brannten auf den Tischen, an der mit Holz verkleideten schrägen Decke verbreiteten kleine Lampen ein gedämpftes, angenehmes Licht. Es war gut besucht, kaum ein Platz war frei geblieben. Dezente Musik tönte aus unsichtbaren Lautsprechern, es war gemütlich warm, Gläser und Bestecke klirrten leise, während die Unterhaltungen der Leute über dem Mittagessen sich mit den verschiedenen Geräuschen vermischten. Sie fühlte sich einsam, wohingegen alle anderen fröhlich zu sein schienen. Sie seufzte, und während sie darauf wartete, dass der Kellner die Rechnung brachte, überlegte sie, was sie im Laufe des verbleibenden Tageslichts unternehmen könnte, bis es wieder vermeintlich endlos dunkel wurde. Seit sie gestern in Akureyri angekommen war, hatte das Schneetreiben keine Sekunde nachgelassen, was sie als total irre empfand. Ja, sie war mit ihrer Familie regelmäßig in den Bergen zum Skilaufen gewesen, dort schneite es auch schon mal heftig, aber diesen Wind, der einen dabei fast von der Straße wehte, gab es dort nicht. Und sie fand es auch ein bisschen gruselig.

Stell dich nicht so an, machte sie sich selbst Mut. Die Wahrscheinlichkeit, dass es während der ganzen drei Wochen ihres Urlaubs stürmte, war doch eher gering. Bestimmt kam morgen die Sonne heraus oder es hörte einfach nur auf zu schneien, das würde ihr schon genügen, sodass sie einen Ausflug mit dem Auto machen konnte. Einen richtigen Plan hatte sie trotzdem nicht, die Reiseführer hatte sie noch nicht gewälzt, irgendwie fehlte ihr dafür die innere Ruhe. Sie konnte sich einfach auf nichts konzentrieren.

»Hier bitte«, sagte der Kellner zu ihr, der unmöglich älter als zwanzig sein konnte. Überhaupt war ihr aufgefallen, dass es auf Island nur so von jungen Menschen und Familien mit Kindern wimmelte. Ganz anders als in Deutschland, dem Land der Rentner. Der Gedanke ließ sie schmunzeln, ja, sie würde schon eine Beschäftigung finden. Zu dumm nur, dass ihre Studienfreundin Erla für vierzehn Tage verreist war – sie verbrachte die Vorweihnachtszeit mit Mann und Kindern auf den Kanaren. Sie hatte sie gestern angerufen, und da hatte sie gerade am Strand gelegen und ihr Gesicht in die Sonne gestreckt. Nicht dumm, diesem Wetter zu entfliehen, das musste Alex zugeben.

Ihre Freundin betrieb, wenn sie nicht gerade auf einer Insel entspannte, eine Bar in der gleichen Straße, in der Alex' Ferienwohnung lag. Das Lokal war derzeit geschlossen und würde erst in der Weihnachtswoche wieder geöffnet werden. Im Sommer konnte die Familie schlecht weg. Wenn es im Ort nur so von Touristen wimmelte, war es nicht ratsam, Betriebsferien einzulegen. Es war besser, das zu einer Jahreszeit zu tun, in der das Geschäft ruhiger war. Alex wollte sich davon nicht entmutigen lassen, zumal Erla ihr gesagt hatte, sie würde ihren Bruder bitten, ihr ein bisschen die Gegend zu zeigen. Eigentlich war sie kein Typ, der gerne auf Gefälligkeiten anderer zurückgriff, aber in diesem speziellen Fall würde Alex eine Ausnahme machen. Sie hatte keine Ahnung, wo sie nach Nordlichtern Ausschau halten sollte. Alex war, wenn sie ehrlich zu sich war, überfordert mit der aktuellen Wetterlage – nicht nur mit der –, und sie wollte deswegen nicht drei Wochen in der Ferienwohnung herumsitzen und Trübsal blasen. In Akureyri selbst gab es natürlich auch ein bisschen was zu sehen, aber sie hatte gehofft, mehr von Island zu entdecken als nur das hübsche Küstenstädtchen am langgezogenen Eyjafjord. Außerdem war da noch die echt schräge Vermieterin, die sich gestern direkt selbst zum Kaffeetrinken bei ihr eingeladen hatte. Alex hatte ja nichts gegen Freundlichkeit, aber eine Bleibe mit Anschluss hatte sie definitiv nicht gesucht – dann hätte sie sich ja auch für Couchsurfing entscheiden können. Als sie mit ihrem Köfferchen vor der Tür des Mehrfamilienhauses gestanden, in dem sie die Ferienwohnung unter dem Dach gebucht hatte, und den Code eingegeben hatte, der die Schlüsselbox öffnete, hatte sie eine Frau angesprochen.

»Oh, hallo, bist du Alexandra?«, hatte jemand auf Englisch gefragt.

Alex hatte sich umgedreht und hätte um ein Haar laut

aufgeschrien, als sie in das blasse, faltige Gesicht einer rundlichen Frau geblickt hatte, deren Haare so dunkelschwarz gefärbt waren, dass sie im Kontrast mit der hellen Haut ausgesehen hatte wie eine fleischgewordene Altvampirin. An ihren Handgelenken baumelten goldene Reifen, sie trug einen bunten großgemusterten Wollpullover, der ihr bis auf den Oberschenkel hinabreichte. »Hallo«, antwortete sie und hoffte, dass man ihr den Schrecken nicht anmerkte. »Ja, das bin ich.«

»Hi, ich bin Stina. Wollte sehen, ob bei dir alles okay ist mit der Wohnung. Ich wohne gleich hier unten, also falls was sein sollte.«

»Bin gerade erst angekommen«, erklärte Alex, obwohl das eigentlich offensichtlich war.

»Warte, ich helfe dir.« Stina trat an ihre Seite, tippte den Code ein und öffnete die Schlüsselbox. Dann schloss die die Haustür auf und schnappte sich Alex' Koffer.

Sie fand es ziemlich aufdringlich, aber die Frau meinte es bestimmt nur gut. Alex schätzte sie auf Mitte fünfzig, sicher war sie sich aber nicht.

Mehr als bis zu einem »Ähm« kam sie nicht, dann war Stina mit ihrem Koffer auch schon im Flur verschwunden, und Alex blieb nichts, als hinterherzugehen. Das Treppenhaus war sauber und warm, und aus der Wohnung strömte ein behaglicher Duft nach Apfelblüten. Stina hatte sich Schuhe ausgezogen, Alex folgte ihrem Beispiel. »Komm, ich zeige dir alles«, verkündete sie jetzt mit einem strahlenden Lächeln.

Ob sie das bei jedem Gast macht?, fragte sich Alex mit einem Stirnrunzeln. Es war gemütlich, aber mit klaren Linien eingerichtet. Es gab nicht viel Schnickschnack, trotzdem war es warm und behaglich. Hier und da standen Kerzen, an der Wand hinter dem Esstisch hing ein Gemälde, das zwar sehr bunt war, aber ein sehr deutliches Gefühl für die isländische Landschaft vermittelte, da es eine Darstellung eines Vulkankraters und der davor liegenden Weide zeigte. Während sie Stinas Erklärung zu allem und jeder Ecke der Wohnung über sich ergehen ließ, fand sie seltsamerweise, dass es doch irgendwie nett war, nicht völlig alleingelassen zu werden. Der helle Fliesenboden in der Küche war beheizt, stellte sie fest, während Stina die Küchenschränke öffnete und ihr Geschirr und Geräte zeigte. »Hast du vielleicht Lust auf einen Tee?«, fragte diese.

»Sicher«, gab Alex zurück. »Soll ich?«

»Lass mal, wo ich schon mal da bin?«

Kurz darauf saßen sie am Küchentisch und hatten dampfende Tassen vor sich stehen. »So, was führt dich nach Island?«, erkundigte sich Stina.

Alex überlegte, was sie sagen sollte. Eigentlich hatte sie keine Lust, einer völlig Fremden das Desaster ihres Lebens zu erzählen. »Nordlichter«, antwortete sie deshalb. »Ich möchte endlich mal Nordlichter sehen.« Und das war nicht mal eine Lüge, aber eben auch nicht die ganze Wahrheit.

»Ja, die sind wundervoll. Man muss schon ein bisschen Glück haben, dass man zur rechten Zeit am rechten Ort ist. Und, verreist du öfter alleine?«

»Manchmal.«

»Du wirkst ein bisschen traurig, wenn ich das so sagen darf. Deine Energie«, sie fuchtelte mit ihren Händen, sodass ihre Armreifen klapperten. »ist irgendwie gestört.«

O Mann, dachte Alex. Sie war eine von diesen Eso-Tanten, die vermutlich auch Bäume umarmte. Oder nein, Bäume gab es auf Island ja nicht so viele, aber irgendwas Seltsames stellte sie in ihrer Freizeit garantiert an.

»Liegt sicher nur am Reisestress.«

Stina lächelte. »Schon in Ordnung, du musst mir nichts

erzählen. Aber wenn du mal ein offenes Ohr brauchst, dann bin ich gern für dich da. Wann hast du Geburtstag?«

»Im Juli, warum?«

»Dann bist du also Krebs?«

Alex runzelte die Stirn. »Ja, das stimmt.«

Stina legte sich einen Finger an die Lippe. »Sensibel und verletzlich, das merkt man sofort. Aber du hast Glück. Der Dezember ist ein guter Monat für dich. Eigentlich stehen die Sterne für dich ganz gut, passend zur Jahreszeit wird es ganz besinnlich und ruhig, und du ziehst dich erst einmal in dich selbst zurück und hast Zeit zum Nachdenken.«

Besinnlich und ruhig? Die Sterne standen gut?

»Ähm«, machte Alex und war versucht, hysterisch aufzulachen. Bisher war dieser Monat alles andere als gut verlaufen. »Du kennst dich aus?«, fragte sie nur der Höflichkeit halber.

»Ich bin Astrologin.«

»Spannend«, log Alex. Sie hielt nichts von diesem Quatsch mit Horoskopen und dass Stina es nicht draufhatte, hatte ihre Aussage bereits verraten.

Stina schien sich von ihrer Zurückhaltung jedoch nicht beirren zu lassen, sie lächelte weiterhin breit. »Energie ist wichtig, deine ist derzeit zwar eher im unteren Level, aber das ändert sich bald. Übrigens, wenn dich hier irgendwas an der Einrichtung stört, dann stell sie ruhig um. Ich habe versucht, es so zu gestalten, dass man sich wohlfühlt. Die Möbel stehen so, dass die Energie fließen kann. Aber jeder ist da ein bisschen anders. Also, falls du Lust hast, umzuräumen, mach nur. Du sollst dich hier wie zu Hause fühlen.«

Alex' Mund klappte auf. Sie wollte gerade etwas erwidern, als Stina aufstand. »So, dann lasse ich dich mal auspacken. Wenn du Fragen hast oder etwas fehlt, melde dich gern jederzeit. Wie gesagt, ich wohne gleich unten im Haus. Küsschen und Umarmung«, plapperte sie, ohne Alex dabei wirklich anzufassen.

Alex konnte ihr nur hinterherschauen, sie war zu perplex, um noch was zu erwidern. Diese Frau war echt seltsam, und doch fühlte sie sich nach diesem kurzen Gespräch irgendwie besser. Die schrullige Art machte ihr gleichzeitig ein wenig Sorgen, hoffentlich stand sie jetzt nicht jeden Tag auf der Matte und wollte Tee trinken und Horoskope besprechen.

Ein Räuspern holte Alex ins Hier und Jetzt im Restaurant zurück. Sie lächelte entschuldigend und reichte dem Kellner ihre Kreditkarte, die er mit einem Danke ins Lesegerät steckte. Es dauerte eine Weile, dann zog er die Karte wieder heraus. »Entschuldigung, aber damit scheint was nicht zu stimmen.«

»Das kann nicht sein, probier es bitte noch mal«, bat sie ihn mit einem höflichen Nicken. In ihrem Bauch rumorte es, sie dachte sofort an das gestrige Gespräch mit ihrer Mutter zurück. Vielleicht lag es aber auch nur am Magnetstreifen, sowas kam ja häufiger vor.

Leider missglückte auch der zweite Versuch, sodass sie in bar bezahlen musste. »Bitte schön«, sagte sie und reichte ihm die isländischen Kronen. »Kann mir gar nicht erklären, warum die Karte nicht geht.« Hoffentlich sah er ihr nicht an, dass sie log. Leider brannten ihre Wangen. Was für ein Scheißgefühl das war, in dieser Sekunde wuchs der Unmut ihrer Familie gegenüber ins Unermessliche. Sie nahm sich vor, sich jetzt auf keinen Fall unterkriegen zu lassen! Ihr war klar, dass sie sie so dazu zwingen wollten, klein beizugeben und in Hamburg zu Kreuze zu kriechen.

Den Teufel würde sie tun!

»Manchmal liegt es am Gerät«, sagte der junge Mann in diesem Moment.

Ja, klar, und mein Name ist Hase, dachte sie sarkastisch und bemühte sich um ein aufrichtiges Lächeln.

Kurz darauf verließ sie das gemütliche Restaurant in der *Kaupvangstræti*, deren Name sie niemals würde aussprechen können. Zum Glück musste sie das auch nicht. Die Mütze hatte sie tief ins Gesicht gezogen. Überall hingen Lichterketten und weihnachtliche Dekoration in den Fenstern. Draußen wehte noch immer ein eisiger Wind, die Schneeflocken klatschten ihr ins Gesicht. »Himmel!« Sie stöhnte und zog sich auch noch die Kapuze auf den Kopf, dann eilte sie zum Buchladen *Eymundsson* an der Ecke und ging hinein. Sie hatte schnell rausgefunden, dass man hier ganz guten Kaffee trinken konnte. Niemand hatte was dagegen, wenn man sich ein Buch nahm und unverbindlich darin herumblätterte. Es war heimelig warm, wie fast überall in Island, wenn man erst mal die Schwelle übertreten hatte. Isländer mochten es offenbar gut beheizt, kein Wunder, wenn es draußen so ungemütlich war. Sie bestellte sich einen Caffè Latte, den sie zur Sicherheit in bar bezahlte, und setzte sich an einen Tisch am Fenster. Dann zog sie ihr Telefon hervor und entdeckte eine Nachricht von Erla. *Mein Bruder freut sich auf dich, hier ist seine Adresse, er hat morgen den ganzen Tag für dich Zeit. Kuss-Smiley, Erla.*

Sie schrieb zurück. *Danke, du bist die Beste. Kuss-Smiley.*

Der Kaffee war lecker, die Atmosphäre angenehm, sie mochte es hier. Alex griff sich ein Buch, das jemand vor ihr liegengelassen hatte, und begann ein wenig darin zu lesen. Ein englischer Thriller, in dem es um Schwestern ging, *Sister, Sister* lautete der Titel.

Als sie das nächste Mal aufblickte, war es dunkel geworden, das hatte sie gar nicht mitbekommen. Der Kaffee war längst ausgetrunken. Sie war satt. Und allein. Und hatte keine Ahnung, was sie mit sich und ihrer freien Zeit anfangen sollte, deswegen kaufte sie das Buch.

Alex seufzte und trat aus dem Laden. Trotz des Sturms schlenderte sie durch die Einkaufsstraße, auf der sich bei diesem Wetter kaum jemand herumtrieb. Kein Vergleich zum *Laugavegur* mit seinen unzähligen Geschäften, Boutiquen und Bars in Reykjavík, aber doch ganz nett und gemütlich – eigentlich. Bis auf den vielen Schnee und den eisigen Wind.

Sie musste ganz unvermittelt lächeln, legte den Kopf in den Nacken und ließ sich die Flocken aufs Gesicht wehen. Sie waren kalt, frostklirrend, um genau zu sein, sie prickelten und schmerzten in Verbindung mit dem Wind auf ihrer zarten Haut. Aber sie fühlte sich trotzdem so lebendig wie schon lange nicht mehr. Alex atmete tief ein, breitete die Arme aus und ließ die klare Luft in ihre Lungen strömen.

»Was hast du denn für Drogen genommen?«, hörte sie eine dunkle Stimme, die ihr vage bekannt vorkam.

Alex riss die Augen auf und blickte geradewegs in das Gesicht des Isländers, der sie erst am Flughafen genervt und gestern gerettet hatte. Ihr Lächeln erstarb, gleichzeitig merkte sie, dass ihre Wangen anfingen zu brennen. »Wüsste nicht, was dich das angeht«, gab sie mit klopfendem Herzen zurück.

»Da hast du auch wieder recht.« Er zuckte die Schultern und stiefelte weiter. Alex fiel auf, dass er keinen Anorak trug, sondern nur einen dicken Wollpullover mit dem typischen Islandmuster. Auf dem Kopf hatte er eine dunkelblaue Mütze, unter der dunkelblondes Haar hervorblitzte. Anscheinend hatten die Isländer ein anderes Temperaturempfinden als sie.

Sie wollte ihm etwas hinterherrufen, entschied sich aber dagegen, auch wenn sie es unerhört fand, dass er sie schon wieder mit einem blöden Kommentar bedacht hatte. Sie wirbelte herum und ging in die entgegengesetzte Richtung davon. Was für ein Idiot! Warum konnte sie zur Abwechslung nicht mal einen netten Isländer kennenlernen?

Nein, Moment. Sie wollte überhaupt niemanden kennenlernen. Schon gar keinen Mann! Kerle machten nur Ärger, genau aus diesem Grund war sie aus Deutschland geflüchtet.

Nicht ganz, korrigierte sie sich, wobei ein Mann doch nicht komplett unbeteiligt an der Sache gewesen war. Verdammt, es war kompliziert.

Ihre Laune hatte auf jeden Fall einen empfindlichen Dämpfer bekommen. Grummelnd bog sie um die Ecke und entdeckte das Kino. Vielleicht wäre das ja was für sie. Auf den Plakaten sah sie *Artemis Fowl*, ein Fantasy-Abenteuer nach der Romanvorlage. Ja, wieso nicht. Soweit sie wusste, wurden die Filme in Skandinavien ja immer im Originalton mit Untertiteln gezeigt, Englisch konnte sie, das war also kein Problem.

Sie ging zur Kasse und machte sich daran, ein Ticket zu kaufen. *Einmal probiere ich es noch*, dachte sie und zückte die Kreditkarte. Erwartungsvoll blickte sie die Mitarbeiterin an, aber auch hier: Fehlanzeige. Die Karte funktionierte nicht mehr.

Unfassbar, ihre Mutter – oder ihre Eltern, in dieser Hinsicht waren sie sich bestimmt einig, auch wenn sie sonst gerne den lieben langen Tag stritten – hatte es durchgezogen. Das konnte sie nicht tun.

»Tut mir leid, da scheint was nicht zu klappen«, meinte die Mitarbeiterin mit gerunzelter Stirn.

»Hm, seltsam«, gab Alex zurück und tat nichtsahnend. »Ich bezahle einfach in bar.«

»Klar, das sind dann siebzehnhundert Kronen.«

Nachdem sie das Ticket gekauft und erhalten hatte, ging

sie in den Kinosaal. In der Nachmittagsvorstellung war nicht viel los. Außer ihr saß noch ein junges Pärchen in der letzten Reihe, die vermutlich nur zum Knutschen, nicht wegen des Films hier waren. Egal, das störte sie nicht.

Am nächsten Morgen stapfte Alex durch die Einkaufsstraße und machte an einem Geldautomaten halt. Es war noch dunkel und fühlte sich an, als wäre es mitten in der Nacht, dabei war es bereits kurz nach halb elf. Sie war müde, ihr war kalt. In der letzten Nacht hatte der böige Wind an den Wänden gerüttelt, und sie war immer wieder aufgeschreckt. Außerdem bereitete ihr dieser neue Zustand, ein Leben im Exil zu führen und rein gar nichts vorzuhaben, Magengrummeln. Ihre Nerven lagen nach den Ereignissen der vorausgegangenen Tage noch immer blank. Einen letzten Versuch, Geld abzuheben, wollte sie noch wagen, immerhin bestand die winzige Möglichkeit, dass die Kreditkarte heute wieder funktionierte. Sie schob das Ding in den Schlitz, gab nach Aufforderung den Pin ein und wählte den Betrag von eintausend Euro – was in etwa hundertvierzigtausend Kronen beim gegenwärtigen Wechselkurs entsprach – aus. Aber statt das Geld und ihre Karte wieder auszuspucken, ratterte es, dann tauchte eine Meldung im Bildschirm auf. *Ekki heimild.* Sie brauchte kein Wörterbuch, um das zu verstehen, und ihre letzte Hoffnung zerbarst klirrend in winzige Eiskristalle.

Sie schrie das F-Wort und stampfte wie ein Kleinkind mit dem Stiefel auf. Sie konnte es nicht glauben, zückte ihr Smartphone und wählte die Nummer ihres Vaters. Er hob nach dem dritten Bimmeln ab. »Hallo Alexandra«, hörte sie seine sonore Stimme, die sie sonst immer als beruhigend empfunden hatte. Jetzt regte sie seine stoische Art einfach nur auf.

»Hallo Papa, sag mal, was soll das eigentlich?«

»Was meinst du?«

»Komm, tu doch nicht so, oder ist dir vielleicht nicht bekannt, dass meine Kreditkarte gesperrt ist?«

»Ach das.«

Ach das? Mehr hatte er nicht zu sagen? Ihr Hals wurde eng, und auf einmal war ihr alles andere als kalt.

»Würdest du mir mal bitte erklären, was das soll?«, versuchte sie möglichst ruhig zu erwidern.

»Schatz, es ist eine Firmenkreditkarte, und du bist gerade privat unterwegs.«

»Wenn das eure Art sein soll, mich zu bestrafen, dann kann ich nur sagen, es ist albern und kindisch.«

»Albern und kindisch ist dein Verhalten, Alexandra. Erst bringst du hier alles durcheinander, und dann verschwindest du aus dem Land, um dich … was? Zu entspannen?«

»Ich bringe alles durcheinander? Das hättet ihr wohl gerne! Fragt doch mal Leopold, wie es wirklich gewesen ist, dann wüsstet ihr, dass ich nichts dafür kann und das alles überhaupt nicht wollte.«

»Nun ja, ich fürchte, das sieht er anders.«

»Und ihr glaubt ihm natürlich.« Ihr Magen bestand aus einem einzigen Knoten, ihr Hals war wie zugeschnürt.

»Alexandra, was soll das?«

»Das frage ich dich. Ihr könnt mir doch nicht einfach die Kreditkarte sperren?«

»Ich fürchte doch, Liebes. Du solltest nach Hause kommen und dich deinen Problemen stellen.«

»Ich soll mich meinen Problemen stellen?« Ihre Stimme klang schrill. »Die Presse macht Hackfleisch aus mir, hast du in der letzten Zeit mal Nachrichten gelesen?«

»Ja, habe ich. Deswegen bin ich auch der festen Überzeugung, dass du herkommen solltest und dich nicht verstecken darfst wie ein Feigling.«

Das reichte! Sie atmete hörbar aus. »Dann soll das heißen, ihr dreht mir den Geldhahn zu? Wie lächerlich ist das denn? Als wäre ich sechzehn!«

»Hast du kein eigenes Konto? Nenn mir einen Grund, warum die Firma deine Sperenzchen finanzieren sollte? Werde endlich erwachsen, Alexandra.«

»Ich habe meine Karten leider vergessen, die steckten noch im anderen Portemonnaie.«

Sie hörte das leise, resignierte Seufzen ihres Vaters. Ja, natürlich. Sie wusste, dass das nicht sehr erwachsen klang, aber sie hatte einfach keinen klaren Gedanken fassen können, als sie hastig ein paar Sachen zusammengepackt hatte. Das konnte man ihr doch wohl nicht vorwerfen, zumal dieses Prozedere früher nie Schwierigkeiten gemacht hatte. Wütend ballte sie die freie Hand zur Faust.

»Du musst einfach zurückkommen.«

»Ich kann den Flug nicht umbuchen«, log sie. »Nicht ohne die Kreditkarte.«

»Das ist wohl das kleinste Problem.«

»Ich möchte aber nicht nach Hamburg zurück.«

»Da wären wir doch direkt wieder beim Thema. Es geht immer nur um dich, merkst du nicht, wie unreif das ist?«

Sie verdrehte die Augen. »Das ist also dein letztes Wort? Ihr wollt mich mit euren albernen Methoden dazu zwingen, zurückzukommen? Ich sehe nicht ein, dass ich als Sündenbock für etwas herhalten soll, das ich nicht heraufbeschworen habe.«

»Dass du in der Situation auch noch lügst, ist mir einfach unbegreiflich. Ich frage mich wirklich, was wir bei deiner Erziehung falsch gemacht haben. Wenn du nicht am Montag im Büro auftauchst, kannst du dich als entlassen betrachten. Dein *Urlaub* …« Er spuckte das Wort förmlich aus, sie konnte sich genau vorstellen, wie sein Gesichtsausdruck war. Versteinert, entschlossen, unnachgiebig. »Dein *Urlaub* war nicht genehmigt.«

Sie schnappte nach Luft. Sie wollten also die Konfrontation? Gut, die konnten sie bekommen. »Ich gehe nirgendwohin«, hörte sie sich zu ihrer eigenen Überraschung sagen. Die alte Alex wäre nach Hause gekrochen, hätte sich weiter für Dinge verantwortlich machen lassen, die nicht ihre Schuld waren. Sie hätte sich brav an ihren Schreibtisch gesetzt und den bösen Blicken der anderen gestellt, die in ihr doch nur die Tochter des Chefs sahen und nichts von dem beachteten, was sie wirklich draufhatte. Sie war es so leid. Sie war so müde. Sie war so fertig damit.

Irgendwo tief in ihr drin hatte sie schon länger mit dem Gedanken gespielt und sich gefragt, ob sie sich das für den Rest ihres Lebens antun wollte. Aber es war bequem gewesen, der Job sicher und die Entlohnung besser, als es anderswo als Studienabgängerin möglich gewesen wäre. Nun, momentan schien ihr der Preis, den sie dafür bezahlen sollte, zu hoch für den Luxus des sicheren Jobs im Familienunternehmen.

»An deiner Stelle würde ich mir das überlegen«, fügte er noch hinzu.

»Drohst du mir etwa?« Ihre Stimme klang gefährlich ruhig. Auf einmal war sie das auch innerlich, so klar hatte sie die Angelegenheit ewig nicht mehr gesehen. Sie würde sich nicht mehr länger beugen und Dinge hinnehmen, die ihr gegen den Strich gingen.

»Nein, Alex. Ich will dich zur Vernunft bringen.«

Sie lachte humorlos. »Klar, alle anderen sind fehlerfrei,

es ist doch gut, wenn man das schwarze Schaf immer parat hat, nicht?«

»Du weißt, dass das nicht stimmt.«

Sie presste ihre Lippen zusammen, dann fasste sie einen Entschluss. »Ihr glaubt mir nicht? Bitte schön, dann lasst ihr es eben. Du willst mich erpressen? Ich habe genug davon. Ich kündige, und ich bleibe hier.«

Dann legte sie auf. Ihr war schwindelig. Heiß und kalt zugleich.

O Gott. Was hatte sie getan?

Sie war mittellos.

Arbeitslos.

Allein.

Ihr Herz hämmerte hart gegen ihren Brustkorb, während sie sich des Ausmaßes dieser Entscheidung langsam bewusst wurde. Alexandra schluckte und schaute in ihre Geldbörse, zum Glück hatte sie einiges an Bargeld –, das sie in Keflavík am Flughafen getauscht und dann noch mal am Geldautomaten abgehoben hatte. Aber ewig würde das auch nicht reichen. Sie trat zur Seite, als eine junge Frau mit Kinderwagen kam, die hier ebenfalls an den Automaten wollte. Während Alex die Straße entlangging, überlegte sie, wie sie von jetzt an zurechtkommen sollte. Die Ferienwohnung hatte sie zum Glück im Voraus bezahlt, damit wurde sie die kommenden drei Wochen also wenigstens nicht obdachlos. Den Mietwagen konnte sie vielleicht gegen einen kleineren tauschen und so eine Rückerstattung erhalten – falls die Mietwagenfirma sowas überhaupt machte. Essen, sie musste etwas essen, das Bargeld würde unmöglich für den restlichen Urlaub ausreichen, wenn sie zweimal am Tag in ein Restaurant ging. Das war ein Problem, denn sie war keine besonders gute Köchin. Egal, zur Not würden es eben ein paar Sandwiches oder Tiefkühlpizzen tun müssen. Eher würde sie hungern, als klein beizugeben. Wenn ihre Eltern glaubten, dass sie sie erpressen konnten – dann hatten sie sich getäuscht.

Ich kann immer noch meinen Schmuck und meine Designersachen verkaufen, dachte sie und fasste neuen Mut. Damit würde sie hoffentlich über die Runden kommen. Nur, wo gab es hier einen Secondhandladen oder einen Juwelier, der gebrauchten Schmuck aufkaufte? Sie könnte natürlich Erla fragen, aber es war ihr unangenehm, sie wollte sie zum einen nicht im Urlaub belästigen, zum anderen war es eine Situation, die man nicht mal eben über mehrere Tausend Kilometer im Plauderton bequatschte. Nein, sie würde irgendwie alleine damit fertigwerden müssen. Ehe sie aufgab und zurück zu ihren Eltern und den Paparazzi kroch, würde die Hölle zufrieren. Die würden schon sehen, was sie davon hatten.

Fest entschlossen marschierte sie zu ihrem Mietwagen, fuhr die örtliche Filiale an und versuchte eine Rückerstattung auszuhandeln, wenn sie statt des Range Rover einen Kleinwagen nahm. Es kostet sie einiges an Überredungskunst, aber am Ende hatte sie die Schlüssel eines Polos in der Hand und einige Geldscheine mehr in ihrem Portemonnaie.

Zufrieden machte sie sich unangemeldet auf den Weg zu Erlas Bruder. Es fühlte sich seltsam an, aber sie hatte nicht seine Telefonnummer, nur seine Adresse. Erla hatte ja geschrieben, das sei schon in Ordnung, er hätte den ganzen Tag Zeit und würde sich freuen, deshalb würde sie einfach bei ihm auftauchen.

Die Fahrt nach Hjalteyri dauerte etwas mehr als zwanzig Minuten. Gott sei Dank, es schneite nicht mehr, nur ein frostiger Nordwind rüttelte immer wieder an der Karosserie des Wagens. Sie hatte Glück, dass sie genau zu der Zeit unterwegs war, während der es ein wenig Tageslicht gab, so konnte sie wenigstens die großartige Umgebung genießen. Immer wieder staunte sie, wie anders die Landschaft hier war. Dunkel leuchtete das Wasser im Fjord, und die weißen Berge und Schneewehen über dem Land hoben sich im starken Kontrast dazu ab. Schneemassen überall, wo man hinsah. Nachdem sie Akureyri hinter sich gelassen hatte, fuhr sie nur an vereinzelten Bauernhöfen vorbei. Sehr viele von ihnen hielten Tiere dicht am Haus, die Islandpferde mit ihren üppigen Mähnen und kurzen Beinen schienen sich nichts aus den frostigen Temperaturen zu machen. Sie drängten sich an die Futtertröge und kauten zufrieden ihr Heu. Irgendwie beruhigte das Alex, das Leben wirkte hier so einfach, so wenig kompliziert. *Ganz anders als meins*, überlegte sie und schob den Gedanken an ihre Probleme beiseite. Sie würde sich von dem Telefonat mit ihrem Vater nicht die Laune verderben lassen.

Alex bog nach rechts ab, eine schmale Straße schlängelte sich am Ufer entlang. Sie kam an einigen Höfen vorbei, das Navi führte sie bis zu einer Landzunge, an der sich eine stillgelegte Fabrik befand. Davor standen ein paar Häuschen. Das letzte musste es sein. Sie parkte den Wagen und stieg aus. »Strýtan Dive Center«, las sie von einem Schild und marschierte los. Die Eingangstür war nicht verschlossen, also drückte sie sie auf und ging hinein.

Es roch nach Salz und Meer, sie entdeckte einige Tauchanzüge, die auf Bügeln an einer Wand hingen. Sie klopfte sich den Schnee auf einem Läufer ab, dann rief sie »Hallo?« und tapste durch eine weitere Tür in ein Zimmer, das wie eine Art Büro ausschaute. Der Boden war abgenutzt, und die Möbel wirkten zusammengewürfelt. An der Wand stand ein durchgesessenes braunes Ledersofa, auf dem ein Mann mit einer Tasse Kaffee in der Hand hockte. Er trug eine modische Frisur und hatte seine braunen Haare mit Gel gebändigt. Im Hintergrund dudelte ein Radio *Feliz Navidad*.

»Halló«, sagte der Mann auf dem Sofa mit dem typischen isländischen Akzent, sein Gesicht war freundlich und offen.

»Hi, ich suche Andrés«, gab sie auf Englisch zurück und lächelte höflich, während sie nach Ähnlichkeiten mit Erla in seinem Gesicht suchte. Erla war blond, wobei es nichts zu sagen hatte, dass der Typ hier brünett war. Ihre Schwester sah auch ganz anders aus als sie.

Der Mann zeigte mit dem Daumen nach rechts. »Das ist er, hier, schau mal da drüben.« In dieser Richtung befanden sich zwei weitere Schreibtische, die an den Wänden längs aufgestellt waren. Ein anderer Mann, den sie bis dahin nicht entdeckt hatte, saß auf einem Drehstuhl und arbeitete mit der Maus an einem Computer. Auf dem Monitor waren einige Unterwasserbilder zu sehen. Er hatte breite Schultern, die in einem T-Shirt steckten, die dunkelblonden Haare zerzaust. Und dann drehte er sich um, und Alex entglitten die Gesichtszüge.

Lieber Gott, bitte lass das nicht wahr sein, dachte sie. Von allen Menschen dieser Erde, musste genau *er* Erlas Bruder sein?

KAPITEL 4

Andrés traute seinen Augen nicht. »Was machst du denn hier?«, stieß er hervor. Er blickte mit hochgezogener Braue in die Richtung der nervigen Touristin, die soeben in seine Tauchschule geschneit war.

»Bist du Andrés?«, fragte sie. Ihre Stimme klang ein wenig dünn, ihre rehbraunen Augen hatte sie weit aufgerissen. Sie erinnerte sich also an ihn, und er konnte sich beim besten Willen nicht vorstellen, was sie hierher verschlagen haben mochte. Nur ein blöder Zufall? Das Magengrummeln sagte ihm, dass das unwahrscheinlich war. Zumindest hatte sich niemand per Email oder Telefonat angekündigt, der bei diesem Wetter den Grund des Fjords erkunden wollte.

»Ja, der bin ich. Wer will das wissen?«, erwiderte er nach einer langen Pause. Er machte sich nicht die Mühe, aufzustehen. Wenn sie tatsächlich hier war, um eine Tauchstunde bei ihm zu buchen, würde er definitiv absagen. Er hatte keine Lust auf Frauen wie sie, die bedeuteten nur Stress und Ärger.

»Erla hat mich hergeschickt, ich bin Alex.«

Erla.

Alex.

Sein Mund klappte auf, als ihm der Zusammenhang klar wurde.

Das konnte nicht Erlas Ernst sein! Er würde seine Schwester umbringen.

»Alex?«, wiederholte er ungläubig.

Sie nickte, und er sah sie schlucken. »Hat sie dir nichts gesagt? Tut mir leid, ich dachte, du wärst informiert.«

O doch, sie hatte ihm gesagt, dass *Alex* sich bei ihm melden würde, er sollte Alex ein bisschen das Land und die Leute zeigen und in einer klaren Nacht die Nordlichter. Er hatte gedacht, Alex wäre die Kurzform von Alexander.

Erst jetzt begriff er, dass seine hinterhältige Schwester absichtlich mit keinem Wort erwähnt hatte, dass es sich bei Alex um eine Studienkollegin und nicht um einen Studienkollegen, wie er angenommen hatte, handelte. Dieses Aas von Schwester hatte damit gerechnet, dass er sonst Nein gesagt hätte. Erla wusste nämlich genau, dass er Frauen momentan aus dem Weg ging. Gebrannte Kinder …

»Was stimmt denn nicht mit ihr?«, fragte sein Kumpel Friðrik auf Isländisch. »Warum guckst du, als wäre der Teufel persönlich durch die Tür gekommen?«

»So ungefähr, kannst du dich erinnern, als ich dir von der blöden Kuh erzählt habe, die mir den letzten Mietwagen weggeschnappt hat? Die ich dann einen Tag später quasi aus dem Graben gezogen habe, weil sie zu blöd zum Autofahren ist?«

Die Mundwinkel seines Freundes zuckten verräterisch. »Scheint, als hätte sie dich gefunden.«

»Sieht nicht so aus, als hätte sie mich gesucht, also zumindest nicht deswegen. Meine Schwester hat mich gebeten, Alex ein bisschen die Umgebung zu zeigen, du weißt schon, das übliche Touri-Programm. Leider hat sie vergessen zu erwähnen, dass Alex eine Frau ist.«

Besagte schaute von einem zum anderen hin und her, natürlich verstand sie kein Wort. Da ihr Name erwähnt wurde, wusste sie zumindest, dass über sie gesprochen wurde. Gut, sie sollte sich ruhig unwohl fühlen, vielleicht überlegte sie es sich dann anders und verschwand aus seinem Haus.

»Sie ist doch hübsch«, meinte Friðrik. »Wenn man auf Püppchen steht.«

»Du kannst sie gerne haben.«

»Das würde Stella sicher nicht gefallen.«

»Nein, vermutlich hätte deine Frau was dagegen. Was für eine Scheiße.«

»Äh, hallo?«, sagte Alex jetzt auf Englisch. »Ich bin auch noch da.«

»Ja, das haben wir gemerkt«, brummte Andrés.

»Ich kann auch wieder gehen, wenn ich ungelegen komme«, meinte sie und hob ihr Kinn ein wenig an.

Diese Frau würde nur Ärger machen, das war ganz klar. Sie war zickig, verwöhnt und hielt sich für was Besseres. Aber sie war aus einem ihm unverständlichen Grund eine Freundin seiner Schwester. Die würde ihn grillen, wenn er Alex wegschickte, ohne vorher den Bergführer zu spielen.

»Mir bleibt auch nichts erspart«, wandte er sich an seinen Kumpel.

Der wackelte anzüglich mit den Augenbrauen. »Die würde dich nie nehmen, nicht mal für eine Nacht«, zog er ihn auf. »Also, was stellst du dich so an? Du sollst sie ja nicht heiraten.«

Andrés stieß zischend die Luft aus. »Zum Glück. Und wenn du mich so fragst, vielleicht ist sie ja nur so bissig, weil sie sexuell frustriert ist.«

»Na, dich würde sie jedenfalls nicht ranlassen«, frotzelte er. »Da würde ich meinen Arsch drauf verwetten.«

»Sei dir mal nicht so sicher.« Andrés ließ seinen Blick über sie gleiten, ja, man konnte nicht viel erkennen, sie trug eine dicke Jacke, aber er erinnerte sich an ihre zarten Rundungen. Hässlich war sie jedenfalls nicht. »Man müsste ihr auf jeden Fall den Mund zukleben«, brummte er, während er feststellte, dass sie ansonsten wirklich ganz hübsch war.

Er sah Alex an ihrer Unterlippe nagen und wunderte sich ein bisschen, dass sie sich nicht noch einmal beschwerte, und dann begriff er, wie unhöflich er sich verhielt. Er war eigentlich nicht so ein Arschloch, das sexistische Sprüche über Besucherinnen klopfte, aber dieses zarte Gesicht rief bei ihm anscheinend seine schlechtesten Seiten hervor.

»Möchtest du einen Kaffee?«, bot er ihr etwas versöhnlicher an.

Sie guckte unentschlossen von einem zum anderen. »Wenn es keine Umstände bereitet? Ich kann auch ein andermal wiederkommen.« Sie wollte sich gerade zum Gehen wenden.

»Nein, überhaupt nicht. Na los, bitte setz dich doch, ich hole dir eine Tasse.« Andrés machte es keinen Spaß, aber er füllte ihr Kaffee in einen Becher und stellte ihn dann auf das kleine Tischchen neben dem Sofa. »Bitte schön, brauchst du Milch?«

»Nein danke, geht schon«, erwiderte sie und setzte sich. Ein bisschen widerwillig, wie er mit einem leisen Lächeln beobachtete. »Ist das deine Tauchschule?«

Er nickte und verschränkte die Arme vor der Brust. »Yep, ist meine.«

»Kann man denn im Winter überhaupt tauchen?« Sie blickte zu ihm auf.

Verdammt, sie sah wirklich ganz nett aus, sogar attraktiv, wenn sie gerade mal nicht zeterte.

Friðrik räusperte sich. »Ja, ich muss dann mal wieder.« Er stand auf und stellte seine Tasse in die Spüle der kleinen Kochnische.

Andrés wollte sagen ›bleib doch noch‹, aber als ihm klar wurde, wie albern das klang, ließ er es sein. Er würde doch mit dieser Alex auch alleine fertigwerden und brauchte keinen Anstandswauwau, der ihn davon abhielt, an ihre Gurgel zu springen. Hoffentlich.

Vielleicht war sie ja doch ganz umgänglich, sagte er sich, dann merkte er, wie er eine Grimasse zog. Wer es glaubte …

Der erste Eindruck täuschte selten, und da hatte sie ganz genau gezeigt, wie selbstsüchtig und arrogant sie war. Aber gut, konnte ihm egal sein. Er würde sie ein bisschen rumfahren, dann hatte sich die Sache erledigt. Mehr konnte Erla beim besten Willen nicht von ihm verlangen.

Was hatte Alex eben noch mal gefragt? Er strich sich durch die Haare, dann erinnerte er sich, dass sie wissen wollte, ob man im Winter auch tauchen könne. »Kann man schon, aber natürlich liegt unser Hauptgeschäft im Sommer.«

Nachdem sein Kumpel gegangen war, ließ Andrés sich wieder auf seinen Drehstuhl fallen. Alex hielt die Tasse mit beiden Händen umklammert und hatte ihren Blick darauf gerichtet.

»Also«, fragte Andrés. »Was möchtest du sehen? Hast du bestimmte Vorstellungen?«

Sie hob ihren Kopf. »Ich weiß nicht, keine Ahnung, kenne mich hier ja nicht aus. Außerdem bin ich recht, äh, spontan nach Island gereist und noch nicht dazu gekommen, Reiseführer zu wälzen.«

Super, sie hatte nicht mal eine Idee? Er wollte seinen

Mund verziehen und einen blöden Spruch raushauen, aber dieses seltsame Schimmern in ihren Augen hielt ihn zurück. Sie wirkte auf einmal sehr jung und verletzlich und rührte etwas in ihm an, das ihn zutiefst irritierte, denn bei ihr hätte er diese Reaktion am wenigsten vermutet. Andrés räusperte sich. »Hm, ja. Also, was hältst du davon, wenn wir nach Mývatn fahren? Dort gibt es heiße Quellen und so. Ist ziemlich cool für alle, die hier zum ersten Mal sind.«

»Eigentlich wäre mein größter Wunsch, Nordlichter zu sehen.« Sie trank einen Schluck. »Aber mir ist natürlich klar, dass man die nicht auf Bestellung an den Himmel bekommt.« Sie lächelte schüchtern.

»Nordlichter, aha. Die sind schon großartig, aber eigentlich ist das jetzt gerade ein bisschen schwierig. Das Wetter ist so unbeständig, man braucht klare Nächte – nicht diese Stürme.«

»Leuchtet mir ein, trotzdem ... Vielleicht habe ich ja Glück während meines, äh, Urlaubs.«

Warum hatte sie eben so seltsam gezögert? Es klang so, als ob sie selbst nicht wüsste, warum sie überhaupt hier war. Merkwürdig, aber ihm konnte es egal sein.

»Wie lange wirst du bleiben?«, hörte er sich fragen, obwohl ihm auch das völlig schnuppe sein sollte.

»Drei Wochen.«

»Drei Wochen?« Beinahe hätte er sich verschluckt. Er hatte mit ein paar Tagen gerechnet, aber *so what*, erinnerte er sich, er musste sie ja nicht jeden Tag herumkutschieren. Zum Glück nicht. Als ob er sonst nichts zu tun hätte.

»Hey, keine Angst. Ich werde garantiert nicht zu viel von deiner Zeit in Anspruch nehmen«, sagte sie, als ob sie seine Gedanken lesen könnte. Alex setzte sich ein wenig aufrechter hin. »Um ehrlich zu sein, ich bin mir gar nicht sicher, ob das hier überhaupt eine gute Idee ist. Ich hatte Erla angerufen, weil sie mir schon oft vorgeschlagen hat, sie zu besuchen, und dann habe ich es einfach getan, spontan und unüberlegt. Ich hatte keine Ahnung, dass sie im Urlaub ist. Mein Fehler. Sorry, du musst dich überhaupt nicht mit meiner Gegenwart befassen. Ich sollte besser gehen.«

Sie stellte die Tasse ab und stand auf. Er unterdrückte ein Augenrollen.

»Setz dich bitte wieder«, sagte er zu ihr. »Warum willst du schon los, du bist doch gerade erst gekommen?«

»Warum? Es ist doch ganz offensichtlich, du findest mich scheiße, ich finde dich ... auch nicht besonders toll. Ich sage Erla einfach, dass ich keine Lust auf Gesellschaft hatte, und fertig.«

Andrés schloss für eine Sekunde die Augen. Erla würde ihn kaltmachen, natürlich würde sie ihm die Schuld dafür geben, dass Alex lieber alleine losgezogen war, als seine Hilfe in Anspruch zu nehmen. Auch wenn er es nicht wollte, er musste nett zu Alex sein. Herrgott noch mal, ihm blieb aber auch nichts erspart. »Hey, tut mir leid«, brachte er hervor. »Bitte bleib, ich habe gar nichts gegen dich, das ist ein Missverständnis.«

Sie lachte kurz auf. »Das sah am Flughafen aber nicht so aus.«

Er seufzte leise. »Ich hatte echt Stress, und ich hätte den Mietwagen ganz dringend gebraucht.«

»Was war denn los?«

»Eine Familienfeier«, gab er ausweichend zurück. Er wollte jetzt nicht erklären, was seine Exfrau für einen Aufstand gemacht hatte, als er erst kurz vor Mitternacht aufgetaucht war. Zum Glück hatte er auf dem Parkplatz vor dem Flughafen einen Bekannten getroffen, der auch auf dem Weg nach Akureyri gewesen war. Er hatte ihm den Arsch gerettet.

Alex hob abwehrend die Hände. »Schon okay, du bist mir gar keine Rechenschaft schuldig. Ich hatte auch einen echten Scheißtag, das kann ich dir sagen. Normalerweise bin ich auch ... weniger gestresst.« Sie seufzte, und er sah, dass sie ihre schmalen Schultern hängen ließ. Bis jetzt hatte er gar keinen Gedanken daran verschwendet, dass nicht nur er Probleme hatte, erinnerte sich aber daran, dass sie am Flughafen auch sehr angespannt gewesen war – ihm aber nicht den Grund genannt hatte. Zu diesem Zeitpunkt hatte es ihn auch noch nicht interessiert. Jetzt würde er schon wissen wollen, was los gewesen war.

»Darf ich dir dann ein bisschen was vom Norden zeigen?«, fragte er, nachdem er sich ermahnt hatte, dass es ihn nichts anging. Gegen seinen Willen musste er sich eingestehen, dass er sich leider schon wieder überlegte, warum sie wohl so traurig schaute, warum sie alleine unterwegs war, und warum sie ...

Stopp. Was machte er da eigentlich? Er würde sie nicht näher kennenlernen, er würde sich nicht ihre Lebensgeschichte anhören. Er würde lediglich ihren Chauffeur spielen.

»Äh, darf ich mal dein Badezimmer benutzen?«, fragte sie, und er sah, dass ihre Wangen sich leicht röteten.

»Klar, du gehst um die Ecke, am Ende des Flurs ist das Klo.«

»Danke.«

K onnte in ihrem Leben nicht einmal etwas reibungslos funktionieren, fragte Alex sich, während sie beim Händewaschen in den Spiegel schaute. Hatte diese Horoskop-Tante nicht gesagt, es würde jetzt bald bergauf gehen? Anscheinend verstand sie nicht viel davon, denn dass gerade dieser Kerl Erlas Bruder sein musste, stellte einen neuen Tiefpunkt dar. Alex senkte den Blick, weil sie nicht länger ertragen konnte, wie müde und verletzlich sie ohne Make-up wirkte, das ihr sonst immer ein Gefühl von Sicherheit und Professionalität gab. Sie hatte absichtlich darauf verzichtet, denn alle Produkte, die sie mithatte, waren von *Niderma*, und sie brauchte Abstand zu allem, was sie an zu Hause erinnerte. Alex stellte das Wasser ab und trocknete die Hände, ehe sie zurückging. Als sie ins Büro kam, sah sie, dass Andrés mit einer jungen Frau im Arm im Raum stand und ihr über die Haare strich.

O Gott, auch das noch, das war wirklich grenzwertig. Sie hatte glänzendes hellblondes Haar und unendlich lange Beine, die in einer engen Jeans steckten. An den Füßen trug sie Sneaker – ohne Socken. Alex fror schon vom Hinsehen. Aber der Anblick schockierte sie nicht nur deshalb, sondern hauptsächlich, weil diese junge Dame ganz offensichtlich Andrés' Freundin war. Sie unterhielten sich leise, sehr vertraut, auf Isländisch. Sie verstand natürlich kein Wort, aber sie mochte die Sprachmelodie, das rollende R und die klaren Töne.

Alex fühlte sich wie Falschgeld, sie war ganz offensichtlich in eine intime Situation geplatzt. Sie räusperte sich, um auf sich aufmerksam zu machen.

»Alex, das ist Svala, Svala, das ist Alex, eine Freundin von Erla. Ich zeige ihr bisschen was von Island«, erklärte Andrés auf Englisch.

Svala beäugte sie misstrauisch, ein Funken Eifersucht blitzte in ihren hellblauen Augen auf, dann sagte sie: »Alles klar, ich geh mal nach oben. Bis später. Tschüss.«

Alex hoffte, dass ihre Gesichtszüge nicht entglitten. Es ging sie ganz und gar nichts an, mit wem dieser Kerl was hatte. Nicht ihre Baustelle.

Insgeheim wünschte sie sich, niemals hergekommen zu sein, dabei sah er gar nicht aus, als ob er es nötig hätte, sein Ego mit einer viel Jüngeren aufzupolieren. Er war auf eine raue, ungekünstelte Art durchaus attraktiv.

Andrés zog sich einen Wollpullover und eine Mütze auf den Kopf, dann griff er die Autoschlüssel. »Wollen wir?«

»Äh, ja klar. Was wollen wir eigentlich machen?«

Er lachte. »Na, Mývatn, heiße Quellen, du erinnerst dich?«

»Ach so, ja.«

Andrés ging an ihr vorbei, sie folgte ihm und fühlte sich dabei ein bisschen wie ein Hündchen. Er redete offenbar nicht viel, aber gut, das kam ihr gelegen. Sie wollte auch so wenig wie möglich mit diesem Mann zu tun haben. Dass er ein Faible für Schulmädchen hatte, machte ihn nicht gerade sympathischer. Im Vergleich zu Svala war Alex steinalt.

Sie stiegen in seinen Pickup, die Scheiben waren enteist, das Auto vom Schnee befreit. Er war heute offenbar schon unterwegs gewesen. Dann fiel ihr ein, dass sie nach dem Ärger heute Morgen ihren Fotoapparat in der Wohnung vergessen hatte.

»Verdammt«, stieß sie hervor.

»Was ist?«, fragte er und ließ den Motor an.

»Hab die Kamera liegen gelassen, aber ist nicht so schlimm.«

»Sollen wir sie holen?«

»Nicht nötig, aber vielen Dank.«

»Ehrlich, das ist kein Problem, es ist nur ein kleiner Umweg.«

»Nee, lass mal.«

Er fuhr los, und sie schaute aus dem Fenster.

»Was ist?«, fragte er.

»Was soll sein?«

Er lachte leise. Es war ein dunkles, einnehmendes Lachen. »Du wirkst irgendwie genervt.«

»Hä? Quatsch.«

»Ist es wegen Svala? Ich weiß, sie kann manchmal ein bisschen schroff sein.«

O Gott, konnte er etwa in ihr lesen wie in einem offenen Buch? Mist, sie musste sich am Riemen reißen. »Nee.«

»Ist schon okay, mir ist klar, dass sie gerade ... sehr besitzergreifend ist.«

Wie sprach er denn über seine Freundin? Alex kniff die Augen zusammen. »Ist sie immer so? Ich meine, wie habt ihr euch kennengelernt? Wenn ich das fragen darf?«

Gott, sie redete sich um Kopf und Kragen, es ging sie doch gar nichts an. Wenn er jetzt ›Abiball‹ antwortete, würde sie schreiend aus dem Auto springen.

»Wie ich sie kennengelernt habe? Was ist das denn für eine komische Frage? Ich war bei ihrer Geburt dabei, das ist doch nicht so außergewöhnlich? Heute jedenfalls nicht mehr.«

Alex riss die Augen auf und fing an zu husten. »Was?«

»Svala ist meine Tochter, was dachtest du denn?« Er grinste breit.

Sie wollte sterben.

Jetzt. Und sofort.

Oder zumindest ein Loch, in dem sie sich vergraben konnte.

Scheiße.

Das Mädchen war seine Tochter!

»Klar, hab' ich mir gedacht«, log sie. »Wie alt ist sie?«

»Sie ist gerade siebzehn geworden.«

»Siebzehn? Wow. Wie alt bist du denn?«

»Fünfunddreißig.«

»Da bist du aber jung Vater geworden.«

Er zuckte die Schultern, und Alex rechnete ihm hoch an, dass er ihre Feststellung nicht mit einem genervten Seufzen kommentierte. »Ja, ist halt passiert.«

»Hast du noch mehr Kinder?«

»Nein. Bis jetzt nicht.«

Bis jetzt nicht, was sollte das heißen? »Aha«, meinte sie nur.

»Die Familienfeier, das war ihr Geburtstag.« Er atmete aus. »Hildur, meine Exfrau, sie war nicht begeistert, dass ich viel zu spät gekommen bin.«

O je. Und sie war schuld. Na ja, nicht komplett, aber … Warum hatte sie nicht einfach angeboten, dass er …

Moment mal, was machte sie da eigentlich schon wieder? Natürlich hatte sie ein Recht auf den Mietwagen gehabt – hin oder her. Sie war sicher nicht verantwortlich, dass er zu spät gekommen war.

»Ich habe zuvor zwei Tage in Oslo am Flughafen gesessen, wegen eines Streiks des Bodenpersonals hat sich alles verzögert. Tja, Pech gehabt.«

Au weia …

»Und deine Tochter ist auch sauer auf dich?«

»Deswegen? Nein.«

Das klang nach einem Satz, der mit ›aber‹ hätte fortgeführt werden müssen. Alex brannte es auf der Zunge, nachzuhaken, doch irgendwas hielt sie zurück. »Dann seid ihr geschieden?«

»Ja, aber noch nicht lange.«

Das wiederum war eindeutig zu verstehen, es hieß: frisch geschieden und keinen Bedarf.

Eine Frechheit eigentlich, dachte er etwa, sie hätte Interesse an ihm?

Sicher nicht.

»Äh, ja. Ich wollte nur noch mal sagen, dass du das hier nicht für mich tun musst«, meinte sie kühl.

»Schon klar.«

»Nein, ehrlich. Es ist mir unangenehm, ich wollte dich nicht von dem abhalten, was auch immer du heute vorhattest.«

»Es ist in Ordnung«, sagte er gelassen und trat aufs Gas.

Scheiße. Dieser Kerl musste lebensmüde sein. Er raste über die schneebedeckten Straßen, als befänden sie sich auf der Paris Dakar – statt Sand hatten sie eben Schnee und Eis unter den Reifen. Eigentlich hatte sie geglaubt, dass sie gute Nerven hätte. Aber das hier überforderte sie. Um einiges.

»Geht's vielleicht ein bisschen langsamer?«, fragte sie, während sie sich an Sitz und Türgriff festklammerte.

»Wir wollen doch heute noch ankommen, oder?« Er ließ sich nicht beeindrucken, im Gegensatz zu ihr wirkte Andrés vollkommen entspannt. Ganz anders als bei ihren vorigen Begegnungen. Seltsam. Der Mann war ihr ein Rätsel.

Sie schaute aus dem Fenster und versuchte ihren rasenden Herzschlag in den Griff zu bekommen. Irgendwann gewöhnte sie sich zumindest ein wenig an seinen Fahrstil. Sie brausten durch Akureyri, über eine Brücke auf die andere Seite des Fjords. Die Straße führte steil nach oben, von hier aus hatte man einen großartigen Blick auf die Stadt. »Wow«, rief sie und reckte ihren Hals.

»Hübsch, nicht?«

»Ja, Wahnsinn. Was ist das denn da drüben? Ein Skilift?«

»Ja, wusstest du das nicht?«

»Nee, ich hatte keine Ahnung, dass man hier Ski fahren kann.«

Andrés lachte. »Wenn nicht in Island, wo dann?«

»Ist das denn überhaupt sicher?«

»Wieso sollte es das nicht sein? Ich meine, bei einem

Schneesturm haben auch bei uns die Lifte geschlossen, oder was meinst du?«

Sie nickte. »Ja, ich habe keine Ahnung. Bisher war ich nur in den Alpen oder den USA zum Skifahren.«

»Dort kann es ja auch ungemütlich werden.«

»Hast du auch wieder recht.«

»Kannst du denn Ski fahren?«, wollte er wissen.

»Ach, ich kann mich auf den Beinen halten. Es geht. Aber lohnt sich das denn überhaupt? Ich meine, es ist ja wirklich nicht lange hell.«

»Flutlichter«, gab er zurück. »Das klappt ganz wunderbar.«

»Echt? Das ist ja cool.«

»Ich kann dir das Skigebiet gern mal zeigen, aber es ist nicht groß, das muss dir klar sein, da darfst du nicht zu viel erwarten.«

»Mach dir mal keine Gedanken, außerdem habe ich gar keine Ausrüstung mit.«

»Ich denke, wir könnten da bestimmt was auftreiben. Du kannst eigentlich Erlas Skier nehmen.«

»Puh, seid ihr Isländer immer so spontan?«

»Spontan?«

»Von der Idee bis zur Umsetzung meine ich.«

Er zuckte die Schultern. »Es klang so, als ob es dich interessieren würde. Ich war schon 'ne Weile nicht mehr im Hlíðarfjall, du hast mich drauf gebracht, dass ich das mal wieder machen könnte, also … Ich würde es ohnehin nur für mich tun.« Ein arrogantes Grinsen schmückte seine Mundwinkel, und Alex musste unwillkürlich lachen.

»Ja, ist klar. Also … ich überlege es mir. Ich will ja auch nicht zum Klotz am Bein mutieren.«

»Keine Sorge, das wird nicht passieren.«

Dieser Satz gab ihr einen unerwarteten Dämpfer, sie

machte ihren Mund wieder zu und schaute nach vorne. Für eine Weile fuhren sie schweigend. Obwohl das Tempo für ihren Geschmack immer noch halsbrecherisch war, gewöhnte sie sich daran. Es wurde vermutlich bald dunkel, und die Aussicht würde sich dann auf das beschränken, was die Scheinwerfer beleuchteten. Bis dahin wollte sie so viel wie möglich sehen. Hin und wieder schnappte sie nach Luft, die fehlenden Leitplanken machten sie nervös, aber die Aussicht entschädigte sie für alles.

Vor ihnen erstreckte sich ein See, über den die aufgeschüttete Straße führte. »Das Land da hinten gehört meiner Tante«, sagte er.

»Seltsam, dass die Straße hier mitten durch den See geht, quasi.«

Er zuckte die Schultern. »Manchmal ist es einfacher, was aufzuschütten, als groß drum herumzubauen.«

Die Landschaft war geprägt von hohen schneebedeckten Bergen und langgezogenen Tälern. Hier und da kamen sie an kleinen Dörfern und einzelnen Bauernhöfen vorbei.

»Oh, es sieht unbewohnt aus.«

»Es gibt eine Hütte, sie bietet nicht viel Komfort, ist aber ganz okay.«

»Und seid ihr manchmal dort?«

»Selten, um ehrlich zu sein. Hin und wieder komme ich zum Schneehühnerschießen, aber übernachtet habe ich da schon länger nicht mehr.«

»Du schießt selbst?«

»Wieso nicht?«

»Ich könnte das nicht.«

Er schenkte ihr einen wissenden Blick. »Ja, ist klar. Aber du bist keine Vegetarierin?«

»Nicht unbedingt.«

»Dann verstehe ich das nicht. Wenn man Fleisch auf

dem Teller haben will, muss einem doch auch klar sein, dass die Tiere dafür geschlachtet werden müssen.«

»Das ist mir schon klar, das heißt aber noch lange nicht, dass *ich* das machen muss.«

»Weibliche Logik«, stellte er fest.

»Nenn es, wie du möchtest.«

»Dann kann ich davon ausgehen, dass du nicht mal die Federn rupfen würdest?«

Alex runzelte die Stirn. »Garantiert nicht.«

»Dachte ich mir.«

Aus irgendeinem Grund störte sie sein Kommentar, sie empfand ihn als abwertend. Dabei sollte es ihr am Allerwertesten vorbeigehen, ob er sie verurteilte, weil sie einem Vogel nicht die Innereien aus dem Hintern ziehen wollte. Alleine der Gedanke ließ sie erschaudern. Und nur, weil sie es selbst nicht tun wollte, hieß das nicht, dass sie die Augen vor der Realität verschloss.

Seufzend pflückte sie einen Fussel von ihrer Jeans.

KAPITEL 5

»So, ich hoffe, du magst es heiß und kuschelig«, sagte er, während er den Motor abstellte. Ein wenig freute er sich mittlerweile sogar selbst darauf, endlich mal wieder hier zu baden. Er tat viel zu selten etwas einfach nur, um es sich gutgehen zu lassen. Inzwischen war es dunkel geworden, aber der Weg zum Gebäude war von kniehohen Lichtern gesäumt, und von hier aus sah man bereits den Dampf aus dem hellblauen Wasser aufsteigen, das ebenfalls am Rand beleuchtet war.

»Äh, was?« Alex schaute ihn verständnislos an.

»Wir sind hier bei den heißen Quellen, wie versprochen«, erklärte er langsam, weil sie offenbar nicht kapierte, warum er hier geparkt hatte.

»Und was machen wir hier?«

Er lachte. »Baden?«, schlug er vor.

»Sofern das kein FKK-Badestrand ist, fürchte ich, dass ich passen muss.«

»FKK?« Er hatte keine Ahnung, was das bedeuten sollte.

»Ich bin keine Nudistin«, erklärte sie.

»Oh, ich auch nicht.«

»Und wie meinst du dann, dass wir da schwimmen sollen? In Unterwäsche? Sicher nicht.«

Andrés hob eine Augenbraue. »Man kann sich Badesachen ausleihen.«

Sie verzog angewidert das Gesicht. »Das ist ja ekelhaft.«

»Die Sachen sind gewaschen.«

»Nee, das mache ich nicht.«

Er verdrehte genervt die Augen. »Das ist jetzt nicht dein Ernst.« War ja klar, dass dieses verwöhnte Persönchen auf jeden Fall einen Grund finden würde, ihm den Spaß zu verderben.

Sie verschränkte die Arme vor der Brust. »Vergiss es.«

Gott, für wen machte er das hier eigentlich? Er hatte gedacht, dass sie Vergnügen daran haben würde. Mit einem Seufzen unternahm er einen letzten Versuch. »Du kannst dir auch einen nagelneuen Badeanzug besorgen, das ist möglich. Natürlich gibt es einen angrenzenden Shop, in dem man auch Kosmetikprodukte und Schwimmsachen kaufen kann.«

Sie starrte ihn ausdruckslos an. Er hatte erwartet, dass sie auf diese Information etwas begeisterter reagieren würde. Alles an ihr deutete darauf hin, dass Geld keine Rolle spielte. Shopping war sicher eins ihrer Lieblingshobbys. Dass sie in Reykjavík schon einkaufen war, zeigten ihm ihr nagelneuer Anorak und die ebenfalls unbenutzt wirkenden Trekking-schuhe. Warum stellte sie sich jetzt so komisch an?

»Ich soll einen kaufen?«

»Meine Güte, ich wollte dir dieses Naturbad zeigen. Es ist einzigartig und nicht so überlaufen wie die Blaue Lagune im Süden. Aber gut, wenn du Komplexe hast und dich vor mir nicht in Badesachen zeigen willst, bitte schön. Dann lassen wir das halt, nicht mein Problem, ich kenne das hier alles schon.« Er spürte den Puls an seinem Hals pochen, er wollte sich nicht aufregen, aber diese Frau neben ihm kehrte immer wieder die schlechtesten Seiten in ihm hervor. Sie führte sich auch wie eine unsympathische Schnepfe auf. Da war sein erster Eindruck wohl doch richtig gewesen.

»Nee, alles gut. Dann kauf ich mir halt einen. Supi.« Sie schnallte sich ab und stieg aus.

Andrés atmete hörbar aus und warf einen flehenden Blick in den Himmel. Jesus, die Frau kostete Nerven, aber immerhin waren sie jetzt auf dem Weg hinein. Ein leises Lächeln schlich sich auf seine Lippen.

Er folgte ihr und stellte mit Genugtuung fest, dass wenig los war. Ein Glück, denn im Sommer war auch das hier längst kein Geheimtipp mehr. Während die Prinzessin sich die Bademoden im Shop ansah, kaufte er die Eintrittskarten und lieh sich eine Badehose. Wie lächerlich, dass sie sich deswegen so anstellte. Nach einer Viertelstunde, in der sie sich noch nicht hatte entscheiden können, trat er neben sie und hielt ein Modell mit Leopardenprint nach oben. »Wie wäre es damit?«

»Ha, ha, sehr lustig.« Sie schüttelte den Kopf. »Die sind alle grauenhaft.«

»In drei Stunden machen sie zu, also, ich würde schon gerne bis dahin noch ins Wasser kommen ...«, versuchte er sie höflich zu überzeugen.

»Grauenhaft«, wiederholte sie lakonisch.

Andrés wurde es zu blöd, er nahm einen schwarzen Einteiler und hielt ihn hoch. »Den nimmst du und fertig.«

Sie riss ihm den Bügel aus der Hand. »Da müsste ich noch ungefähr fünfzehn Kilo zulegen, damit mein Hintern da reinpasst.« Sie hängte ihn zurück. »Sehr nett«, meinte sie noch mit einem sarkastischen Lächeln.

»Gut, du kannst ja nachkommen, wenn du dich dann entschieden hast. Ich geh schon mal rein. Hier ist dein

Armbändchen. Wir sehen uns. Handtücher gibt es nach dem Drehkreuz.« Er nahm ihre Hand und ließ das Armband mit dem Chip in ihre fallen. Ihre Haut fühlte sich zart und warm an, schnell ließ er sie los und räusperte sich.

Weil sie nichts erwiderte, ging er davon. Sollte sie doch machen, was sie wollte.

»Hey, wie finde ich dich denn?«, rief sie hinterher.

»Im Wasser«, erwiderte er, ohne sich noch einmal umzusehen.

»Super, schon mal darüber nachgedacht, Komiker zu werden und damit dein Geld zu verdienen?«

Er verdrehte die Augen. Dass diese Frau immer das letzte Wort haben musste!

Zehn Minuten später ließ er sich auf dem warmen Wasser treiben und schaute in den Nachthimmel. Leider konnte man nur wenige Sterne sehen, da dichte Wolken die Sicht trübten. Egal, dachte er und merkte, wie er anfing, sich ein wenig zu entspannen. Vorher war ihm gar nicht aufgefallen, wie steif sein Nacken gewesen war – kein Wunder, wenn man so eine anstrengende Person wie Alex im Schlepptau hatte. Gleichzeitig fragte er sich, ob sie nun endlich eine passende Schwimmkluft ausgesucht hatte. Vielleicht wurde ihr Körper ja durch hässliche Narben entstellt, die sie nicht zeigen wollte? Die Theorie verwarf er gleich wieder, er glaubte, jemand, der wirklich entstellt war und sich dafür schämte, würde sich im Ganzen anders verhalten. Genau wusste er es natürlich nicht.

Vielleicht war sie auch einfach nur eine der Frauen, die sich nie entscheiden konnten. Die letzte Theorie erschien ihm mit jeder Minute wahrscheinlicher.

Außer ihm waren nur noch eine Handvoll Leute im

blauen, herrlich warmen Wasser. Dampf stieg auf, Lichter säumten das Ufer des Naturbads, sodass man nicht im Dunkeln planschen musste, aber auch nicht geblendet wurde. Der perfekte Ort für ein erstes romantisches Date.

Er verzog sein Gesicht. Als ob er sich damit auskennen würde! Dergleichen hatte er wenig bis gar nicht vorzuweisen, aber er war nicht unzufrieden deswegen. Er war in seiner Ehe immer treu gewesen, und vor Hildur hatte es nicht viele Frauen – Mädchen – gegeben. Er hatte weder Ahnung vom perfekten Rendezvous noch Lust darauf. Wenn es nach ihm ginge, würde er ein Einsiedlerdasein führen. Seine Arbeit war ihm genug, er war zufrieden mit seinem Leben. Er war keiner dieser Typen, die unbedingt eine Partnerin an ihrer Seite brauchten. Er kam gut alleine klar.

Nach einer Weile, er hatte schon gar nicht mehr mit Alex gerechnet, plätscherte es neben ihm. Er stellte sich auf den sandigen, steinigen Grund und öffnete die Augen. »Oh, Madame sind dann auch so weit«, witzelte er.

»Heiß, heiß«, stieß sie hervor.

»Nur am Anfang, du gewöhnst dich gleich dran. Und, für welchen hast du dich entschieden?«

Sie hatte ihre Haare zu einem Knoten nach oben gedreht, er konnte nur ihre Schultern, den schlanken Hals und die geraden Schlüsselbeine sehen. Sie war sehr zart gebaut, im gedämpften Licht wirkte sie beinahe zerbrechlich.

»Willst du gar nicht wissen«, brummte sie.

Er gluckste leise. »Okay. Na, wie findest du es? Die Mineralien im Wasser sind übrigens sehr gut für die Haut.«

»Tatsächlich, legst du etwa auf sowas Wert?«

»Nee, ich nicht, aber du, wenn ich dich richtig einschätze. Es geht aber nicht nur um Kosmetik. Für Leute mit Neurodermitis und so ist das ganz gut hier.«

»Schön.« Sie ließ sich tiefer ins Wasser gleiten. »Aber die Luft ist echt kalt.«

»Ja, eigentlich musst du eine Mütze tragen, oder die Haare regelmäßig nass machen.«

»Sagt wer?«

»Das lernt man schon als Kind im Schwimmunterricht. Sonst kriegt man Erfrierungen.«

»Echt?«

»Ja, was glaubst du denn? Wir haben Minusgrade.«

»Na, so schlimm wird es schon nicht werden.«

»Bitte, es ist dein Kopf.« Er ließ sich wieder treiben.

»Es ist verlockend, ich könnte dich ganz leicht untertauchen«, provozierte sie ihn mit einem amüsierten Unterton.

Andrés war froh, dass sie endlich mal nicht meckerte oder sich dumm anstellte. Sie hatte anscheinend doch einen Funken Humor in ihrem zarten Körper, und das fand er seltsamerweise sehr erfrischend nach den vielen unerquicklichen Diskussionen, die er bislang mit ihr geführt hatte.

»Du kannst es ja mal versuchen«, ging er auf ihren Scherz ein und malte sich aus, wie er mit ihr im Wasser kämpfen würde. Dass er dabei unterging, kam ihm unwahrscheinlich vor, beinahe wünschte er sich, sie würde es versuchen. »Überleg mal, wer der Stärkere von uns ist.«

»Das würdest du nicht wagen.« Sie klang ernsthaft überrascht, was er saukomisch fand.

»Logisch, wenn du mich ärgerst, glaubst du, ich ärgere dich nicht zurück?«

»Mir war gar nicht so klar, dass Isländer so ... roh sind. Erla ist gar nicht so.«

»Meine Schwester ist ein zartes Pflänzchen, aber glaub mir, wenn es drauf ankommt, kann sie anpacken.« Was er bei Alex bezweifelte, sie wirkte erhaben, aber weltfremd. Ja, zumindest fremd in seiner Welt.

»So, also, das sind die berühmten heißen Quellen«, sagte sie, um das Thema zu wechseln. Sie ließ sich jetzt auch im Wasser treiben und kam ihm zum ersten Mal, seit er ihr begegnet war, wie eine normale, sympathische Frau vor. Sie schien beinahe entspannt zu sein. Nein, nicht beinahe, der verkniffene Gesichtsausdruck war einer seligen Verzückung gewichen – was er wiederum sehr anziehend fand. Irritierenderweise, das musste er sich eingestehen.

»Ja, es gibt mehrere davon. Das ganze Gebiet hier ist sehr warm. Ist dir vielleicht aufgefallen, dass nicht überall Schnee liegt und dass es hier und da qualmt?«, neckte er sie.

»Ja, obwohl man im Dunkeln natürlich nicht so viel sehen kann. Wie kommt man eigentlich damit klar? Ich finde es ja schon krass, dass es nur für wenige Stunden hell ist und das alles.«

»Was alles?«

»Na, die Kälte, das viele Eis, die Finsternis?«

»Du sagst das, als wäre es was Schlimmes. Jede Jahreszeit hat was für sich. Dafür sind die Sommer voller Leben, Farbe und Licht. Außerdem bin ich damit aufgewachsen, für mich ist das völlig normal. Was nicht heißen soll, dass ich nach dem zehnten Schneesturm auch noch froh bin, mein Auto freischaufeln zu müssen.«

»Das kann ich mir so gar nicht vorstellen, obwohl ich natürlich schon mal Bilder gesehen habe, also wie es hier im Sommer ist, meine ich.«

Er erwiderte nichts darauf, sondern planschte nur ein wenig im Wasser umher. Für ihn überraschend, antwortete auch sie nichts. Er ertappte sich dabei, wie er sich nach Alex umsah. Sie war zum Rand geschwommen, hielt sich an der Einfassung fest und schaute in die Dunkelheit. Sie wirkte auf einmal irgendwie traurig. Er fragte sich, was sie beschäftigte.

Und in dieser Sekunde begannen die Alarmglocken in seinem Kopf zu schrillen.

Er wollte sich nicht für die Probleme eines Püppchens interessieren, er wollte sie nicht mal mögen. Aber obwohl sie schrecklich anstrengend war, hatte sie irgendetwas an sich, das ihn anzog. Nur wusste er aus Erfahrung zu gut, dass seinem Frauengeschmack nicht zu trauen war. Absolut nicht.

Andrés tauchte kurz unter, als ob das etwas ändern würde, als ob er diese absurden Gedanken einfach fortspülen könnte. Er nahm sich vor, sie nicht näher an sich heranzulassen als nötig. Er würde sie nachher in ihrer Wohnung abliefern, dann hatte sich sein Job erledigt.

Und was ist mit dem Skifahren?, stichelte das Stimmchen in seinem Kopf. Alex war für drei Wochen in Island, hatte sie gesagt. Und Erla kam noch lange nicht zurück. Er ahnte, dass es vermutlich nicht bei diesem einen Ausflug bleiben würde – ob er nun wollte oder nicht.

Seltsamerweise stieß ihn die Aussicht, Alex wiederzusehen, nicht mehr so heftig ab wie noch vor ein paar Stunden.

M*eine Haare schauen aus, als hätte ich in eine Steckdose gefasst*, dachte Alex, als sie den Fön beiseitelegte. Obwohl sie in der Dusche Shampoo sowie Conditioner in befestigten Behältern gefunden hatte, war ihr Haar so rau und strohig, als hätte sie drei Farbbehandlungen in kurzer Zeit gehabt. Unmöglich.

Sie seufzte und drehte sie wieder zu einem Knoten, mehr war momentan nicht zu machen. Sie würde nachher in der Wohnung versuchen etwas zu retten.

Sie fand Andrés im Eingangsbereich, er saß auf einer Bank und tippte etwas in sein Handy. Vermutlich schrieb er seiner Schwester, dass er Alex für eine Schreckschraube hielt.

Sie konnte es ihm nicht mal verdenken, alleine die Nummer mit dem Badeanzug … Ihre Wangen brannten, aber die Preise hatten ihr den Schweiß auf die Stirn getrieben. Trotzdem hatte sie sich nicht vorstellen können, einen zu tragen, den vor ihr schon andere Menschen angehabt hatten, die sie nicht kannte. Das war einfach unmöglich für sie gewesen, nicht mal ihre Geldsorgen hatten sie ihren Ekel überwinden lassen. Tja, jetzt hatte sie einen hässlichen Badeanzug und umgerechnet an die hundert Euro weniger. Verdammt.

»Bin da«, machte sie auf sich aufmerksam.

Er ließ das Handy sinken und blickte auf. »Dann können wir ja los, oder willst du noch was essen gehen?«

Sie dachte an den Inhalt ihres Portemonnaies und die verbleibenden Tage auf Island. »Nö, keinen Hunger.«

Normalerweise hätte sie ihn zum Dankeschön eingeladen, aber solche Sperenzchen waren aktuell nicht drin. Es fühlte sich nicht gut an, gar nicht gut. Zum ersten Mal begriff sie vollständig, dass sie bislang immer finanziell abhängig gewesen war. Bis jetzt hatte sie gut und gerne damit gelebt, die Tochter des Chefs zu sein, die ihren Arbeitsplatz im Familienunternehmen innehatte. Aber nun hatten die Eltern den Geldhahn abgedreht und stellten damit klar, dass sie, obwohl Alex längst erwachsen war, immer noch glaubten, sie wie eine Minderjährige bestrafen zu können. Bislang hatte Alex sich eingeredet, dass sie einen normalen Job hatte, dass es ihr eigenes Geld war, das sie verdiente. Aber ihre Eltern demonstrierten gerade ihre Macht über sie und machten ihr damit allzu deutlich, wie abhängig sie in Wirklichkeit noch immer war. Dazu kam, dass Alex im Vergleich zu ihrer Schwester schon immer schlechter abgeschnitten hatte, sie hatte sich damit abgefunden. Aber das jetzt war eine völlig neue Situation. Sie wollte nicht mehr das schwarze Schaf der Familie sein, zudem war sie zutiefst verletzt, dass ihre eigene Familie sie so behandelte.

Andrés stand auf. »Gut, dann schlage ich vor, dass wir zurückfahren. Nordlichter wird's hier heute keine mehr geben, sorry.«

»Kannst du ja nichts dafür, es war trotzdem schön.«

»Dann bereust du nicht, dir den heißen Fummel gekauft zu haben?« Er nickte in Richtung Plastiktüte, die sie in der rechten Hand hielt.

Alex verzog ihren Mund. »So oder so«, meinte sie. »Das Naturbad war großartig. Nur meine Haare ... Hast du eine Ahnung, warum die sich anfühlen, als wären sie aus Eisenwolle?«

Er runzelte die Stirn und schaute auf ihre Frisur. »Liegt an den Mineralien im Wasser. Hatte ich dir vorher nicht gesagt, dass du vor dem Baden Conditioner als Schutz auftragen sollst?«

Sie holte tief Luft. »Nein.«

»Oh. Habe ich wohl vergessen.«

Sie atmete hörbar aus. »Und jetzt? Bleiben die für immer so?«

»Ich bin jetzt kein so großer Experte in solchen Dingen, nach ein paarmal waschen normalisiert sich das bestimmt.«

Okay, der Typ hatte keine Ahnung, vielleicht waren ihre Haare komplett ruiniert, und nur noch ein Kurzhaarschnitt blieb als Rettung. »Och, Glatze tragen ist ja modern«, meinte sie sarkastisch.

»Wenn man einen schönen Kopf hat«, gab er ernst zurück und musterte sie ruhig und ausgiebig. Ihr wurde warm unter seinem Blick. Der Kerl war doch einfach unmöglich!

»Ich fasse es nicht«, murmelte sie und ging in Richtung

Ausgang, dabei konnte sie ihm nicht wirklich böse sein. Es lag an ihren Nerven, die momentan einfach nicht aus Drahtseil waren. Leider. Daran hatte auch das Bad nichts ändern können, obwohl sie sich ein wenig besser fühlte.

Auf der Fahrt sprachen sie nicht viel, Alex merkte, dass ihr die Augen immer wieder vor Müdigkeit zufielen.

»Du kannst ruhig schlafen«, kommentierte er ein Gähnen ihrerseits. Seine rauchige Stimme löste eine Gänsehaut bei ihr aus.

»Ich muss mich festhalten«, kommentierte sie.

Andrés antwortete mit einem unwilligen Grunzen. Die Müdigkeit siegte, sie dämmerte schließlich weg und wachte erst auf, als der Pickup anhielt.

»O Gott«, stieß sie hervor und richtete sich ruckartig auf.

»Andrés genügt völlig.«

Das Wort ›Idiot‹ lag ihr auf der Zunge, aber sie hielt sich zurück. Nach allem, was er für sie getan hatte, wäre das jetzt undankbar. »Habe ich die ganze Zeit geschlafen?«

»Sieht so aus, ich kann mir nicht vorstellen, dass du im wachen Zustand den Kiefer halb ausgekugelt und gesabbert hättest.«

Was? Sie riss die Augen auf und fuhr sich mit der Hand über das Kinn. »Habe ich nicht.«

Er zuckte die Schultern. »Wie du meinst.« Er lachte leise und fuhr sich mit einer Geste über die Mundwinkel, um sich über sie lustig zu machen.

Alex schluckte, es war ihr unsäglich peinlich. Die Vorstellung, dass Spuckefäden über ihre Lippen gelaufen waren, ließ sie erschaudern. »Na, wie auch immer.« Sie schnallte sich ab und stieg aus. Es wehte ein eisiger Wind, sie zog die Mütze auf und umrundete den Wagen. Andrés stand vor ihr. »Danke«, sagte sie. »Das war echt nett von dir, alleine wäre ich nie so weit gefahren.«

»Keine Ursache.« Sie verharrten einen Moment regungslos, die Blicke ineinander verhakt. Seine Augen waren in der Dunkelheit beinahe schwarz.

»Du kannst gerne noch mit reinkommen, wenn du möchtest«, schlug er vor. Bildete sie sich das nur ein oder klang seine Stimme rauer als sonst?

»Lieber nicht, ich möchte deine Gastfreundschaft nicht überstrapazieren.«

Warum hatte sie das gesagt, verdammt? Sie war allein, sie hatte nichts vor, sie würde den restlichen Abend nur einsam auf ihrer Bude rumhängen. Die Aussicht auf eine Tiefkühlpizza war auch nicht gerade verlockend, aber sie musste sparen.

Es war besser so. Er konnte sie nicht leiden. Und sie ihn ebenfalls nicht, sie würden sich vermutlich nur zerfleischen, wenn sie länger bei ihm bliebe.

Er sagte nichts, das Schweigen breitete sich wie Nebel zwischen ihnen aus, während er sie mit undurchdringlicher Miene anstarrte, die ihr das Blut in die Wangen trieb. »Ja, äh, ich gehe dann mal besser«, plapperte sie nervös drauflos. »Danke noch mal.«

Sollte sie ihm die Hand reichen? Ihn umarmen?

Nein, besser nicht. Nicht dass er sich falsche Hoffnungen machte.

Beinahe hätte sie laut aufgelacht. Hoffnungen! Von wegen … Er war garantiert froh, sie endlich loszuwerden. Aber warum sagte er dann nichts, sondern schaute sie nur auf diese seltsame Weise an, die ihre Knie weich werden ließ?

Ihr Herz setzte einen Schlag aus, dann stolperte sie davon. »Tschüss«, rief sie, ehe sie in den Mietwagen stieg und mit dem Polo über die Straße davonschlich.

. . .

71

As Alex am nächsten Morgen die Augen aufschlug, ahnte sie schon, dass auch heute die Sonne nicht scheinen würde. Das wäre wohl auch zu viel verlangt. Was sie allerdings mitbekam, war, dass der Wind um die Häuser pfiff. Schon wieder.

Seufzend schaute sie auf die Uhr des Handys. Kurz nach neun, und sie hatte schon gefühlt tausende Nachrichten. Hörte das nie auf? All die Reporter, die falschen Freunde und Leute, die es gerne sein wollten, gingen ihr auf den Wecker. Sie legte es zurück und stand auf. Als sie ihrem Spiegelbild entgegenblickte, schrie sie leise auf. Ach du grüne Neune, wenn ihre Haare gestern schon mies ausgesehen hatten, dann war das heute dreimal so schlimm. Sie standen in alle Richtungen ab, als ob sie jemand stundenlang toupiert hätte.

Grauenhaft. Sie rieb sich dir Stirn und überlegte, was zu tun war. Und dann wurde ihr klar, dass außer ihr niemand da war, den es stören würde. Sie war allein. Von Social Media hatte sie Abstand genommen, keiner wusste, wo sie war. Außer ihren Eltern natürlich, aber auch mit denen kommunizierte sie seit gestern nicht mehr. Sie war nach wie vor sprachlos, dass sie so mit ihr umgingen. Alex hatte es einfach nicht verdient, so behandelt zu werden. Ja, sie hatte in ihrem Leben viel Scheiß gebaut, aber in diesem speziellen Fall konnte man ihr nicht mehr vorwerfen, als dass sie ein bisschen zu viel getrunken hatte.

Blöd nur, dass ihr das niemand glauben wollte.

»Scheiß doch drauf«, schimpfte sie und stellte das Wasser in der Dusche an. Sie wollte sich lieber um ihre Haare als um ihr verkorkstes Leben kümmern. Hatte Andrés nicht gesagt, dass ein paarmal waschen helfen würde? Nun ja, sie würde es ausprobieren.

Eine Stunde später sah sie zwar noch immer nicht gut

aus, aber besser als vorher. Ihr Handy brummte schon wieder, sie wollte es erst ignorieren, schaute dann doch aufs Display. Sie war überrascht, als Erla darauf blinkte.

»Hallo?«, beantwortete sie.

»Hallo, meine Liebe. Wie ist die Lage?«

Alex ging zum Fenster und schaute auf die Straße. Überall Schnee. Dicke Flocken wirbelten durch die Luft und klatschten gegen die Scheiben. »Äh, gut. Und bei dir?«

»Es ist traumhaft, herrliche vierundzwanzig Grad und Sonnenschein von morgens bis abends.« *Wenigstens Erla hat das richtige Reiseziel gewählt*, dachte Alex mit einem schiefen Grinsen. »Ja, so kann man das hier nicht bezeichnen.«

Ihre Freundin lachte. »Du, ich weiß genau, wie das Wetter in Island sein kann. Ich wohne da. Deswegen melde ich mich auch, Andrés hat mir gesagt, dass ihr gestern in Mývatn wart.«

»Ja, das war super, vielen Dank noch mal, dass das geklappt hat.«

»Ist doch klar, es tut mir leid, dass ich nicht da bin. Und, was hast du heute vor?«

Sie biss sich auf die Unterlippe. »Ich bin mir noch nicht sicher, das wollte ich spontan entscheiden.«

Sie hatte keinen Plan, und der Wetteraussicht nach zu urteilen würde sie sich auch nicht viele Meter aus irgendeinem Haus bewegen. Der Wind rauschte so laut, als würde ein Flugzeug auf dem Dach landen.

»Wie wäre es denn, wenn Andrés dich nachher noch mal abholt und mit dir zum Jólahús fährt?«

»Was ist das?«

»Das ist so ein Laden, die verkaufen ganzjährig Weihnachtsdekoration. Und da wir ja sowieso bald Weihnachten haben —«

»Oh, dein Bruder scheint mir nicht gerade so ein Deko-freak zu sein«, unterbrach Alex sie.

Erlas Gackern ließ auch sie schmunzeln. »Typisch Mann eben, aber ein bisschen Stimmung könnte in seiner Jungge-sellenbude nicht schaden.«

»Und du meinst, ich soll ihn dazu bringen, was zu kaufen?«

»Genau! Wenn es jemand schafft, dann du!«

»Ich weiß nicht. Hast du schon mit ihm gesprochen?« Sie bezweifelte, dass er Lust hatte, sie schon wieder zu treffen.

»Das war doch nur ein Scherz, du musst ihm nicht sein Heim neu einrichten. Aber der Laden ist super, du würdest ihn lieben. Die haben auch ganz leckeren Kakao dort. Mit Marshmallows!«

»Hm, denkst du, dass das so eine gute Idee ist?«

»Klar, jeder, der Weihnachten liebt, mag diesen Laden.«

»Ja, okay.«

»Und du brauchst wirklich keine Skrupel haben, wenn du Fragen oder Wünsche hast. Andrés hilft dir sehr gern.«

Beinahe hätte sie gelacht. Der hatte gestern, nachdem sie davongefahren war, sicher drei Kreuze gemacht. »Ich möchte keinem zur Last fallen.«

»Ach was, wieso denn?«

Alex hatte so eine Ahnung, dass ihr Bruder das anders sah. »Es muss wirklich nicht heute sein.«

»War er etwa nicht nett zu dir?«

Alex verzog ihren Mund. »Was? Wieso?«

»Weil es irgendwie so klingt, als würdest du ihn nicht wiedersehen wollen.«

Mist, das hatte Erla also mitbekommen.

»Das ist doch albern.« Sie lachte, es klang viel zu hoch und künstlich. »Dein Bruder ist sehr nett«, log sie.

»Dann ist ja gut, also, ich sag ihm Bescheid, er meldet

sich bei dir. Ich möchte echt nicht, dass du den ganzen Tag alleine rumhängst bei dem Wetter.«

»Damit habe ich eigentlich kein Problem.«

Irgendwie doch, aber Andrés wollte sie trotzdem nicht wiedersehen.

»Also, was du unbedingt anschauen musst, ist *Hof*, das große runde Konzerthaus am Ufer, und das *Nonnahús* natürlich, das ist ein Museum, dahinter gibt's noch ein anderes Museum –«

»Erla«, unterbrach sie ihre Freundin amüsiert. »Wirklich, es ist alles gut, ich langweile mich nicht. Und die Liste mit den zehn Dingen, die man in Akureyri unbedingt angeschaut haben muss, kenne ich auch.«

»Ja, ja, okay, ich habe es verstanden. Es ist nur so, dass ich mich so freue, dass du endlich da bist, und ausgerechnet dann bin ich weg, verstehst du?«

»Ja, aber wir sehen uns ja noch.«

»Zum Glück, das hätte ich dir sonst echt übelgenommen. So, ich muss Schluss machen, der Kleine zupft schon die ganze Zeit an meinem T-Shirt, wir wollen zum Strand.«

»Viel Spaß euch, bis bald. Und danke dir.«

Sie verabschiedeten sich, dann ließ Alex das Telefon langsam sinken. Obwohl es in ihren Fingern juckte, einen Blick in die Presse und sozialen Netzwerke zu werfen, wusste sie doch, dass sie es bereuen würde. Deswegen ließ sie es sein.

Sie zog sich an und ging zu dem kleinen Supermarkt an der Ecke, besorgte sich Toast, Schokocreme, zwei Tiefkühlpizzen – die ihr jetzt schon zum Hals raushingen – und Tee. Ihr wurde fast schlecht, als sie die Summe las, die an der Kasse im Display erschien. Das Leben auf Island war unfassbar teuer, für die paar Sachen hatte sie umgerechnet fast dreißig Euro bezahlt. Aus den Lautsprechern dudelte

Weihnachtsmusik, eine Lichterkette blinkte über der Eingangstür. Normalerweise jagte in der Adventszeit ein Termin den anderen, doch ihr Kalender war auf einmal leer. Sie hatte noch keine Reaktion ihrer Eltern auf ihre mündliche Kündigung bekommen, wahrscheinlich nahmen sie sie nicht mal ernst. Gut, sie würden früher oder später merken, dass sie nicht scherzte, aber die Angst davor, wie es weitergehen sollte, schnürte ihr die Kehle zu.

Sie griff ihr Wechselgeld und lief zurück zu ihrer Wohnung. Während sie sich einen Toast mit Schokocreme bestrich, googelte sie nebenbei nach einem Juwelier. Vielleicht konnte sie dort ein paar Ohrringe in Zahlung geben. Es würde ihr das Herz brechen, sie liebte die Diamantstecker. Aber sie hatte schnell gemerkt, dass sie mit dem bisschen Bargeld nicht über drei Wochen auskommen würde. Entweder sie verkaufte was, oder sie brauchte einen Job. Da sie kein Wort Isländisch sprach und auch nicht vorhatte, irgendwo putzen zu gehen, wollte sie sich eher von etwas trennen, obwohl es schmerzte. Sobald dieses Desaster hinter ihr lag, würde sie sich einfach neue kaufen, und wenn sie ehrlich war, hatte sie mehr als genug Schmuck zu Hause. Ein Paar Ohrringe mehr oder weniger würde kaum auffallen.

Vielleicht glaubte sie es selbst, wenn sie es sich nur oft genug einredete.

Nach dem Frühstück blätterte sie in einem Buch, aber sie konnte sich nicht konzentrieren. Deswegen mummelte sie sich noch einmal in alles ein, was sie hatte, und wagte sich nach draußen. Andrés hatte sich noch nicht gemeldet, und sie würde garantiert auch nicht den ganzen Tag herumsitzen und auf ihn warten.

KAPITEL 6

*A*ndrés saß am Computer, und sein Unmut wuchs von Minute zu Minute, er hasste dieses verdammte Bildbearbeitungsprogramm. Es war wie verhext, er klickte etwas an, und im nächsten Moment war alles anders. Zum Verrücktwerden.

Er fluchte unterdrückt, dann piepte sein Handy. Schon wieder.

Entweder seine Ex oder seine Schwester, mit keiner von beiden wollte er sprechen, obwohl ihre Anliegen nicht unterschiedlicher sein könnten.

Seit die Scheidung amtlich war, hatte sich Hildur in den Kopf gesetzt, dass die ganze Trennung nur ein Fehler gewesen war – für ihn fühlte es sich jedoch genau richtig an. Er wollte nicht mehr mit ihr zusammen sein, aber sie wollte das nicht verstehen – aus Frust, oder wie auch immer man das nennen wollte, ließ sie ihn an anderer Stelle leiden. Sie hetzte Svala gegen ihn auf. Auch wenn es schwer für ihn war, so wusste er, dass er einfach nur Geduld haben musste. Seine Tochter war alt genug, sie verstand, dass er sein Kind nicht weniger liebte, nur weil die Mutter keinen Platz in seinem Herzen mehr hatte. Schon lange nicht mehr.

Hast du schon mit Alex gesprochen?, las er die Textnachricht seiner Schwester.

Nein, hatte er nicht. Er hatte zu tun.

Nichts, was sich nicht aufschieben ließe, aber trotzdem.

Seufzend schrieb er zurück. *Mache ich gleich.*

Erlas Protestanruf folgte prompt, er ging nicht dran. Als seine Schwester endlich aufgegeben hatte, wählte er Alex' Nummer, weil Erla sowieso nicht lockerlassen würde. Er hoffte, Alex würde nicht abheben. Leider wurden seine Bitten nicht erfüllt.

»Hallo?« Es rauschte und klang, als ob sie mitten im Schneesturm stünde. Also war sie unterwegs. Hoffentlich hatte sie den Polo nicht in den Graben gesetzt. Er hatte gestern schon fragen wollen, warum sie den Jeep gegen den Kleinwagen getauscht hatte, aber es sein gelassen – es ging ihn nichts an.

»Hey Alex, wie geht's?«

»Super«, schrie sie ins Telefon.

»Wo steckst du?«

»War im *Nonnahús*, laufe jetzt zurück.«

»Kann ich dich in einer Stunde abholen?«

»Abholen, warum? Ich verstehe dich ganz schlecht, ist so laut hier.«

Hm, hatte Erla nicht mit ihr gesprochen? Schien nicht so. Nicht dass sie dachte, er rief aus eigenem Interesse an. »Erla, hat sie mit dir geredet?«

»Was? Ich kann dich nicht hören!«

Er stieß die Luft aus. »Eine Stunde. In einer Stunde hole ich dich ab.«

»Sekunde? Was für eine Sekunde?«

Verdammt, das ergab keinen Sinn. »Ich schreibe dir«,

sagte er und legte auf. Dann tippte er eine Kurznachricht. *Hole dich in einer Stunde bei der Ferienwohnung ab, bis dann, Andrés.*

Und dann tippte er noch eine an seine Schwester. *Treffe mich gleich mit ihr, reicht dir das, oder bestehst du auf Beweisfotos?*

Er musste keinen Smiley mit sarkastischem Grinsen dahintersetzen, seine Schwester würde es auch so verstehen. Während er die Fenster in seinem Browser schloss und den Computer herunterfuhr, überlegte er, was er mit Alex unternehmen könnte. Das Wetter war wirklich scheußlich. Wenn man nicht unbedingt rausmusste, blieb man zu Hause. Der perfekte Tag, um seinen völlig unsortierten Computer neu zu organisieren – eigentlich, wenn man nicht nervige Familienmitglieder hätte, die einen dazu zwangen, mindestens genauso nervige Frauen zu hofieren. Vermutlich kamen die beiden deshalb so gut miteinander aus, beide waren auf ihre Weise anstrengend. Der Gedanke ließ ihn schmunzeln. Er trank den Rest seines Kaffees aus, verzog angewidert das Gesicht, das längst kalte Gebräu schmeckte nur noch bitter und widerlich.

»H allo«, grüßte Alex, als sie zwei Stunden später zu ihm in den Wagen stieg. Er hatte sich ein wenig verspätet.

Ihre Wangen waren gerötet, ihre Haare hatte sie unter der Mütze versteckt, den Reißverschluss des Anoraks bis zum Kinn hochgezogen.

»Hi«, erwiderte er. »Wie geht's?«

»Super«, gab sie einsilbig zurück.

Es lag eine seltsame Spannung in der Luft, die nicht unbedingt unangenehm war, aber dennoch irgendwie befangen. Er fragte sich, warum er mit Alex nicht einfach wie mit jeder anderen Frau umgehen konnte.

»Erla meinte, du würdest gerne mal zum Weihnachts-laden fahren.«

Alex schaute ihn mit hochgezogener Augenbraue an. »Äh, ja, wenn sie das meint.«

»Komm, erzähl mir nicht, dass du nicht eine von denen bist, die total auf das alles abfahren. Ich wette, deine Wohnung quillt nur so von Dekozeugs über.«

An ihrer Reaktion erkannte er, dass er recht hatte. Natür-lich, allein ihre Art, sich zu kleiden, wie sie sich bewegte, redete, sagte alles: Sie war durch und durch ein Glamour-Mädchen, das Blingbling liebte. Wogegen theoretisch nichts einzuwenden war, aber gleichzeitig bedeutete es in den meisten Fällen auch, dass diese Sorte Frauen kompliziert und anstrengend war.

Er kapierte nicht mal, warum er schon wieder versuchte, sie zu analysieren, konnte ihm doch egal sein, wie sie ihr Zuhause einrichtete.

»Bei mir wimmelt gar nichts«, gab sie zurück und schnallte sich an, während er losfuhr.

»Ist es weit bis dahin?«

»Nö, der Laden liegt ein bisschen außerhalb, aber keine Sorge, wir fahren heute nicht stundenlang durch die Gegend.«

Die Dämmerung hatte bereits eingesetzt, in spätestens einer halben Stunde würde es stockfinster sein.

»Zum Thema Deko kann ich nur sagen: Ihr Isländer seid echt krass, ich habe selten Häuser gesehen, die so überbor-dend geschmückt waren wie hier. Das ist ja noch verrückter als in den Staaten.«

Da musste er ihr leider recht geben, überall leuchtete und blinkte es. In manchen Vorgärten tummelten sich nicht nur Santas und Weihnachtsbäume mit Lichterketten, hier und da hatte jemand ein ganzes Rudel quietschbunter

Rentiere ans Dach gehängt. »Das liegt an der Dunkelheit«, erklärte er ruhig. »Der Winter fängt ja jetzt erst an und kann auf Island gefühlt unendlich werden. Die Leute wollen einfach ein bisschen Glanz und Vorfreude in ihr Leben bringen und die langen dunklen Nächte erhellen.«

»Wow, das klingt ja schon beinahe philosophisch.«

»Sehr lustig.«

»Nein wirklich, so habe ich das noch gar nicht betrachtet. In Deutschland wird es ja auch immer mehr, aber jeder versucht auch Strom zu sparen.«

»Strom ist hier sehr günstig, es interessiert also keinen, ob man eventuell ein bisschen übertreibt. Bei der Außendekoration ist Mehr das neue Weniger oder so ähnlich.«

»Weil ihr den Luxus habt, von erneuerbaren Energien mehr zu haben, als ihr braucht.«

»Das stimmt, aber wir sind ja auch nur etwas mehr als 330.000 Isländer, plus die Touristen natürlich.«

»Von denen es immer mehr werden«, fügte sie hinzu.

»Ja, im Sommer liefen die Geschäfte ja schon länger gut, aber neuerdings kommen sogar auch mehr Menschen wie du, die Nordlichter spannend finden.«

»Aber?«

»Es ist wie mit allem, es gibt überall auch schwarze Schafe.«

»Was meinst du?«

»Ich würde dir raten, buch keine Nordlicht-Tour mit irgendeinem Unternehmen.«

»Wieso nicht?«

»Die fahren auch los, wenn sie genau wissen, dass in der Nacht keine zu sehen sein werden, Hauptsache, die Tickets sind bezahlt.«

»Ehrlich?«

»Nicht alle, aber wie gesagt, ich habe da von Kunden schon die absurdesten Geschichten gehört.«

»Dann sollte ich mich also lieber an dich halten?« Sie grinste verschlagen.

Er wusste nicht, was er darauf erwidern sollte. Sie sollte ihn, wenn möglich, einfach in Ruhe lassen. Aber weil so ein Kommentar bestenfalls als grob unhöflich bezeichnet werden konnte, überlegte er, was als passende Antwort durchginge.

Er war froh, als sie den Laden erreichten. »Bitte sehr, willkommen im Weihnachtswunderland. Der Laden hat übrigens das ganze Jahr geöffnet.«

»Nicht dein Ernst.«

»Doch, ich sagte ja schon, wir Isländer sind weihnachtsverrückt.«

»Komisch, dass ich gar keinen Weihnachtsmarkt mit Buden in der Innenstadt gesehen habe.«

»Ich denke, das ist mehr so ein deutsches Ding, sowas gibt es bei uns nicht.«

»Nicht mal Glühwein? Was ist mit Glögg?«

»Hm, der kommt ja eher aus Schweden. Also, traditionell gab es sowas bei uns nicht, aber heute kann es schon sein, dass jemand meint, er müsste Rotwein mit Gewürzen kochen. Ich finde das Gesöff nur ekelhaft, wenn ich ehrlich bin.«

»Hast du also schon mal probiert?«

»Ja, als ich Erla während ihres Studiums in Berlin besucht habe. Aber Bratwurst mag ich.«

»Erzählst du mir, dass ihr keine Bratwurst auf Island habt?«

»Nicht so wie diese Rostbratwürstchen, bei uns isst man eher Hot Dogs, *Pylsur* ist das isländische Wort dafür. Hast du etwa noch keinen probiert?«

»Äh, nein. Habe ich nicht, ist doch eher amerikanisch, oder?«

»Wir sind sehr von den Amerikanern beeinflusst. Island war eins der ärmsten Länder in Europa – bis die Amis Island als strategischen Stützpunkt genutzt haben. Sie haben Geld gebracht und unsere Frauen gestohlen.« Er lachte. »Jedenfalls hat es nicht allen gepasst, dass sie hier waren, aber Burger und Hot Dogs mögen wir.«

»Ja, das scheint sich überall durchzusetzen. Jetzt knurrt mir gleich der Magen, sollen wir vielleicht mal reingehen?«

»Klar, gehen wir.« Er zog den Schlüssel ab und folgte ihr durch den plattgetretenen Schnee, der unter ihren Schritten knirschte. Das weiße Häuschen war von oben bis unten mit bunten, blinkenden Lichterketten, Schneemännern, Santas und Rentieren behängt. Zum Glück machte keines der Dinger Geräusche. Alex zog die Tür auf und ging vor ihm hinein, ein Duft von Zimt und Gebäck stieg ihm in die Nase, auch drinnen blinkte und glitzerte es überall. Vermutlich war der Laden für Epileptiker verboten, man war sofort geblendet. »Tob dich aus«, verkündete er und sah sich um. Aus den Lautsprechern dudelte ihnen *Last Christmas* entgegen – auch das noch, jetzt würde er den Klassiker für den restlichen Tag im Ohr haben.

»Wow«, war alles, was sie ehrfürchtig hervorbrachte. Natürlich, sie mochte es hier, keine Überraschung.

Es war nicht viel los im Laden. Die Verkäuferin lächelte sie an und fragte, ob sie behilflich sein könnte. Er antwortete auf Isländisch, dass sie sich erst einmal umschauen würden. Hinter sich hörte er ein entzücktes Quietschen, das nur von Alex kommen konnte. Mit einer Vorahnung drehte er sich um und sah, wie sie eine LED-Lichterkette aus roten Beeren hochhielt. Er unterdrückte ein Augenrollen.

»Die ist ja großartig! Hier, wäre die nicht was für …«

»Nein!«, fuhr er dazwischen. »Garantiert nicht.«

Ihr Lächeln verblasste ein wenig. »Zu schade, die ist echt toll.«

»Du kannst sie natürlich kaufen und mit nach Deutschland nehmen«, schlug er vor.

»Nö, schon gut. Aber echt, die würde sich in deinem Büro über dem Regal echt gut machen.«

Er verzog den Mund. »Eher nicht.«

Sie legte die Lichterkette zurück und ging weiter, aber nur ein paar Zentimeter, dann schrie sie schon wieder leise auf. »Wie schön!« Nun hatte sie eine – wie sollte es anders sein – blinkende Winterlandschaft in der Hand.

»Ja, ganz toll.«

Alex seufzte und setzte ihre Entdeckungsreise fort, Andrés schlug den Weg zu den Süßigkeiten ein. Wenn er schon einmal hier war, konnte er gleich ein paar Kekse kaufen. Er würde garantiert nicht selbst backen, aber er wusste, dass Svala gerne naschte. Bei ihm war es nicht so heimelig und gemütlich wie in Hildurs Haus – seinem ehemaligen Zuhause, das er ihr nach der Scheidung überlassen hatte. Deswegen wollte er zumindest versuchen, ein bisschen Weihnachtsstimmung aufkommen zu lassen. Er entschied sich für eine Packung Sörur, Doppelkekse mit Cremefüllung, und Makronen. Außerdem griff er gleich noch zu einem Paket Noa-Sirius-Pralinen, die gehörten einfach zu jedem Weihnachtsfest dazu. Untypisch, das jetzt schon einzukaufen, aber wenn er schon mal hier war … Normalerweise rannte er am Vierundzwanzigsten los und besorgte alles, was man für das Fest eben so brauchte – so wie alle anderen Isländer das auch machten. Sie waren als Nation nicht gerade bekannt dafür, langfristig zu planen. Bis Erla zum Studium nach Deutschland gegangen war, hatte er sich nie Gedanken darüber gemacht, aber sie hatte sich immer über die Deutschen amüsiert, die spätestens im November alle Weihnachtsgeschenke gekauft und verpackt hatten – auf Island würde das kaum jemandem einfallen. Der Gedanke ließ ihn schmunzeln, wie albern, im November wusste man doch noch gar nicht, was man im Dezember verschenken wollte. Und an wen. Oder?

Er schaute sich noch einmal nach Alex um, die schon wieder um die LED-Lichterkette scharwenzelte. »Brauchst du noch etwas Zeit?«

Wenn es nach ihm ginge, konnten sie auch bald wieder los. Wenn er sich noch lange zwischen diesem blinkenden Kram aufhielt, würde er am Ende womöglich doch noch epileptische Zuckungen bekommen.

Alex spürte, dass sie Andrés' Geduld besser nicht länger strapazieren sollte, der Arme war schon ganz blass. Irgendwie fand sie es aber auch lustig, ihn mit Lichterketten und blinkenden Figuren zu nerven – schon alleine deswegen kaufte sie das Rote-Beeren-LED-Dings, auch wenn das unnötige Ausgaben waren. Da sie am Morgen aber die Ohrringe beim Juwelier losgeworden war, brauchte sie sich keine allzu großen Sorgen um das Bargeld zu machen. Damit würde sie bis Weihnachten hinkommen. Große Sprünge waren nicht drin, aber von Tiefkühlpizza musste sie nicht länger leben. Zum Glück.

Sie fing seinen entnervten Blick auf, als sie mit ihrer Ausbeute zur Kasse stolzierte. »Und, was hast du dir ausgesucht?«, fragte sie mit einem breiten Grinsen im Gesicht.

»Kekse und Schokolade.«

»Du backst also nicht selbst.«

Er schaut sie an, als hätte sie vorgeschlagen, gleich nackt im Hafen von Akureyri baden zu gehen. »Eher nicht.«

Sie unterdrückte ein Kichern. »Du bist zu männlich für sowas.«

»Ich kann kochen, wenn das deine Frage war.«

»Spiegelei und Bohnen?«, fragte sie und hielt sich eine Hand vor den Mund, um nicht doch noch loszulachen.

»Nein, richtig kochen.«

Sie wusste nicht genau, wieso, aber der Drang, ihn zu provozieren, war wirklich groß. »Das kann ja jeder sagen.«

»Wir können gleich zu mir fahren, dann zeige ich dir, was für ein Meisterkoch ich bin.«

Täuschte sie sich, oder machte er sich ein Stückchen größer? Sie hätte nicht gedacht, dass er so einfach aus der Reserve zu locken war. »Meisterkoch, so so«, gab sie zurück und legte die Lichterkette auf den Verkaufstresen.

»Du wirst schon sehen. Fisch isst du doch, oder?«

»Ich liebe Fisch.«

Sie zahlte und nahm dann ihren Einkauf in einer Tüte entgegen. Mit einem seltsamen Kribbeln im Bauch schlenderten sie zu seinem Auto.

Auf dem Weg zurück hielten sie am *Hagkaup* Supermarkt in Akureyri an. »Muss nur noch ein paar Sachen besorgen«, erklärte er. »Willst du warten?«

»Nö, ich komm mit rein, will sichergehen, dass du keine Fertiggerichte kaufst, die du dann heimlich in der Mikrowelle warm machst.«

Er stieß ein Schnauben aus. »Echt jetzt?«

Sie gluckste und sagte nichts mehr. Andrés schnappte sich einen Einkaufswagen, Alex schlenderte neben ihm her. Auch hier dudelte Weihnachtsmusik aus unsichtbaren Lautsprechern, und Lichterketten blinkten ringsherum. Schilder mit der Aufschrift *Jólatilboð* wiesen darauf hin, dass es zur Weihnachtszeit spezielle Sonderangebote gab. *Wie überall*, schoss es ihr durch den Kopf. Andrés warf unterdessen

Kartoffeln und eine Plastiktüte mit seltsam aussehenden getrockneten Fischfilets in den Wagen. Außerdem packte er noch Äpfel und Bananen ein. Als Nächstes führte die Reise zur Frischfischtheke, wo er große, weiße Filets einpacken ließ.

»Was ist das?«, fragte sie.

»Kabeljau, schmeckt sehr gut.«

»Ich weiß, wie Kabeljau schmeckt.«

»Aber der ist frisch, nicht erst nach China transportiert und dann wieder eingefroren.«

»Nach China?«

Er schüttelte sich angewidert. »Ja, das ist absurd, aber es ist so. Der Fisch wird oft direkt nach dem Fang an Bord eingefroren, nach China verschifft, dort wieder aufgetaut und filetiert – Arbeitskräfte sind ja dort billiger – und dann ein zweites Mal eingefroren und nach Europa geschickt, ehe er verkauft wird.«

»Klingt schrecklich, woher weißt du das?«

»Hab' Bekannte, die in der Branche tätig sind.«

Bei den Getränken packte Andrés Orangensaft, Cola und Mineralwasser ein.

»Wie wäre es mit einer Flasche Wein?«, schlug sie vor. »Wenn du dir schon so eine Mühe beim Kochen gibst?«

»Hier gibt es nur alkoholfreien Wein.«

»Was? Wieso das denn?«

»Alkohol kannst du auf Island nur in speziellen Läden kaufen.«

»Oh, das habe ich noch gar nicht mitbekommen.« Waren die Leute am Flughafen vielleicht genau deswegen in den Duty Free Shop gestürmt?

»Wie überall in Skandinavien ist auch hier Alkohol sehr hoch besteuert und damit sauteuer, aber keine Sorge, ich habe Wein und Bier zu Hause.«

»Na ja, ich komme auch ohne klar, so ist es ja nicht.« Sie zuckte die Schultern.

»So war es auch nicht gemeint.« Er zwinkerte ihr zu, und in ihrem Magen breitete sich ein merkwürdiges Ziehen aus, das sie schneller atmen ließ.

KAPITEL 7

$\mathcal{E}$s fühlte sich komisch an, Andrés in sein Haus zu folgen. Am Fuße der Treppe zog er seine Schuhe aus und stellte sie zu einer Reihe anderer, also schlüpfte sie auch aus ihren Stiefeln. Die dunkelgrün lackierten Holzstufen knarzten unter jedem Schritt, die Wände waren vor längerer Zeit weiß gestrichen worden, mittlerweile war die Farbe grau geworden. Zahlreiche Fotos hingen hier und da, allesamt Unterwasseraufnahmen. »Hast du die alle geschossen?«, erkundigte sie sich.

»Ja, die meisten schon.«

»Cool, sieht spannend aus.«

»Ist eine ganz andere Welt da unten, sehr friedlich und ruhig, perfekt zum Krafttanken.« Im ersten Stock angekommen wandte er sich ihr zu. »Rechts wohne ich, links ist noch eine kleine Bude, die derzeit unbenutzt ist.«

»Wer lebt da?«

»Im Sommer gibt es hier unfassbar viel zu tun, ich habe dann Saisonhelfer, die bringe ich dort unter.«

»Ah, okay.«

Er ließ ihr den Vortritt. »Bitte, geh geradeaus durch, die Küche ist ins Wohnzimmer integriert.«

Alex tapste auf Socken über den grauen Linoleumboden. Es war gemütlich warm, roch nach Meer und Mann – hier fehlte eindeutig der weibliche Touch. Sie erinnerte sich an seine Tochter und überlegte, ob sie hier kein Zimmer hatte. Weil sie sich nicht besonders gut kannten, fragte sie nicht. Die Aussicht war toll, auch wenn die Fenster nur klein und sehr schmutzig waren. Im Wohnzimmer standen ein durchgesessenes Sofa und zwei Vintage-Sessel, wie man sie in den Siebzigern hatte. Auf dem Couchtisch lagen mehrere Fachzeitschriften, neben dem Sofa standen und lagen angebrochene, aber nicht ausgetrunkene Wasser- und Colaflaschen.

In der offenen, kleinen Küche stapelten sich zwar nicht die schmutzigen Teller, aber es blitzte auch nicht gerade vor Sauberkeit. Der amerikanische Einfluss war auch hier nicht zu leugnen. Obwohl die Küche eindeutig schon einige Jahre auf dem Buckel hatte, gab es eine kleine Insel, an der man auf Barhockern sitzen konnte. Eine gräuliche Resopalarbeitsplatte und braune Holzfronten rundeten das Bild des Grauens ab. Der einzige Luxus in seinem Zuhause bestand aus einer Kaffeemaschine mit integriertem Mahlwerk. Trotzdem fand sie, dass das alles irgendwie zu ihm passte. Sie konnte sich Andrés nicht in einer Designer-Villa mit Flachdach und tiefen Glasfronten vorstellen.

Erst jetzt bemerkte sie, dass sein prüfender Blick auf ihr lag. Erwartete er von ihr, dass sie seine Bude kommentierte? Hatte er vielleicht Sorge, dass sie einen blöden Kommentar dazu abgeben würde? Der Gedanke verstimmte sie ein wenig, zeigte er nur noch einmal, für wie oberflächlich er sie hielt. »Kann ich dir was helfen?«, fragte sie stattdessen.

»Du kannst nachher abwaschen«, gab er mit einem sarkastischen Lächeln zurück.

»Du meinst alles, oder?«

Er nickte. »Wenn's keine Umstände macht.«

»Denkst du, ich wäre dazu nicht in der Lage?«

»Wer hat denn gesagt, dass ich nicht kochen kann?«

Der Kerl hatte es echt drauf, sie zu provozieren – aber tat sie nicht genau das Gleiche? Sie zuckte lässig mit den Schultern, innerlich war sie nicht so ruhig. Um ehrlich zu sein, sie war nervös, obwohl sie keine Ahnung hatte, warum. Sicher nur eine Nebenwirkung ihres durcheinandergewirbelten Lebens – da würden wohl die Nerven der meisten Leute blank liegen.

»Was ja noch zu beweisen wäre«, stichelte sie und merkte, wie ihre Mundwinkel sich nach oben bogen.

»Darf es denn ein Glas Wein für dich sein?«

»Wieso nicht, vielleicht kann ich mir dein Essen ja schöntrinken.«

»Ha ha. Weißwein? Oder lieber roten?«

»Weißwein ist gut, danke.«

Er zog den Kühlschrank auf und kramte eine Flasche aus einem der unteren Fächer. »Ist der Dame Pinot Grigio genehm?«

»Aber sicher doch.«

Andrés nickte und nahm zwei Gläser aus dem Schrank. *Du musst noch fahren,* lag auf ihrer Zunge, aber sie wollte auch nicht wie eine Spielverderberin klingen, deswegen hielt sie den Schnabel. *Tut auch mal gut,* dachte sie im nächsten Moment, *nicht alles und jeden mit einem Kommentar zu belegen.*

»Bitte.« Er reichte ihr ein Glas. »Prost, *Skál* sagt man auf Isländisch.«

»Skol«, erwiderte sie, und als sich ihre Fingerspitzen berührten, zuckte sie leicht zusammen.

Was für ein Klischee! Und doch, es stimmte, ganz sicher sogar, denn sie hatte diesen elektrischen Impuls genau gespürt. Das war doch absurd, sie wollte den Kopf schütteln, aber rührte sich nicht.

»Man spricht es eher ›Skaul‹ aus.«

»Wie Gaul quasi?«

»Wenn du es so nennen willst.« Seine Augen funkelten amüsiert, und Alex stellte erneut fest, wie attraktiv er war, wenn er mal nicht grummelig und schlecht gelaunt dreinschaute. Er war anders als die Männer, mit denen sie sich sonst traf. Andrés stand mit beiden Beinen im Leben, er war nicht auf der Suche nach irgendwas, und er wirkte weder wie ein Aufschneider noch wie ein Lebemann. Leider, das musste sie zugeben, war sie in der letzten Zeit einigen Idioten auf den Leim gegangen, die nicht gut für sie gewesen waren. Was nichts mit dem Grund ihrer Flucht aus Deutschland zu tun hatte. Das war – was die Sache noch bitterer machte – zur Abwechslung mal nicht ihre Schuld gewesen.

Nicht jetzt, dachte sie. *Ich will jetzt nicht an diesen ganzen Mist erinnert werden*. Sie seufzte und schaute in Andrés' Augen, der sie forschend betrachtete.

»Skaul«, sagte sie schließlich.

»Schon besser, so, mach es dir gemütlich, ich fang' mal an zu kochen, damit wir nicht verhungern.«

»Also, ich helfe gerne, du musst nur sagen, was ich tun soll.«

»Schon in Ordnung, das mache ich dann zur gegebenen Zeit.«

Sie ging langsam zum Fenster und schaute hinaus. Viel konnte man allerdings nicht erkennen, denn es war inzwischen stockfinster. Und es schneite schon wieder – o Wunder.

»Wie kommt man mit diesem Wetter auf Dauer eigentlich klar?«, fragte sie und wandte sich zu ihm.

Andrés riss gerade etwas von diesem weißen Zeug aus der Plastiktüte ab, schmierte Butter darauf und schob es sich in den Mund. »Weißt du eigentlich«, sagte er mit vollem Mund, »dass wir auf Isländisch mehr als hundert Worte für ›Wind‹ haben?«

Alex machte große Augen. »Ehrlich?«

»Kennst du mich als großen Witzemacher?«

Daraufhin musste sie kichern. »Wenn ich das also richtig interpretiere, dann soll das heißen, ›beschwer dich nicht ständig über das Wetter‹?«

Er nickte. »Hm, na ja, wir sprechen sehr gerne darüber – aber nicht so negativ, wobei es manchmal auch nerven kann, das ist dann aber eher so im Frühling. Oder vielmehr, wenn man auf den Frühling wartet, und er kommt nicht. Der erste Sommertag ist Ende April.«

Alex verschluckte sich an ihrem Wein. »Na, das nenne ich mal gesunden Optimismus.«

»Letztes Jahr war es so stürmisch und hat geschneit an diesem Tag, ich war zufällig im Hlíðarfjall zum Skifahren. Da sitzt du dann im Lift und wünschst allen deinen Bekannten einen schönen ersten Sommertag.«

»Du verarschst mich, oder?«

Er schüttelte den Kopf. »Nein, das ist mein Ernst.«

»Irgendwie seid ihr ein sehr spezielles Völkchen, kein Wunder, dass ihr bei den ganzen Sportveranstaltungen die Lieblinge seid.«

»Du meinst wohl eher Rúrik Gíslason, das Fußballermodel.«

»Ja! O mein Gott, der ist so heiß!«

»Lass mich raten, du folgst ihm auf Instagram?«

Alex wurde schuldbewusst rot. »Sorry, bin auch nur eine Frau.«

Andrés trank einen Schluck Wein, dann riss er wieder etwas von dem getrockneten Fisch ab.

»Was futterst du da eigentlich die ganze Zeit?«, fragte sie und kam einen Schritt näher. »Oder will ich das lieber nicht wissen? Ist das dieser berühmte verdorbene Hai?«

»Hákarl? Nein. Das ist stinknormaler Trockenfisch, Schellfisch, um genau zu sein.«

»Und das schmeckt?«

»Mega lecker. Möchtest du mal kosten?« Er riss ein Stück ab, beschmierte es mit Butter und hielt es ihr vor den Mund.

Weil sie nicht wusste, was sie sonst tun sollte, öffnete sie ihre Lippen und ließ sich von ihm füttern. Seine Finger berührten ihre Haut, und für eine Sekunde stand die Zeit still. Sie war sich seiner Nähe, seiner breiten Schultern, seiner blauen Augen, seines männlichen Dufts deutlich bewusst. Dann wandte er sich hastig ab.

Er hatte es also auch gespürt.

Alex wollte schlucken, aber sie hatte den Mund voller Trockenfisch, deswegen fing sie an zu kauen. Gefühlt wurde die Masse immer mehr, es schmeckte nicht ganz ekelhaft, aber auch nicht besonders gut. Irgendwann war sie so weit, dass sie sie herunterschlucken konnte. Alex spülte mit einem großen Schluck Wein nach.

»Lecker, oder?«

»M-hm«, machte sie.

»Möchtest du noch mehr?«

»Nein, lieber nicht. Will mir ja nicht den Appetit verderben.«

»Eigentlich müsstest du dazu einen *Brennivín* trinken.«

»Was ist das denn schon wieder?«

»So eine Art Korn, wir nennen ihn auch den ›schwarzen Tod‹.«

»Wow, klingt verlockend.« Sie grinste sarkastisch.

Er lachte und holte eine Flasche aus dem Schrank und ein Schnapsglas, in das er die klare Flüssigkeit goss. »Hier«, sagte er und reichte es ihr.

»Muss ich?«

»Du musst. Bei einem ersten Islandbesuch gehört sich das so. Es handelt sich dabei quasi um unser Nationalgetränk.«

Sie runzelte die Stirn und nahm es so hin. Ohne zu zögern, schüttete sie sich den Inhalt des Glases auf einmal in den Mund, schluckte und atmete erst danach wieder. Das Zeug brannte höllisch in ihrer Kehle und Speiseröhre, es hinterließ einen ekelhaften Nachgeschmack. Sie hasste Schnaps. »Igitt«, stieß sie hervor.

»Möchtest du noch einen?«

»Langsam habe ich den Eindruck, du willst mich schon vor dem Abendessen vergiften.«

»Soll ich das als Beleidigung auffassen?« Er hob eine Augenbraue und grinste spöttisch.

»Verstehe es, wie du willst. Aber ich warte lieber bis zum Hauptgang.« Sie malte Gänsefüßchen in die Luft und zog ihre Nase kraus.

Andrés lächelte wissend, dann setzte er die Kartoffeln auf, ehe er ihnen beiden Wein nachgoss. Anschließend füllte er einen weiten Topf mit Wasser, das er erwärmte.

Während die Kartoffeln vor sich hinköchelten, deckte er die Kochinsel – einen Esstisch gab es in der kleinen Wohnung nicht, und er wurde anscheinend auch nicht vermisst. Zwei Teller, Besteck, Salz und Pfeffer, Butter, zwei Gläser und einen Krug Leitungswasser. Dabei fiel ihr auf, dass er das Wasser aus dem Hahn Ewigkeiten laufen ließ, ehe er den Krug befüllte.

»Von Wassersparen hältst du wohl nicht viel?«

»Hä?« Er hob den Kopf.

»Hat es einen bestimmten Grund, warum du so eine Menge erst mal in den Abfluss laufen lässt?«

»Es soll schön kalt sein.«

Okay, offenbar war neben Strom- auch Wassersparen auf Island unpopulär. Sie verkniff sich weiteres Nachfragen, weil sie auch nicht wie eine Besserwisserin dastehen wollte. Er hatte ohnehin schon einen verzerrten Eindruck von ihr.

Alex warf einen Blick auf ihr Handy, das in ihrer Hosentasche steckte, rein aus Gewohnheit – sie sah, dass sie mehrere entgangene Anrufe ihrer Mutter hatte.

Soll sie doch schmoren, dachte Alex und wollte es gerade wieder wegstecken, als sie eine Textnachricht einer guten Bekannten entdeckte: *Der Artikel in der Intouch über dich ist schrecklich, lies ihn lieber nicht.* xoxo

Klar, das Käseblatt musste auch noch über sie herziehen. Sie rollte mit den Augen und nahm sich vor, nichts davon zu lesen – trotzdem nagte die Tatsache an ihr, dass die Presse weiter über sie schrieb. Anscheinend passierte gerade sonst nichts Spannendes in Deutschland, das ihr eine Verschnaufpause verschaffte. Sie hatte es so satt, ständig im Mittelpunkt der Klatschmagazine zu stehen. Die meisten Leute nahmen an, dass sie ein privilegiertes Leben führte, dass sie keine Sorgen und Probleme hatte. Sie verachteten sie dafür, dass sie in einer Familie mit Geld geboren war – kaum jemand nahm die Kehrseite von alldem wahr. Niemand betrachtete Alex als eigenständige Persönlichkeit, sie war immer nur ›die Tochter von‹. Sie hatte so sehr genug davon, dass sie lieber auf alle Ewigkeiten hier im Eis frieren wollte, ehe sie sich dem Druck in Deutschland weiter aussetzte.

»Was ist?«, fragte Andrés.

»Ach, nichts.«

»Es ist nie nichts.«

»Natürlich nicht.« Sie seufzte leise.

»Hey, kein Ding. Du musst mir nicht dein Herz ausschütten oder so.«

»Das ist das Gute, wenn man nicht befreundet ist«, scherzte sie. »Ich möchte sowieso nicht darüber reden.«

»Von Männerproblemen will ich ohnehin nichts hören. Glaub mir, es ist schlimm genug, eine Schwester zu haben.«

»Die ist doch glücklich verheiratet.«

»Aber sie war ein schrecklicher Teenager.«

»Und jetzt willst du mir sagen, dass du sie bei Liebeskummer betüdelt hast?«

»Nicht wirklich, aber ich musste trotzdem leiden.«

Alex versuchte sich Andrés als Jugendlichen vorzustellen, sicher waren ihm die Mädels in der Oberstufe reihenweise hinterhergelaufen. »Ja, klar. Und wie viele Freundinnen von Erla hast du *getröstet*?«

»Eigentlich keine, du erinnerst dich, ich bin jung Vater geworden.«

»Stimmt, mir war aber nicht klar, dass du mit der Mutter zusammen gewesen bist. Also die ganze Zeit, meine ich.«

»Doch, war ich. Sehr lange.«

Andrés' Gesichtsausdruck wurde unergründlich. Trauerte er der Ex noch hinterher, oder warum schwieg er plötzlich so beharrlich?

Alex räusperte sich. »Jedenfalls, es geht nicht um irgendeinen Mann, das wäre ja zu einfach.«

»Jetzt machst du es wirklich spannend.«

»So viel Wein kann ich gar nicht trinken, dass ich über das Desaster meines Lebens reden will.«

Er zuckte die Schultern. »Wein gibt's genug, kein

Problem, ich bin der Letzte, der jemanden zum Reden zwingt. Ich koche mal den Fisch.« Er nahm zwei weiße, riesige Fischfilets aus der Folie und ließ sie ins Wasser gleiten.

»Du meinst das mit dem Kochen buchstäblich«, stellte sie überrascht fest. Sie hatte angenommen, dass er den Fisch braten würde.

»Ja«, war alles, was er dazu sagte.

»Spannend«, kommentierte sie und hoffte, dass es nicht allzu ironisch klang.

Gekochter, ungewürzter Fisch und Pellkartoffeln, ein Festessen, dachte sie amüsiert. Von Gemüse oder Salat hielt er wohl nicht viel, was sie nicht weiter überraschte. Immerhin war er ein Mann, der allein lebte. Sollten sie sich jemals wiedersehen, konnte sie ihm ein T-Shirt mit dem Aufdruck ›Fisch ist mein Gemüse‹ schenken. Der Gedanke ließ sie schmunzeln. Fast hätte sie die SMS wegen des Artikels in der *Intouch* vergessen, aber nur fast.

»Ich glaube, ich würde noch ein bisschen Wein nehmen«, meinte sie kleinlaut.

»Aber gerne doch.« Andrés stand auf und goss ihr nach, sich selbst nicht.

Gut, da hatte sie also die Info, dass er nicht vorhatte, sich mit ihr zu betrinken, um dann mit ihr in der Kiste zu landen, weil er nicht mehr fahren konnte.

Moment mal, was dachte sie da eigentlich?

Natürlich hatte er kein Interesse dieser Art an ihr. Sie war nur bei ihm, weil Erla ihn darum gebeten hatte, sich um sie zu kümmern. Der Gedanke war irgendwie wenig tröstlich.

Life sucks, vielleicht sollte sie sich endlich mal ein Tattoo stechen lassen. Das einzige Problem dabei, sie war sich ziemlich sicher, dass sie nie ein Motiv finden würde, das ihr auch nach Jahren noch gefallen würde. Deswegen hatte sie auch keins.

Andrés schob ein Stück Fisch und zwei Kartoffeln mit Schale auf ihren Teller. »Danke«, sagte sie und wartete ab.

Als er auch sich aufgetan hatte, fing er an, seine Kartoffeln zu schälen. Sie wunderte sich ein bisschen, aber für ihn schien es vollkommen normal zu sein, dass jeder das selbst machte. Als er auch noch anfing, seine mit der Gabel auf seinem Teller zu zerdrücken, Unmengen an Butter dazuzugeben und schließlich noch das Fischfilet in Stückchen zu reißen und unter den Kartoffelmatsch zu rühren, musste sie doch fragen. »Ist das so ein Spezialrezept?«

Er schaute sie verständnislos an. »Nein, ganz normales Abendessen.«

»O-kay. Also, das essen alle Isländer so?«

»Lass meine Mutter nicht wissen, dass ich immer noch alles zusammenmatsche, aber so schmeckt es mir eben am besten. Gekochten Fisch und Kartoffeln gab es bei uns früher vier- bis fünfmal in der Woche.«

»O Gott, hängt einem das nicht irgendwann zum Hals raus?«

»Nö, überhaupt nicht. Probier doch mal, es ist echt lecker.«

»Gut, dass du mit dem Selbstvertrauen als Koch keine Probleme hast.« Sie lachte und merkte, dass sie ein bisschen beschwipst war. Ihr Kopf fühlte sich leichter an, eine schöne Empfindung nach dem ganzen Stress der letzten Wochen. Oder lag es vielleicht gar nicht am Wein, sondern an Andrés' Gegenwart? Schnell verdrängte sie diesen Gedanken und konzentrierte sich lieber aufs Essen.

Es schmeckte tatsächlich gar nicht so schlecht, auch wenn sie nicht kiloweise Butter über ihren Kartoffeln zerdrückte. »Es ist gut«, meinte sie irgendwann.

»Siehst du! Wusste ich es doch.«

Er reckte eine Siegesfaust in die Höhe, und Alex gluckste. Eigentlich war er doch ganz nett, ein bisschen eingebildet, aber nett. Positiv nett, nicht das Kleine-Schwester-von-langweilig-Nett …

Nach dem Essen fing er an abzuräumen. »Ich dachte, ich sollte das machen?«, fragte sie verwirrt.

»Und du dachtest, ich meine das ernst?« Er wirkte ehrlich überrascht.

»Äh, ja!« Sie lachte.

Er stieß etwas auf Isländisch aus, das sehr nach ›Frauen!‹ klang, und räumte weiter auf.

»Hey, kein Problem: Ich weiß tatsächlich, wie man einen Geschirrspüler bedient.« *Auch wenn ich nur ein verwöhntes Püppchen bin*, führte sie den Satz still weiter. Erla hatte ihm sicher erzählt, aus welchen Verhältnissen sie stammte, Andrés hatte vermutlich längst sein Urteil über sie gefällt, wie alle anderen auch. Alex ließ ihre Schultern sinken, sie konnte eben nicht aus ihrer Haut, nicht mal hier, dreitausend Kilometer entfernt von zu Hause.

»Ach, das ist ja gut. Vielleicht komme ich irgendwann darauf zurück. Hier, trink lieber noch einen Verdauungsschnaps.«

Er goss ihr noch einmal vom ›Schwarzen Tod‹ ein, sie lehnte nicht ab, leerte das Glas in einem Zug und schüttelte sich.

»Ich bin betrunken«, verkündete sie schließlich, und es war ihr eigentlich ganz recht.

»Und? Ist das schlimm?«

»Ich warne dich nur, manchmal quatsche ich ein bisschen viel.«

»Dafür brauchst du keinen Alkohol«, entgegnete er mit einem amüsierten Funkeln in den Augen.

Sie schnappte nach Luft. »Das ist ja wohl die Höhe!«

»Pass auf, wenn du jetzt zickst, musst du noch einen trinken«, scherzte er und grinste teuflisch.

Sie glaubte keine Sekunde, dass er Witze machte. Deswegen schloss sie ihren Mund wieder und schaute ihm beim Abräumen zu, bis sie es nicht mehr aushielt, untätig zu sein. Alex nahm die Schüssel mit den Kartoffeln und brachte sie in die Küche, dabei stieß sie mit Andrés zusammen, der sich abrupt umgedreht hatte. Die Schüssel war das Einzige, was zwischen ihnen war. Ihre Blicke trafen sich. Er hatte verdammt intensive blaue Augen, die sie mit einem Ausdruck anschauten, der ihren Puls in die Höhe trieb. Sie atmete schneller.

Auf einmal hatte sich die Stimmung von gelassen in knisternd geändert. Was war passiert? Und warum, verdammt, fand sie ihn so attraktiv? Anziehend? Männlich?

Andrés nahm ihr die Schüssel aus den Händen und stellte sie achtlos beiseite. Er kam näher, so nah, dass sie sein herbes Aftershave und seine ganz eigene persönliche Note riechen konnte. *Berauschend*, war alles, was ihr dazu einfiel. Niemand, der so ein Arsch war, sollte so gut riechen.

Geschah das hier gerade wirklich? Sie konnte es nicht glauben, aber es fühlte sich unfassbar gut an. Richtig.

Ihm ging es genauso, daran bestand kein Zweifel.

Und dann polterte jemand die Treppe nach oben.

Alex blinzelte, während Andrés einen Schritt nach hinten stolperte, und dann kam auch schon Svala ins Wohnzimmer gefegt. Sie plapperte auf Isländisch drauflos, bis sie Alex entdeckte. Das Mädchen hielt mitten im Satz inne.

»Hi Svala«, begrüßte ihr Vater sie und ging auf sie zu, um sie zu umarmen.

Das Mädchen wirkte ein bisschen überrumpelt, schmiegte sich dann aber doch an ihren Vater.

»Hallo«, sagte auch Alex zu ihr.

»Hallo«, erwiderte Svala, dann wandte sie sich wieder an ihren Vater – auf Isländisch natürlich, sodass Alex kein Wort verstand. Aber sie konnte dem Tonfall entnehmen, dass das Kind nicht zu hundert Prozent glücklich war. Alex zog sich ans Fenster zurück und schaute in die Dunkelheit. Blöd nur, dass sie überhaupt nichts erkennen konnte. Sie wünschte sich an einen anderen Ort, kam sich auf einmal komplett fehl am Platz vor. Ein Gefühl, das sie in letzter Zeit häufiger gespürt hatte, als ihr lieb war.

Was sollte sie tun? Sich ein Taxi rufen? Das war sicher irre teuer, andererseits würde sie Andrés wohl kaum rauswerfen, nur weil seine Tochter gerade gekommen war.

Die hatte ihr Gespräch offenbar beendet, stand jetzt vor dem Kühlschrank und schaute unschlüssig hinein, fand nichts, das ihr zusagte, und schloss die Tür wieder. Letztlich nahm sie sich doch eine Tüte Chips aus dem Schrank und warf sich aufs Sofa.

Deutlicher konnte man Alex nicht klarmachen, wer hier zu Hause war und wer nicht. Sie hatte keinerlei Erfahrung mit solchen Situationen, und eigentlich sollte es sie nicht kümmern. Dennoch fand sie es ziemlich unhöflich, dass der Teenager sie so offensichtlich ignorierte.

Andrés klapperte mit den Tellern in der Küche, er wirkte völlig gelassen. Er schien die unterschwellige Stimmung nicht wahrzunehmen, was *kein* Wunder war, immerhin war er ein Mann.

»Wenn ihr was vorhabt, ich kann mir gern ein Taxi rufen«, meinte Alex und hoffte, dass es beiläufig und nicht schnippisch klang.

»Du willst schon gehen?«, gab er verwundert zurück.

Auf jeden Fall würde sie nicht länger hierbleiben. Alex

merkte, wenn sie irgendwo überflüssig war. Stattdessen murmelte sie: »Ja, ich bin müde, es ist sicher schon spät.«

Er schaute auf seine Armbanduhr. »Es ist gerade mal neun, aber wenn du deinen Schönheitsschlaf brauchst? Kein Problem, ich bringe dich natürlich zurück.« Er brabbelte noch etwas zu Svala, die daraufhin nur nickte und sich die Fernbedienung schnappte, um den Fernseher anzuknipsen.

»Tschüss, Svala«, verabschiedete sich Alex von ihr. »Schönen Abend noch.«

»Tschüss«, gab das Mädchen halbherzig zurück und schaute nicht mal auf.

Auf dem Weg nach unten sagte Andrés zu ihr. »Teenager, entweder hängen sie am Handy oder gucken irgendwas auf Netflix.«

»Dann muss ich das also nicht persönlich nehmen?«

»Was meinst du?« Er schien wirklich nichts zu begreifen.

»Schon gut.« Vielleicht hatte er ja recht, und alle Teenager waren so wortkarg, oder das Kind hatte es von ihm.

Sie musste bei dieser Schlussfolgerung grinsen. »Ich hoffe, ich habe nicht eure Pläne durcheinandergebracht.«

»Welche Pläne?«

»Na, Svala sah so aus, als ob irgendwas nicht stimmen würde.«

»Ach, die hat nur Stress mit ihrer Mutter, dann kommt sie gerne zu mir, um Dampf abzulassen.«

»Ach so, das kenne ich zu gut.« Dann hatte es also wirklich nichts mit ihr zu tun gehabt. Alex war seltsamerweise erleichtert, als sie neben Andrés auf den Beifahrersitz stieg.

Die zwanzigminütige Fahrt verlief weitestgehend schweigend, aber es war nicht unangenehm, eher einvernehmlich, entspannt.

Er hielt den Wagen vor der Wohnung, und niemand rührte sich für einige Atemzüge. Auf einmal vibrierte die

Luft wieder zwischen ihnen, als hätten sie nahtlos an die Szene in der Küche angeknüpft.

Sie hatte den Türgriff bereits in der Hand, wusste aber nicht, wie sie sich verhalten sollte. »Na dann«, sagte sie irgendwann, ihre Stimme war ein wenig dünn. »Danke für den schönen Tag und das Essen natürlich.«

»Sehr gern.«

Sie hoffte, dass er das ernst meinte, dass er nicht nur Zeit mit ihr verbracht hatte, weil seine Schwester ihn darum gebeten hatte. Alex sehnte sich nach ehrlicher Zuneigung.

Herrje, der Alkohol hatte sie rührselig gemacht. Ehe sie Dummheiten beging, die sie morgen bereuen würde − etwa, sich einem attraktiven Isländer an den Hals zu werfen −, stieß sie die Tür auf und stürzte aus dem Wagen.

Leider buchstäblich.

Sie stolperte und landete im Schnee.

»Verdammt«, fluchte sie und war im Begriff, sich wieder aufzurappeln, als sie auch schon zwei starke Hände auf die Beine zogen.

»Alles okay?«, fragte Andrés, und sie wunderte sich, wie schnell er ihr zu Hilfe geeilt war. Sie musste betrunkener sein, als sie gedacht hatte.

»Klar, ich bin nur zu blöd zum Laufen«, gab sie zurück, dabei war ihr Tonfall schroffer als beabsichtigt, was nicht ihm galt, sondern ihrer Unfähigkeit, einen grazilen Abgang hinzulegen.

Und nun strich er ihr auch noch eine Haarsträhne aus dem Gesicht und schaute sie wieder mit diesem unfassbar eindringlichen Blick an. »Du bist nicht blöd, Alex.«

O doch, sie war sehr blöd, denn sie himmelte in genau diesem Moment einen Mann an, der für nichts gut war außer einer kurzen Affäre. Nicht mal das, denn er war der

Bruder einer guten Freundin, dazu noch frisch geschieden und hing womöglich noch an der Ex.

Ihr Leben war kompliziert genug, sie durfte hier nicht auch noch Mist bauen. »Danke, das ist echt nett, aber … manchmal bin ich richtig dämlich. Gute Nacht, Andrés. Und danke dir für den Tag, es war wirklich schön mit dir.« Dann wand sie sich aus seiner lockeren Berührung und hastete davon.

ie letzten Tage hatte Alex mit Spazierengehen, Kaffeetrinken und Lesen verbracht. Zweimal war Stina noch bei ihr aufgetaucht, hatte sich selbst zum Tee eingeladen und ihr erzählt, dass super spannende Zeiten auf sie zukämen. Obwohl Alex kein Wort davon glaubte, so waren die Unterhaltungen mit der schrulligen Astrologin doch irgendwie witzige Unterbrechungen im Einerlei ihrer tristen Urlaubstage. Bei ihrem letzten Besuch hatte Stina ihr prophezeit, sie werde bald in ganz neue Welten abtauchen. Alex fand es irrsinnig komisch, denn das konnte man so oder so verstehen. Dass sie es wirklich auf die Tauchschule bezog, war unwahrscheinlich, denn Alex hatte Stina nichts von ihrer Bekanntschaft mit Andrés erzählt. Alex war auf jeden Fall ruhiger geworden, konnte sich endlich wieder länger als zehn Minuten auf eine Sache konzentrieren, und sie schlief nachts auch besser und schreckte nicht mehr alle halbe Stunde aus einem Alptraum hoch. Die Auszeit schien ihr gut zu bekommen, vor allem die Social-Media-Pause. Unglaublich, wie viel Zeit man auf einmal hatte, wenn man nicht ständig auf Facebook, Instagram oder Snapchat herumhing. Wer wohl ihren Job zu Hause in der Firma übernahm, wo sie nicht mehr da war? Sie wollte nicht daran denken, ertappte sich allerdings immer wieder dabei, dass sie an Andrés dachte. Seit er sie nach dem Abendessen heimgefahren hatte, hatte sie nichts von ihm gehört – und sich auch nicht bei ihm gemeldet. Alex hatte nicht vor, um Aufmerksamkeit zu betteln. Im Gegensatz zu ihr hatte der Mann ein Leben, eine Familie, Freunde und eine Arbeit.

Alex seufzte, schlug den Krimi zu und legte ihn auf den Nachttisch. Sie schaute aus dem Fenster und überlegte, was sie jetzt tun konnte. Akureyri war nicht besonders groß, sie kannte das Zentrum mittlerweile sehr gut und wusste genau, wo was zu finden war. Das Wetter war mittelmäßig, dunkle Wolken hingen über dem Fjord, aber sie wollte das bisschen Tageslicht nutzen, ehe es am frühen Nachmittag wieder dunkel wurde. Von Nordlichtern hatte sie bisher keine Spur entdeckt, was sie ein bisschen schade fand, aber auch nicht ändern konnte. Die Anrufe ihrer Familie ignorierte sie weiterhin – nicht dass sie häufig durchklingelten. Sie glaubte, dass sie endlich kapiert hatten, dass Alex wirklich sauer war. Und sie hatten kein Druckmittel mehr. Alex lachte humorlos, ihre Eltern hatten sicher geglaubt, wenn sie ihr die Kreditkarte sperrten, würde sie nach Hause kriechen und um Vergebung bitten. In einem früheren Leben hätte sie das getan, aber nicht in dieser Angelegenheit. Es ging ihr ums Prinzip, ihre Grenze war überschritten. Jetzt gab es kein Zurück mehr.

Und was passiert, wenn du nach Hause fliegst?, fragte das Stimmchen in ihrem Kopf. Dort würde sie garantiert nicht diese neuen Abenteuer erleben, die ihr Stina prophezeit hatte. Alex lachte auf. Verdammt, jetzt fing sie schon an, den Mist der Astrologin zu glauben. Sie wollte den Gedanken beiseiteschieben, aber mit jedem Tag, der verging, konnte sie das immer weniger. Sie hatte gar keine Lust, nach Hamburg zurückzukehren und Weihnachten bei den Menschen zu verbringen, von denen sie zutiefst enttäuscht war. Ihre Wut war nicht etwa abgekühlt, sie wuchs von Tag zu Tag.

Schließlich packte sie eine kleine Tasche mit ihren Badesachen und machte sich auf den Weg zum Schwimmbad. Sie hatte schnell herausgefunden, dass es – obwohl es ein Freibad war – sogar im Winter sehr gut besucht war. Aus einem ganz speziellen Grund: Das Wasser war herrlich warm. Außerdem gab es auch zwei Whirlpools – oder so etwas in der Art ohne Blubber-Blasen –, in denen man es sich bei vierzig oder zweiundvierzig Grad gemütlich machen konnte. Der Gedanke an ein bisschen Wellness stimmte sie fröhlicher.

Eine halbe Stunde lag sie im Hot Tub, lehnte ihre Schultern an den Rand und legte den Kopf in den Nacken. Die Luft war eisig und klar, es war herrlich. Die Wolkendecke riss an einer Ecke auf und zeigte Fetzen des blausten Himmels, den sie je gesehen hatte. Es war atemberaubend, als sich jetzt auch noch Sonnenstrahlen ihren Weg hindurchbahnten.

Sie holte Luft und war zufrieden mit ihrer Entscheidung, hierherzukommen. Alex wackelte mit ihren Zehen und schloss die Augen. Nach einer Weile sah sie sich im Schwimmbad um. Es war nicht viel los an diesem Wochentag, vermutlich waren die Kinder in der Schule und die Erwachsenen bei der Arbeit. Ein paar ältere Herrschaften tummelten sich in den beiden heißen Bädern, einige zogen gemächlich Bahnen in einem der anderen Becken. Und dann entdeckte sie einen breitschultrigen, dunkelblonden Typen, der auf einen der Startblöcke stieg, sich eine Schwimmbrille überzog und die Arme über den Kopf streckte, um sich zu dehnen.

Ihr Herz setzte einen Schlag aus, ja, das war definitiv Andrés. Und er hatte einen göttlichen Körper, sogar auf die Entfernung konnte sie den flachen Bauch und die seitlichen Muskelstränge erkennen. Außerdem hatte er kräftige Oberschenkel, die davon zeugten, dass er immer schon sportlich gewesen war. Sie wollte wegsehen, schaffte es aber nicht. Er hatte sie nicht entdeckt, sondern machte sich bereit, beugte sich nach unten und stieß sich kraftvoll ab, ehe er mit einem Kopfsprung ins Wasser tauchte. Alex schaute fasziniert zu, wie er eine Bahn nach der anderen zog. Auch ohne eine Expertin zu sein, erkannte sie, dass er es draufhatte. Er pflügte kraulend durch das Wasser, als wäre es genau sein Element.

Ja, klar, das war es ja auch. Es kam wohl nicht von ungefähr, dass er eine Tauchschule betrieb. Sie selbst war eine mittelmäßige Schwimmerin, sie konnte sich über Wasser halten, aber wenn sie kraulte, strampelte sie vermutlich wie eine Dreijährige, die Probleme mit der Koordination hatte. Sie verzog das Gesicht und genoss es noch eine Weile, ihm zuzuschauen. Irgendwann wandte sie sich ab und lehnte sich wieder mit dem Rücken gegen die Wand. Sie wollte nicht, dass er sie beim Glotzen erwischte. Sie wollte gar nicht von ihm entdeckt werden, das würde nur zu einem stockenden Gespräch führen, in dem er sich womöglich genötigt fühlen würde, sie zu irgendwas einzuladen, worauf er keine Lust hatte. Nein, sie hatte genug davon, sich aufdrängen zu müssen, ohne gemocht zu werden.

Andrés schob die Schwimmbrille nach oben und hielt sich am Beckenrand fest. Er war außer Atem, aber zufrieden mit seiner Leistung. Achthundert Meter in knapp zwanzig Minuten. Jetzt hatte er sich etwas

Entspannung verdient. Er schwang sich aus dem Wasser, ging zu einem der Hot Pots und ließ sich ins warme, dampfende Becken gleiten. Im ersten Moment fühlte es sich an, als würde seine Haut versengt werden, aber er wusste aus Erfahrung, das würde in wenigen Minuten vergehen. Er war überrascht, als er in ein Paar rehbrauner Augen schaute. Er hatte gar nicht darauf geachtet, wer außer ihm noch im heißen Pott war, er war nicht zum Quatschen gekommen, sondern zum Schwimmen.

»O, hi«, sagte er, und sein schlechtes Gewissen regte sich, weil er sich seit dem überhasteten Abgang vor ein paar Tagen nicht bei Alex gemeldet hatte. Gleichzeitig redete er sich ein, dass er sich ihr gegenüber in keiner Weise verpflichtet fühlen musste, was allerdings nicht der Anlass für sein Schweigen gewesen war. Im Gegenteil, aus irgendeinem bescheuerten Grund mochte er sie, vielmehr war er sogar dicht davor gewesen, sie zu küssen. Was völlig absurd war, das wusste er selbst. Er hatte kein Interesse an einer Affäre oder Beziehung, das war ganz klar, aber er war auch nur ein Mann, und er hatte auf sie mit einer primitiven Lust reagiert, die ihn irritiert und überrascht hatte. Und jetzt saß sie ihm in einem knappen Badeanzug gegenüber, ihre Wangen waren gerötet, die Haare hatte sie zu einem lockeren Knoten hochgedreht. Hatte sie immer schon so lange, dunkle Wimpern gehabt? Er fand sie faszinierend, sehr faszinierend – wenngleich ihm bewusst war, dass er seinen niederen Instinkten nicht nachgeben durfte. Erla würde ihn kaltmachen, Hildur vermutlich auch, und er – er selbst wollte keine Frau an seiner Seite, ja, eigentlich nicht mal in seinem Bett.

Oder vielleicht doch, Sex ohne Verpflichtungen wäre gar nicht mal so übel, aber dafür war eine Freundin seiner Schwester nicht die richtige Kandidatin. Gott, was gingen ihm nur für wirre Gedanken durch den Kopf? Sein Körper reagierte leider sofort darauf, er hoffte, dass man es durch das Wasser nicht sah.

»Hallo Andrés«, erwiderte Alex und schaute ihn aus großen Augen an.

Hatte ihr mal jemand gesagt, dass sie wirkte wie eine unschuldige Fee? Er wollte den Kopf schütteln über seine beknackten Assoziationen, hielt sich aber zurück, weil sie sicher nachfragen würde, was er hatte. Er wusste ja selbst nicht genau, was mit ihm los war.

»Wie geht's?«, fragte er, weil ihm nichts Besseres einfiel.

»Es ist herrlich, im heißen Wasser zu baden, seit Mývatn bin ich auf den Geschmack gekommen«, meinte sie, und ein leises Lächeln umspielte ihre vollen Lippen. Er wollte nicht darauf starren, aber etwas daran zog ihn magisch an. »Dieser blaue Himmel ist sowas von schön«, fuhr sie fort, und er nickte abwesend.

»Dann gefällt dir Island also jetzt besser?«, erkundigte er sich im Versuch, etwas Smalltalk zu betreiben.

»Ich hatte anfangs nur so meine Probleme mit der ständigen Dunkelheit«, protestierte sie in leichtem Plauderton. »Aber ich verstehe jetzt, dass das alles seinen Reiz hat. Musste mich nur erst mit den Umständen anfreunden. Umgekehrt stelle ich es mir total krass vor, wenn es im Sommer die ganze Zeit hell ist, das würde ich gerne auch mal erleben. Kann man dann überhaupt schlafen?«

»M-hm«, machte er. Was hatte sie gesagt? Herrgott noch mal, was stimmte eigentlich nicht mit ihm?

Druck. Er musste irgendwo diesen Druck loswerden. Er führte sich wie ein verdammter Teenager auf, dessen Hormone mit ihm durchgingen. Es war vollkommen absurd.

»Ganz schön heiß hier drin«, murmelte sie und schnaufte

aus. »Ich denke, ich werde mal langsam gehen, ehe ich vollkommen aufweiche.«

Die Wolkendecke war gerade aufgerissen, der Himmel klarte auf, und die Luft wurde noch ein wenig kälter. »Vielleicht wird es heute eine sternenklare Nacht«, hörte er sich plappern.

»Ach, wirklich?«

»Ja, die Chancen stehen nicht schlecht.«

Was machte er da eigentlich gerade? Sein Hirn kam seinem Mundwerk nicht hinterher. Sie schwieg, schaute ihn aber mit leicht geneigtem Kopf an.

»Vor der Tauchstation haben wir auch so einen heißen Topf«, fuhr er fort. »Die Aussicht auf den Fjord in einer klaren Nacht ist bombastisch. Du kannst deine Kamera mitnehmen, es kann sein, dass sich so eine Gelegenheit in den nächsten Tagen nicht wieder bietet.«

Ihre Augen wurden groß. »Ist das eine … Einladung?«

Scheiße aber auch! Es *war* eine Einladung, und er hoffte, dass sie Ja sagte. Ihm wurde noch heißer als ohnehin schon. Sein Herzschlag war gleichzeitig irritierend schnell.

»Ja, wenn du dich traust, kann ich sogar noch mal für dich kochen«, hörte er sich zu allem Überfluss auch noch hinzufügen.

Sie runzelte die Stirn. »Du machst das nicht, weil Erla dich zwingt, oder?«

»Was? Nein!«

Was glaubte sie denn? Beim näheren Überlegen konnte er es ihr nicht mal verübeln, er war nicht immer nett zu ihr gewesen, aber damals hatte er noch nicht gewusst, wie Alex wirklich war. Offen, verletzlich und verdammt sexy. Super sexy.

Er begriff, dass er längst dabei war, sich etwas zu erlauben, das auf jeden Fall zu Problemen führen würde – früher oder später, aber trotzdem wollte er es.

Ihm war anscheinend nicht zu helfen.

»Ich möchte dir auf keinen Fall auf die Nerven gehen, echt, ich komme schon klar«, meinte sie kleinlaut, und er regte sich fürchterlich darüber auf.

»Ich werde ernsthaft sauer, wenn du glaubst, dass ich nur die Marionette meiner Schwester bin.«

Sie hob eine Augenbraue. »Dann ist das eine ernst gemeinte Einladung?«

»Ja, verdammt!«

Er wollte sie schütteln.

Er wollte sie küssen.

Vor allem das.

Er hatte ernsthafte Probleme.

»Soll ich dich abholen?«, hörte er sich schließlich vorschlagen und unterdrückte ein Seufzen. Offenbar hatte er seit der Steinzeit nicht viel von der Evolution abbekommen.

»Nein, nein, das ist nicht nötig. Ich kann ja fahren.« Die Antwort hatte auf ihn ein bisschen hastig gewirkt. Langsamer, als ob es ihr ebenfalls aufgefallen war, sprach sie weiter, und es gab ihm eine seltsame Genugtuung, dass er sie anscheinend ebenfalls nicht komplett kaltließ. Dennoch wollte er sich in Acht nehmen, und wenn es sich irgendwie vermeiden ließ, wollte er ihr nicht zu nahe kommen.

Sein Kopf wollte das nicht, aber aus irgendeinem ihm unerfindlichen Grund konnte er den gerade wunderbar ausblenden.

Der Rest seines Körpers wollte sie umso mehr.

»Ich fahre selbst, habe ja noch den Mietwagen, und heute zieht hoffentlich kein weiterer Schneesturm auf«, fügte sie noch hinzu.

Er steckte in Schwierigkeiten, denen er aus dem Weg

gehen könnte – aber er tat das Gegenteil, er stürzte sich regelrecht hinein. Mit Vorfreude. Mit klopfendem Herzen.

»Nein, heute Nacht nicht.« Seine Stimme war belegt. Noch nie hatte er einen plötzlichen, unerwarteten Schneesturm für gar keine so schlechte Sache gehalten.

»Dann komme ich gegen sieben? Oder später?«

Gott, sie sah verdammt heiß aus, wenn sie ihn so anblinzelte wie jetzt.

»Sieben ist gut«, brummte er und räkelte sich umständlich im Wasser, damit sie nicht bemerkte, was mit seinem Körper los war.

»Soll ich was mitbringen?«

»Deine Kamera«, erinnerte er sie und fragte sich, ob sie denn nicht langsam mal gehen würde. Die Gefahr wuchs, dass er sich hier und jetzt auf sie stürzte.

»Ja, aber sonst nichts?«

»Nur dich – und deinen Badeanzug.« Er konnte nicht verhindern, dass sich seine Mundwinkel nach oben bogen, während sich andere Körperteile auf ihre eigene Weise rührten. »Es sei denn, du möchtest nackt baden.«

Diese Bilder im Kopf brachten ihn um den letzten Funken Verstand.

Sie hob eine Augenbraue. »Das hättest du wohl gern.«

Ihr provokanter Tonfall rührte an seinen primitiven Instinkten. Leider.

»Glaub mir, an dir ist nichts, was ich nicht anderswo schon mal gesehen hätte«, neckte er sie.

Hilfe, jetzt hörte er sich auf einmal an wie das letzte Arschloch. Er erkannte sich selbst nicht wieder, aber er wollte nicht, dass sie merkte, wie sehr ihn das alles innerlich aufwühlte. Viel mehr, als ihm lieb war. Er fühlte sich in der Tat wie ein Schuljunge vor dem Abschlussball, was komplett verrückt war. Er war fünfunddreißig, geschieden und hatte eine fast erwachsene Tochter. Dennoch konnte er nicht leugnen, dass es irgendwie auch guttat, sich nach all den Problemen und Schwierigkeiten der letzten Jahre wieder jung und lebendig zu fühlen. Jemanden so sehr zu begehren, dass er kaum an etwas anderes denken konnte. Ihm war klar, dass es nur eine körperliche Sache war, aber immerhin, in den letzten Wochen und Monaten hatte er nicht mal Lust darauf verspürt.

»Wow«, entgegnete sie mit einem leichten Kopfschütteln. »Dann ist ja alles klar. Und keine Sorge, ich dachte nicht, dass das als Anmache gedacht war.«

Okay, sie hatte wirklich keine Ahnung. Das war einerseits gut, vielleicht würde sie ja verhindern, dass er sich damit in Schwierigkeiten brachte. In schlimmere Schwierigkeiten als die, dass seine Eier blau anliefen, wenn er nicht bald …

Egal, er versuchte nicht daran zu denken, was nicht leicht war, wenn man in einer Badehose in einem Badezuber saß und jeder bei genauerem Hinsehen erkennen würde, was mit ihm los war. Er würde einfach so lange hier sitzen, bis sich alles normalisiert hatte, auch wenn das bedeutete, dass er bis dahin verschrumpelte und krebsrote Haut haben würde.

»Also, du lädst mich zum Essen ein, um mir den Sternenhimmel zu zeigen, aber eigentlich findest du mich nervig?«

Es imponierte ihm, dass sie kein Blatt vor den Mund nahm, und ja, er fand sie einerseits nervig, andererseits aber auch ganz hinreißend. »So würde ich es nicht ausdrücken«, wand er sich aus dieser Diskussion.

»Aber du magst mich nicht besonders.«

Er musste gegen seinen Willen grinsen. »Und du? Findest du mich etwa nett?«

Sie nagte an ihrer Unterlippe. »Ich weiß nicht. Nett?

Nein, eher nicht. Ein bisschen raubeinig, sperrig, aber doch irgendwie hilfsbereit, weil du nicht anders kannst, als Leuten unter die Arme zu greifen.«

Er war überrascht, wie treffend sie ihn analysierte, aber den Hauptpunkt hatte sie noch nicht durchschaut, was gut war. »Okay, dann ist bei mir also noch nicht Hopfen und Malz verloren?«

Sie lachte. »Ich hoffe, dass vielleicht noch mehr von den Seiten, die ich an Erla so mag, bei dir hervortreten. Und du hast mir die Frage noch nicht beantwortet. Du magst mich nicht besonders?«

Er stieß einen Laut des Unmuts hervor, der ihn selbst an ein Grunzen erinnerte. »›Mögen‹ ist so ein komisches Wort. Du bist auf jeden Fall umgänglicher, als es auf den ersten Blick scheint, wenn man mal die ganzen Schichten Seidenblüschen abgeblättert hat.«

Sie presste die Lippen aufeinander. »Klingt nach wie vor nicht sehr positiv. Aber egal.« Sie erhob sich, und er versuchte nicht auf ihren Busen, ihre schmale Taille und ihre zart geschwungenen Hüften zu glotzen. Er schluckte, weil er es natürlich doch tat, und Mann, diese Frau hatte Kurven …

»Sehen wir uns dann später?«, krächzte er und räusperte sich.

»Nur, wenn du versprichst, dass du nichts Besseres vorhast, und mich nicht aus Mitleid fragst.«

»Mitleid? Wieso sollte ich dich aus Mitleid fragen? Sicher nicht.«

Sie nickte und stieg aus dem Pott. »Okay, dann bis heute Abend. Ich freu' mich.«

Sie drehte sich um und ging mit zart federnden Schritten davon.

Andrés seufzte und ließ sich tiefer ins Wasser gleiten. Die widersprüchlichsten Gefühle stritten in ihm, aber er konnte nicht leugnen, dass er diese kleinen Streitigkeiten mit ihr irgendwie genoss. Und dann versuchte er an etwas sehr Nerviges zu denken, damit er irgendwann ohne Erektion aus dem heißen Wasser rauskam. Eigentlich hatte er nach dem Schwimmen ein bisschen relaxen wollen – das Gegenteil war der Fall. Er war gespannt wie ein Flitzebogen. Buchstäblich überall am Körper, vor allem in tieferen Regionen.

A lex stand vor dem Eingang der Tauchschule und zögerte. Eine Klingel gab es nicht, das hatte sie schon bei ihrem ersten Besuch festgestellt. Also versuchte sie einfach ihr Glück und drückte die Klinke nach unten. Die Tür ließ sich öffnen, und sie trat ein. Es brannte überall Licht und war schön warm. Schnell schloss sie sie wieder hinter sich und rief: »Hallo?«

»Ich bin hier«, folgte als Antwort aus dem Büro.

Sie trat sich den Schnee von den Stiefeln und ging hinein. »Hi«, sagte sie noch einmal, als sie ihn am PC vorfand.

»Hallo«, kam die Antwort zurück. Er klang missgelaunt.

»Äh, wenn ich ungelegen komme, ich kann jederzeit …«

»Sei nicht albern«, unterbrach er sie und drehte sich um. »Dieses verflixte Programm macht mich einfach fertig. Wieso bist du denn überhaupt schon da? Ich habe noch gar nicht mit dir gerechnet.«

Sie war sprachlos. »Weil du meintest, ich sollte gegen sieben hier sein.«

Er schaute auf seine Armbanduhr und dann wieder zu ihr auf. »Es ist fünf vor.« Das sagte er so, als ob er nicht fassen könnte, dass sie wirklich vor der vereinbarten Zeit aufgetaucht war.

Sie lachte, als sie begriff, dass es in Island wahrscheinlich als unhöflich galt, zu früh aufzukreuzen. Vielleicht war er auch einfach nur wegen seines Computers schlecht gelaunt. »Ja, und? Ist das ein Problem?«

Andrés' Lippen verzogen sich zu einem spöttischen Lächeln. »Für einen Moment hatte ich vergessen, dass ich es mit einer Deutschen zu tun habe.«

»Soll heißen? Wenn du zu mir sieben sagst, bin ich um sieben da.«

Er konnte sich ein Lachen anscheinend nicht länger verkneifen. »So läuft das bei uns nicht, aber ist okay. Jetzt bist du ja da.«

Alex irritierte seine plötzliche Fröhlichkeit, machte er sich etwa über sie und ihre ›deutschen Tugenden‹ lustig? »Wenn es dir nicht passt, kann ich ja wieder gehen und in zwanzig Minuten zurückkommen.« Sie hob abwehrend ihre Hände.

Andrés stand auf und kam auf sie zu. »Nein, bleib. Es ist einfach nur so, dass wir es mit der Zeit nicht so auf die Minute nehmen. Wenn man bei uns sagt, die Party fängt um acht an, taucht garantiert keiner vor neun auf, und um neun ist sicher noch nicht alles vorbereitet.«

Alex blinzelte. »Ist mir zu kompliziert, also, passt es dir jetzt oder soll ich erst in einer Stunde bei dir aufkreuzen?«

Er lachte und klopfte ihr im Vorbeigehen auf die Schulter. »Stell dich nicht so an und komm mit hoch. Ich dachte, wir essen erst was, ehe wir uns nachher die Sterne ansehen, hm? Wie klingt das?«

Das klang sogar ganz großartig, allerdings behielt sie das lieber für sich. Andrés wirkte auf einmal wieder locker und gut gelaunt. Sie wünschte, sie könnte ihre Stimmungen so schnell wechseln wie er. Sie bewunderte ihn für seine Gelassenheit, denn sie selbst war das reinste Nervenbündel, obwohl sie keine Ahnung hatte, warum sie in seiner Gegenwart so kribbelig war. Er war nicht der erste gut aussehende Kerl, mit dem sie zu Abend aß. Und vermutlich auch nicht der letzte. Und doch, Andrés hatte etwas ganz Spezielles an sich, das ihn einzigartig machte, und das war vermutlich auch der Grund, warum sie so seltsam auf seine Nähe reagierte. Irgendein Fehler in der Evolution der weiblichen Gene oder so, denn mit Logik war dem nicht beizukommen.

»Alex?«, rief er von der Treppe herunter. »Kommst du oder bist du festgewachsen?«

Ihre Mundwinkel bogen sich nach oben. »Nein, bin ich nicht, du alter Klugscheißer.«

Sie zog am Fuß der untersten Stufe ihre Stiefel aus und folgte ihm dann nach oben. Die Küche war aufgeräumt, sogar die Flaschen neben dem Sofa waren verschwunden. Ihr lag ein blöder Spruch auf der Zunge, sie verkniff ihn sich aber.

»Ein Glas Wein?«, wollte er wissen.

»Ich muss noch fahren.«

»Du sollst ja auch nicht die ganze Flasche trinken.«

»Stimmt. Dann ja, sehr gerne.«

Während er zwei Gläser mit Weißwein füllte, erzählte er, was er heute kredenzen würde. »Ich habe Saibling besorgt, sehr lecker.«

»Wirst du den wieder kochen wie letztens den Kabeljau?«

»Nur, wenn du das willst. Ansonsten würde ich ihn ganz leicht anbraten mit glasigem Kern, so wie man es mit Thunfisch macht, das kennst du vielleicht.«

»Ja, das klingt lecker.«

»Dazu habe ich so eine Teriyaki-Marinade.«

»Hört sich spannend an.«

So ganz war er nicht von ihrer Reaktion überzeugt und

runzelte die Stirn. »Du hast Angst, dass ich dich vergifte.« Er reichte ihr ein Glas, und sie musste lachen.

»Nein, habe ich nicht – außer du holst wieder diesen ekelhaften Schnaps raus. Der hatte es ja echt in sich, ich war wirklich betrunken.« Sie betonte es, auch weil sie wollte, dass ihre rührselige Art nur deshalb zum Vorschein gekommen war – falls er es überhaupt bemerkt hatte. Sie war sich nicht sicher. Trotzdem hatte sie es loswerden wollen, nicht dass er etwas Falsches dachte. Etwa, dass sie Interesse an ihm haben könnte. Hatte sie natürlich nicht. Überhaupt nicht.

Na ja, möglicherweise ein bisschen. Aber nicht mehr.

»Nur, wenn du möchtest.«

»Sicher nicht.«

»Dann lassen wir das. Skál«, sagte er und prostete ihr zu.

»Skál«, gab sie zurück und schaute ihm tief in die Augen.

Ihr Magen zog sich nervös zusammen. Er ließ sie leider auch nüchtern nicht kalt. Ganz im Gegenteil sogar. Hastig trank sie einen Schluck, während sie sich fragte, woher sie das Talent hatte, sich in Schwierigkeiten zu stürzen und es auch noch zu genießen. Dabei machte ihr so leicht niemand etwas vor. Womöglich sollte sie dieser Stina die Schuld geben, dachte sie belustigt, immerhin hatte sie ihr doch prophezeit, dass ihr Leben Fahrt in eine andere Richtung aufnehmen würde. Andererseits, dass sie sich mit den falschen Männern einließ, war nichts Neues … Aber sie würde sich natürlich nicht auf Andrés einlassen! Auf keinen Fall!

Zum Glück bekam er nichts von ihren Gedanken mit, sie spürte jedoch, dass ihr Gesicht schon wieder zu glühen begann.

»So, dann werde ich mal.« Er öffnete den Kühlschrank

und holte ein paar Zutaten heraus, dann setzte er Reis auf und suchte die Fischfilets mit den Fingern nach Gräten ab.

»Sieht ziemlich professionell aus, wie du das machst«, meinte sie und nahm an der Insel Platz.

»Es gibt ja wohl nichts Ekelhafteres, als sich während des Essens Gräten aus den Zähnen pfriemeln zu müssen.«

»Da hast du allerdings recht.«

Während sie hin und wieder an ihrem Wein nippte, kümmerte er sich weiter um das Abendessen. Als er anfing, den Fisch zu braten, zog ein verführerischer Duft durch den Raum, der ihren Magen knurren ließ. Alex musste zugeben, dass kochende Männer sexy waren.

Sie beließ es bei einem Glas Wein, um einen klaren Kopf zu behalten. Nachdem sie das köstliche Essen genossen hatten, räumten sie gemeinsam ab. Alex achtete peinlich genau darauf, dass sie ihm nicht zu nahe kam, zu präsent waren die Erinnerungen an den Beinahe-Kuss – nach dem er sich nicht mehr bei ihr gemeldet hatte.

»So, wo hast du deine Badesachen?«, meinte er irgendwann.

»Die liegen noch im Auto.«

»Soll ich sie für dich holen? Gib mal her die Schlüssel.«

»Du musst das nicht machen.«

Er verdrehte die Augen. »Ich weiß, aber was spricht dagegen, es zu tun?«

Darauf hatte sie keine Antwort, also ging sie zu ihrem Anorak und reichte ihm die Schlüssel. »Ist deine Tür eigentlich nie abgesperrt?«

Er bedachte sie mit einem seltsamen Blick. »Selten. Warum?«

»Nur so, würde man bei uns so nicht machen. Ich habe auch gesehen, dass die Leute ihre Kinderwagen vor die Tür stellen, warum?«

»Frische Luft ist gut für Babys, noch nie was davon gehört?«

»Äh, ja, aber … den Kinderwagen mit Kind, alleine vor die Tür?«

»Man kann das Babyphon dazu reinlegen, dann hört man, wenn sie aufwachen.«

»Hat man als Eltern keine Angst, dass das Kind entführt wird?«

Er schüttelte den Kopf. »Unsinn, hier doch nicht.«

»Das würde in Deutschland niemand machen. Nein, auf keinen Fall.«

»Es gibt da wohl einige Unterschiede.«

»O ja.«

Er nahm ihr den Schlüssel aus der Hand und lief rasch nach unten. Es dauerte keine drei Minuten, dann war er wieder da und drückte ihr die Tasche in die Hand. »Bitte.«

»Danke schön. Wo kann ich mich umziehen?«

»Hier ist das Badezimmer. Du kannst dir auch ein Handtuch nehmen, okay?«

Seltsam befangen nickte sie und verschwand in Andrés' Badezimmer. Es überraschte sie nicht, dass ihre Finger leicht zitterten.

Jetzt reiß dich zusammen, sagte sie sich, *du führst dich ja auf wie ein Lamm auf dem Weg zur Schlachtbank.*

Eigenartiger Vergleich, denn Andrés wollte sie sicher nicht fressen. Aber da lag irgendwo der Punkt. Alex wusste nicht, warum er sie eingeladen hatte. Als einzigen Grund konnte sie sich vorstellen, dass Erla ihn noch einmal ›ermuntert‹ hatte. Allerdings wirkte er nicht so, als ob es ihm lästig wäre. Der Abend war bis jetzt sehr angenehm und entspannt gewesen, sie hatten während des Essens locker geplaudert, gescherzt und sich nicht beleidigt – das waren riesige Fortschritte seit ihrer ersten Begegnung. Es war fast so, als wären sie befreundet. Aber nur fast. Alex war klar, dass das nicht von Dauer sein würde, in Kürze würde sie in ihr altes Leben zurückkehren und er seins weiterführen. Dreitausend Kilometer getrennt voneinander.

Nachdem sie in ihren Badeanzug geschlüpft war – das Ding erwies sich doch noch als gute Investition –, wickelte sie sich in ein Handtuch und trat hinaus auf den Flur. Die Kamera nahm sie mit, obwohl sie nicht wasserdicht war. Gut, sie musste sie ja nicht mit in den Hot Tub nehmen.

»Können wir?«, hörte sie Andrés' Stimme hinter sich und zuckte zusammen. Sie wirbelte herum. Er hatte zwei Weingläser in der Hand und trug nur noch eine Badehose. Wow, zu gern würde sie über die straffen Bauchmuskeln streichen und fühlen, ob seine Haut wirklich so glatt war, wie sie aussah. Sie schluckte.

»Du hast mich erschreckt«, stieß sie atemlos hervor.

»Lass uns gehen.« Er bedachte sie mit einem wissenden Lächeln. War ihm etwa klar, was für eine Wirkung er auf sie hatte?

Alex atmete tief durch, dann folgte sie ihm.

»Wo ist denn dieser heiße Topf eigentlich?«

»Direkt am Ufer, ist er dir echt noch nicht aufgefallen?«

»Irgendwie nicht. Und der wird immer beheizt?«

»Ja.«

Sie unterdrückte den Impuls, etwas über den Energieverbrauch zu sagen, und nickte nur. »Gut, Eisbaden ist, glaube ich, auch nicht so mein Fall.«

»Kann ich nachvollziehen.«

Er ging an ihr vorbei, unten schlüpften sie beide in ihre Schuhe, ohne die Schnürsenkel zuzubinden, und tapsten nach draußen. Die Nacht war wirklich sternenklar, der Schnee leuchtete in der Dunkelheit. Ihr Atem hinterließ kleine weiße Wölkchen in der Luft. Hoffentlich bemerkte er nicht, wie viele davon sie produzierte, … sonst würde ihm gleich klar sein, dass er sie alles andere als kaltließ.

»Na, komm schon«, rief er ihr vom Ufer zu, dann sah sie, wie er in das heiße Wasser stieg.

Andrés atmete zischend aus und fluchte auf Isländisch.

»Heißt das vielleicht ›Scheiße, ist das heiß‹?«, erkundigte sie sich lachend, während sie zu ihm rannte, aus den Schuhen stieg und ihre Kamera hineinlegte, sodass sie nicht im Schnee landete. Bilder würde sie später machen, bis jetzt waren noch keine Nordlichter zu sehen.

»Hast du vielleicht einen Schnell-Sprachkurs gemacht?«

»So ungefähr.« Sie kam zu ihm und verstand nun, was er meinte. »O Gott«, rief sie. »Wie viel Grad hat das? Fünfzig?«

»Nein, einundvierzig.«

»Hilfe!«

»Man gewöhnt sich ganz schnell dran. Hier, trink was Kühles.«

Sie zögerte nur eine Sekunde, dann nahm sie ihm das Glas ab. Ein bisschen mehr Wein würde sie nicht umbringen und auch nicht willenlos machen. Wobei das irgendwie implizierte, dass er sie auch wollte, und gerade in diesem Punkt war sie sich nicht sicher. »Danke«, murmelte sie verlegen. Er schien es zu spüren, denn sein eindringlicher Blick ruhte schon wieder auf ihr.

»So macht man das bei uns im Eyjafjord. Die Aussicht ist fantastisch, unverbaut und absolut großartig«, plauderte er schließlich drauflos.

»Wahnsinn«, kommentierte sie, und ein Gefühl der Freiheit durchströmte sie. Auf der anderen Seite des Fjords sah sie die Lichter einiger vereinzelter Häuser in Ufernähe. Über ihnen strahlten die Sterne an einem klaren Nachthimmel. Es herrschte völlige Stille, das dunkle, schimmernde Wasser reflektierte den Mondschein. »Und wo sind jetzt die Nord-lichter?«, fragte sie nach einer Weile.

»Kann ich dir leider auch nicht beantworten.«

»Zu schade, aber eigentlich finde ich das hier schon ziemlich genial. Da gibt es nicht viel, was das toppen kann.«

»Und ein paar Tage hast du ja noch.«

»Ja, das stimmt.« Für einige Minuten schwiegen sie. Es tat gut, mit jemandem zusammen zu sein, der nicht das Bedürfnis hatte, eine angenehme Stille mit Überflüssigem zu füllen. »Wie ist es eigentlich so da unten?«

»Du meinst in der Hölle?« Sie sah Andrés neben sich breit grinsen. Sie mochte seinen Humor mit jedem Tag mehr.

Sie lachte. »Nein, nicht wirklich. Ich meine auf dem Meeresgrund, ich kann mir das gar nicht vorstellen.«

»Es ist wundervoll, ruhig und doch geschäftig. Es gibt dort so viel Leben, und die Stelle hier im Fjord ist ganz besonders.«

»Wieso?«

»Hier liegt der einzige hydrothermale Aufstiegskanal, den man bis jetzt mit normaler Tauchausrüstung entdeckt hat. Andere dieser Art liegen in zwei- bis sechstausend Meter Tiefe. Das ist also einzigartig, dass man sich unseren hier bei einem Tauchgang ansehen und berühren kann.«

»Wow, so tief kommt man anderswo bestimmt nicht runter. Aber was ist das genau, ein Aufstiegskanal?«

»Das ist so eine Art Schornstein, ohne Rauch natürlich, dafür strömt Süßwasser heraus. Geformt wurde er vor unge-fähr zehntausend Jahren, nach der letzten Eiszeit, und an manchen Stellen wird er immer noch weiter gebildet. Jede Sekunde kommen ungefähr einhundert Liter Süßwasser mit über siebzig Grad Celsius Temperatur heraus. Wissenschaftler haben festgestellt, dass dieses Wasser über elftausend Jahre alt ist.«

Sie hörte mit offenstehendem Mund zu.

»Das Gebiet rund um Strýtan ist die erste geschützte Gegend in Island, die unter Wasser liegt, und ich bin der Verantwortliche.«

»Hast du sie entdeckt?«

»Nein, aber fast. Strýtan wurde vor etwas mehr als hundert Jahren von Fischern gefunden, die die Tiefe des Fjords mit Gewichten gemessen haben. Mit moderner Technologie sollte das dann Ende der Achtziger nachgeprüft werden, aber die Wissenschaftler haben nichts bestätigen können. Mein Freund und ich haben diese Unterwassergiganten mehr als zehn Jahre später beim Tauchen gesucht, weil wir davon überzeugt waren, dass die Aufzeichnungen der Fischer kein Bullshit waren. Und wir hatten recht, denn wir haben sie wiederentdeckt.«

»Wahnsinn! Da hat es sicher einigen Rummel gegeben, oder?«

»Ach, wir Isländer sind nicht so für Schlagzeilen, aber 2015 kam der Wissenschaftler Brian Cox zu uns mit einem Team von der BBC, wir haben dann einen Remake der Entdeckung gedreht. Die Episode heißt *The Moth and the Flame.*«

»Wie cool ist das denn? Du bist also doch ein Fernsehstar.«

»Zufällig habe ich die Sendung hier«, scherzte er. »Brian behauptet jedenfalls, dass alles Leben auf der Erde vor Millionen von Jahren möglicherweise mit Schornsteinen wie diesen angefangen hat. Technisch gesehen könnte man sagen, dass man erst wirklich getaucht hat, wenn man diesen einen Tauchgang erlebt hat, dann hast du ›im Anfang der Erde‹ gebadet. Das ist schon cool, oder?«

»Ja, schade, dass ich nicht tauchen kann.«

»Man kann alles lernen, stell dir vor, ich habe eine Tauchschule.«

Sie lächelte. »Oh! Ist mir noch gar nicht aufgefallen. Aber nein danke, also zumindest nicht im tiefsten Winter. Was macht man eigentlich als Tauchlehrer in dieser Jahreszeit den ganzen Tag?«

»Ich habe unendlich viele Bilder und Videomaterial, ich müsste das eigentlich alles auswerten, sortieren, bearbeiten – daran saß ich vorhin, als du gekommen bist.«

»Deswegen hattest du so schlechte Laune?«

»Ich war gar nicht schlecht gelaunt.«

Sie glückste. »Das sagst du? Wo drückt denn der Schuh?«

»Ich kann irgendwie nicht mit diesen Bearbeitungsprogrammen umgehen, dafür braucht man ein fünfjähriges Studium.«

»Was für ein Glück, dass du mich jetzt kennst.«

»Ach, du kannst das, oder wie?«

»Ich bin ganz gut darin, nicht perfekt. Ich kann dir gerne bei Gelegenheit mal zeigen, wie es geht.«

»Ich glaube, ich bin ein hoffnungsloser Fall. Du würdest sicher sehr schnell die Geduld mit mir verlieren.«

»Ach was.«

»Dann gebe ich dir eine Tauchstunde – so als Gegenleistung.«

»Ich weiß nicht, ich habe keine Ahnung davon.«

»Man kann das lernen, weißt du?« Seine Stimme war ganz sanft, so sanft, dass Alex trotz des warmen Wassers eine Gänsehaut bekam.

»Ist es nicht gefährlich?« Ihr Herzschlag beschleunigte sich.

»Es gibt Regeln und Sicherheitsvorkehrungen, die muss man befolgen. Du kannst auch von einem Bus überfahren werden, ich würde sagen, das Laufen auf einer Straße ist also gefährlicher.«

»Das behaupten alle Extremsportler.«

»Ich gehe kein Risiko ein, sowas hört spätestens mit der Geburt des ersten Kindes auf. Bei mir jedenfalls.«

»Damit habe ich keinerlei Erfahrung.«

»Willst du keine Kinder? Familie?«

Sie atmete tief ein. »Ich weiß nicht. Bisher habe ich nicht den Mann getroffen, mit dem ich mir das vorstellen könnte.«

»Ihr Deutschen seid schon ein bisschen komisch.«

»Wie meinst du das jetzt wieder?«

»Wenn das, was ich von Erla gehört habe, stimmt, dann denkt ihr, dass das eigene Leben vorbei ist, sobald man Kinder hat.«

»Ist es das nicht erst mal? Ich meine, so ein Baby wirbelt doch alles durcheinander.«

»Aber das ist doch nichts Schlimmes«, gab er lachend zurück. »Ein neues Leben in den Armen zu halten, ist so wundervoll. Bei uns gehören Kinder zum Alltag, man lebt mit ihnen, nicht für sie. Ein Kind macht das Leben um so vieles reicher, man verliert nichts, sondern gewinnt etwas dazu.«

»Das hast du sehr schön gesagt.«

»Ich bin kein Philosoph.«

»Trotzdem.«

»Ich habe keine Sekunde bereut, so früh Vater geworden zu sein. Svala ist mein Ein und Alles.«

»Es ist toll, dass du die Verantwortung für sie übernommen hast.«

»Das ist doch selbstverständlich.«

»Nicht alle Männer sind so ehrbar in einer solchen Situation.«

»Ich bin so erzogen worden, und dazu stehe ich auch.

Ich könnte mir nicht vorstellen, am Leben meiner Tochter nicht teilzunehmen.«

Er ist sicher ein großartiger Vater, dachte sie, während sie einen Schluck Wein trank. »Wieso hast du dann nur *ein* Kind?«

Er atmete scharf ein, und sie kapierte, dass sie sich auf ein Minenfeld begeben hatte.

»Tut mir leid«, beeilte sie sich zu sagen. »Du musst nicht antworten.«

»Ist schon okay, es ist kein Geheimnis, dass meine Ehe kein gutes Ende genommen hat. Es war eine Beziehung mit vielen Höhen und Tiefen.«

»Tja, ich verstehe, was du meinst, auch wenn ich nie verheiratet war. Am Ende bleibt meist nicht viel übrig.«

»Eben. Und irgendwie war nie der richtige Zeitpunkt für ein zweites Kind da.«

»Na, du bist ja ein Mann, dir kann es egal sein. Deine Uhr wird niemals ticken.«

Andrés schüttelte den Kopf. »Du hast nicht ganz unrecht, aber trotzdem, ich bin zufrieden so, wie es ist.«

»Ich will auch gar nicht über deine oder meine Familienplanung reden«, beendete sie leichthin das Thema, aber insgeheim hatte er sie zum Grübeln gebracht. Ihr Leben war so kompliziert, so einsam, sie hatte sich wirklich noch nie die Zeit genommen, um über ihre Zukunftswünsche nachzudenken, jedenfalls nicht im Hinblick auf Kinder.

Sie hatte keinerlei Erfahrung mit Babys, und sie hatte auch nicht das Bedürfnis, in vorbeirollende Kinderwagen anderer Mütter zu schauen, aber dennoch … Irgendwann wollte sie vielleicht doch eine Familie? Sie war sich nicht sicher. Vor allem nicht in ihrer derzeitigen Lage, wo sie nicht einmal eine Ahnung hatte, wie es im nächsten Monat weitergehen sollte.

»Dein Kopf raucht«, bemerkte er.

»Was? Wieso?«

»Du denkst zu viel«, sagte er und nahm ihr das Glas aus der Hand. »Warum?«

Da würde ihr eine ganze Reihe von Gründen einfallen, keinen davon wollte sie mit ihm teilen.

»Vielleicht hast du recht. Wie ist es, wenn man mal nicht denkt?«

Mit einem Schlag veränderte sich die Stimmung, es knisterte zwischen ihnen. Ihr wurde seine Nähe deutlich bewusst, obwohl er sie nicht berührte. Aber sie wusste, dass er fast nackt neben ihr saß, nur wenige Zentimeter von ihr entfernt. Sie müsste nur ein Stück an ihn heranrutschen …

Dachte er auch daran, wie es wäre, sie zu küssen?

»Das ist ganz leicht.« Er wandte sich zu ihr und legte ihr eine Hand in den Nacken. »Siehst du?«

»Noch nicht«, hauchte sie.

Seine Augen waren in der Dunkelheit beinahe schwarz. Schwarz und verheißungsvoll. Auf einmal war er ihr so nah, dass sie seinen Atem auf ihren Lippen spüren konnte. Seine Finger lagen kühl auf ihrer erhitzten Haut. Das Blut rauschte durch ihre Adern, in ihrer Mitte meldete sich ein süßes Ziehen.

Sie wollte gerade noch etwas sagen, als er ihren Mund mit seinem verschloss. Es wurde still um sie, die Welt verschwamm. Alles, was sie noch wahrnahm, waren seine Lippen, seine Zunge, seine berauschende Nähe, die alle Sinne schärfte.

Sie rutschte ein Stück näher zu ihm und legte ihre Hände um seine schmale Taille. Andrés' Muskeln fühlten sich glatt und hart unter ihren Fingern an. Er stöhnte leise auf, als sie über seinen Bauch fuhr. Der Kuss wurde intensiver.

Durch den dicken Nebel des Verlangens hörte sie eine weibliche Stimme schimpfen. Was sie sagte, konnte Alex nicht verstehen. Widerstrebend lösten sie sich voneinander, er blinzelte, ebenso verwirrt wie sie, dann verdüsterte sich sein Ausdruck.

»Hildur«, erklärte er. Was er dann sagte, verstand Alex nicht. Aber eins war klar, es war seine Exfrau, und die Unterhaltung war nicht freundlich.

Oh, oh, das war gar nicht gut.

Alex wusste nicht, wo sie hinschauen sollte, während die beiden heftig diskutierten.

Verdammt, dass sie schon wieder in eine so unangenehme Situation geraten war, konnte sie kaum fassen.

Es dauerte zum Glück nicht lange, seine Ex warf ihm noch eine letzte Schimpftirade an den Kopf und zog von dannen.

»Tut mir leid«, sagte er schließlich mit einem tiefen Seufzen zu Alex.

»Schon okay, ich habe sowieso nichts kapiert. Allerdings denke ich, dass ich wohl besser gehen sollte.« Sie richtete sich auf und stieg aus dem Wasser. Andrés protestierte nicht, was sie ein wenig verletzte.

Weil sie hoffnungslos dämlich war.

Alex nahm ihre Kamera aus den Stiefeln – super, Bilder hatte sie also keine im Kasten –, schlüpfte hinein und hastete dann ins Haus, ihr war eiskalt. In Windeseile trocknete sie sich ab und zog sich an, dann packte sie ihre wenigen Habseligkeiten zusammen. Als sie nach unten kam, saß Andrés noch immer im heißen Wasser.

Auch gut, er hatte offenbar nichts hinzuzufügen.

»Tschüss«, murmelte sie.

Er wandte sich zu ihr, den Ausdruck auf seinem Gesicht konnte sie nicht so recht deuten, es war dunkel, und einige

Meter lagen zwischen ihnen. »Du musst nicht gehen«, flüsterte er.

»Doch, ich denke, das ist besser.«

Er nickte. »Verstehe.«

»Gute Nacht, schlaf schön.«

»Du auch.«

Dann stieg sie in ihren Mietwagen und fuhr mit einem seltsamen Gefühl im Bauch davon. Sie wäre geblieben, wenn er nur einen Mucks gesagt hätte. Insgeheim hatte sie sich das gewünscht, aber es war besser so, wer weiß, was sonst noch zwischen ihnen geschehen wäre.

Als sie etwas später die Stufen zu ihrer Wohnung hinaufstieg, ging eine Tür auf und Stina kam hinter ihr her. »Hallo Alex«, rief sie.

»Oh, hallo Stina.« Sie fragte sich, ob die Frau nur darauf gewartet hatte, dass jemand kam, mit dem sie plaudern konnte.

»Ich wollte dir nur sagen, dass ich morgen nach Reykjavík fahre, also, nicht dass du dich wunderst, wenn ich weg bin.«

»Ah, okay. Danke für die Info.« Alex nickte höflich. »Bleibst du über Weihnachten?«

»Ja, ich habe Familie dort.«

»Wie schön«, erwiderte sie und dachte ein wenig wehmütig an ihre eigene. Bei Stina ging bestimmt alles super harmonisch und energetisch frei fließend zu. Der Gedanke ließ sie schmunzeln.

»Vergiss nicht abends ein paar Kekse für die isländischen Weihnachtsmänner rauszustellen.«

»Ihr habt mehrere?«

Stina nickte. »Um genau zu sein, haben wir dreizehn, und sie sind Trolle. Die Jungs haben eine ziemlich herrschsüchtige Mutter, dir Trollin Grýla. Außer im Dezember dürfen sie nicht aus der Höhle, und Trolle dürfen ohnehin nur nach draußen, wenn es dunkel ist, sonst werden sie für immer zu Stein.«

Alex schmunzelte. »Da dürften sie im Dezember ja kein Problem haben, wo es ohnehin nur so kurz hell ist.«

»Stimmt. Seit dem zwölften Dezember sind sie unterwegs.«

»Also, bei mir hat sich noch keiner blicken lassen.«

»Meistens gehen sie auch zu den Kindern.« Stina lachte. »Aber falls du eine Kartoffel im Fenster findest, dann warst du nicht brav.«

Alex spürte ihren bohrenden Blick auf sich und fragte sich, ob das auf den Kuss gemünzt war. Im nächsten Moment verwarf sie den Gedanken, Stina war vielleicht Astrologin, aber sie konnte nicht in einer Glaskugel sehen, was um sie herum passierte. Dennoch wurde Alex unangenehm heiß vor Verlegenheit. »Keine Kartoffel«, erwiderte sie leicht atemlos.

»Deine Energie nimmt ab jetzt zu, meine Liebe. Mach was daraus. Wir Isländer lieben unsere Elfen und Trolle, es gibt viele Sagen und Geschichten. Sicher ist jedenfalls, dass sie das Schicksal von vielen Menschen schon beeinflusst haben. Wenn ihnen was nicht passt, legen sie uns auch mal Steine in den Weg.«

Schon wieder so eine kryptische Formulierung, die alles und nichts bedeuten konnte. »Äh, klar. Ach, du meinst das mit den Straßen, die um Steine herumgebaut werden?«

Stina hob eine Augenbraue. »Nicht unbedingt, du wirst es sicher noch herausfinden. Ich habe dir ja letztens schon gesagt, dass bei dir große Veränderungen anstehen. Ein bisschen Mut gehört allerdings dazu, auf neuen Gewässern zu segeln, vor allem, wenn sie tief und unergründlich sind.«

Alex wusste nicht, was sie darauf erwidern sollte, also nickte sie nur.

»Dann wünsche ich dir eine gute Nacht und … frohe Weihnachten.« Stina warf ihr ein Luftküsschen zu, dann verschwand sie wieder in ihrer Wohnung und ließ Alex verwirrt zurück.

KAPITEL 9

Nachdem Alex vom Hof gefahren war, stieg Andrés aus dem dampfenden Wasser. In seiner Wohnung goss er sich noch ein Glas Wein ein und setzte sich ins Handtuch gewickelt aufs Sofa. Dass dieser Abend so enden würde, hatte er nicht gedacht. Einerseits war er sauer auf seine Ex, andererseits konnte er ihr vielleicht auch dankbar sein. Er hatte sich komplett vergessen, er war zu allem bereit gewesen, und wenn sie nicht gekommen wäre, hätte er es vermutlich nicht bei einer Knutscherei mit Alex belassen.

Es hatte sich so verdammt gut angefühlt, sie zu küssen. Zu spüren. Sie zu begehren. Es war lange her, dass er so starkes Verlangen empfunden hatte.

Tja, dabei hatte er nicht bedacht, dass Hildur von ihrem Haus aus auf den Pott blicken konnte. Weil er auch gar nicht vorgehabt hatte, im heißen Wasser über Alex' Lippen herzufallen. Es war einfach passiert. Das Schlimme war, er bereute es nicht mal.

Andrés hatte noch nie ein romantisches Bad mit einer

hübschen Frau in diesem kleinen Pool genommen. Normalerweise setzten sich seine Kunden nach einem Tauchgang hinein und genossen die Aussicht – nicht er. Vermutlich würde sich das auch nicht wiederholen.

Trotzdem, Hildur hatte kein Recht, ihm zu verbieten, andere Frauen zu küssen, dieses Privileg hatte sie mit der Scheidung verwirkt. Sie hatte ihm vorgeworfen, dass er ein schlechtes Vorbild für seine Tochter sei, dass er herumhure, dass er Touristinnen – in der Mehrzahl – abschleppe. Das hatte genügt, um seine Leidenschaft abkühlen zu lassen. Es war nicht fair, aber es war die Realität. Sein Leben war kompliziert, zu kompliziert für eine belanglose Affäre mit Erlas Freundin. Bis zu diesem Punkt hatte er sich auch keine Gedanken darüber gemacht, wie Svala reagieren würde, wenn sie davon erfuhr. *Erfahren hätte*, verbesserte er sich. Es würde nicht noch einmal vorkommen, und er musste sich, verdammt noch mal, endlich zusammenreißen. Oder auch nicht, denn in Kürze würde Alex abreisen, und die Sache hätte sich ohnehin von alleine erledigt. Aus den Augen, aus dem Sinn, getreu diesem Motto würde sich auch die sexuelle Spannung in Rauch auflösen.

Rein logisch gesehen konnte er das alles nachvollziehen. Das hieß aber noch lange nicht, dass er damit glücklich war. Andrés schaute nachdenklich in die Dunkelheit. Bislang hatte sich die Frage, wie Svala auf eine neue Partnerin reagieren würde, einfach nicht gestellt. Andrés hatte nach dem Ende seiner Ehe kein Bedürfnis gehabt, den Platz in seinem Bett neu zu belegen. Das hatte er immer noch nicht, und Alex wäre dafür auch die schlechteste Anwärterin – und doch, er begehrte sie noch immer.

Seufzend trank er das Glas Wein aus und ging ins Bad, um sich anzuziehen.

. . .

In den darauffolgenden Tagen stürzte er sich in seine Arbeit, er überprüfte jeden einzelnen Tauchanzug, jede einzelne Flasche, er drehte jeden verdammten Knopf um, damit er nicht an Alex denken musste. Und doch erwischte er sich immer wieder dabei, sich zu fragen, was sie wohl gerade machte, ob sie sich amüsierte oder wo sie mit ihrem kleinen Mietwagen herumfuhr. Das Wetter war gut gewesen, nach dem ganzen Schnee und Wind eine Wohltat, einmal einen Tag ohne Schippen verbringen zu können. Nachdem er alles – bis auf seine Bildmaterialien – organisiert hatte, fiel ihm die Decke auf den Kopf. Auch jetzt wieder saß er auf dem Sofa, schaute aus dem Fenster und dachte an sein neues ›Lieblingsthema‹: Alex. Er langweilte sich und ging sich selbst auf den Keks, er hatte – außer den Bildern auf dem Rechner – nichts zu tun. So aufgeräumt war seine Tauchschule seit Jahren nicht gewesen. Warum nur bekam er dieses Hamburger Mädchen nicht mehr aus dem Kopf?

Alex saß mit einer Tasse Kaffee an der Theke der *Götubarinn*, die Erla mit ihrem Mann betrieb. Die Familie war zwei Tage zuvor aus dem Urlaub zurückgekehrt. Sie lag in einem der ältesten Häuser der Stadt, dessen Fassade blau gestrichen war. Auch die Inneneinrichtung war eher urig als modern. Dicke Holzbalken, um die sich grüne Ranken mit roten Kugeln schlängelten, und stützende Säulen prägten das Bild. Holzstühle und runde Tische, die schon etliche Jahrzehnte auf dem Buckel hatten, waren zu dieser Tageszeit noch spärlich besetzt, und überall flackerten kleine Kerzen. An den grün gestrichenen Wänden hingen einige abstrakte, sehr bunte Bilder in verschiedenen Größen, die eine lokale Künstlerin hier zum Verkauf anbot.

In der Mitte der Bar stand ein altes Klavier, darauf thronte ein Leuchter mit gelben Kerzen, daneben befand sich einiges an Weihnachtsdekoration, und Lichterketten schmückten die Balken.

»Habt ihr euch gut erholt?«, fragte Alex ihre Freundin, die gerade Milch für einen Caffè Latte aufschäumte.

»Es war ganz großartig«, sagte sie und zwinkerte. »Und du? Du hast mir immer noch nicht erzählt, warum du so spontan nach Island gereist bist – allein. Ist wirklich alles in Ordnung?«

Alex nahm ihren Löffel und rührte in ihrer Tasse. »Es gab ein paar Schwierigkeiten zu Hause.«

»Und dann du bist abgehauen? Du hattest Stress mit einem Typen?«

»So kann man es auch sagen.« Sie blickte in Erlas Gesicht. Ihre grünen Augen musterten sie eindringlich. Sie trug ihre blonden Haare offen und seitlich gescheitelt. Sie war nur wenig geschminkt, aber ihre Haut war so zart und glatt, dass sie nicht mal Puder nötig hatte.

»Du musst nicht drüber reden, ich habe mich nur gefragt, was los ist. Du klangst bei unseren Gesprächen immer ein wenig bedrückt, um ehrlich zu sein. Ich dachte schon fast, es läge an Andrés, er kann manchmal echt nerven.«

»O ja, das auch.« Alex musste gegen ihren Willen lachen. »Aber er ist natürlich nicht der Grund, warum ich nach Island gekommen bin.«

Erla kicherte. »Das weiß ich doch, aber im Ernst, seit seiner Scheidung macht mein Bruder um Frauen für gewöhnlich einen großen Bogen, und ich kann mir deswegen nur zu gut vorstellen, dass er nicht gerade einen Charmeur gegeben hat.«

»Das erklärt, warum du ihm verschwiegen hast, dass Alex der Name einer Frau ist.« Sie zwinkerte Erla zu.

»Das hat er dir erzählt?« Sie wirkte ehrlich überrascht, aber kein bisschen schuldbewusst, was für sie sprach. Alex fand es ja selbst irgendwie lustig, wie Erla ihren Bruder ausgetrickst hatte. Mittlerweile konnte sie über ihre anfänglichen eher seltsamen Begegnungen lachen, sie beide waren wohl nicht gerade als nett zu bezeichnen gewesen.

»Na ja, ihm ist alles aus dem Gesicht gefallen, als ich in der Tauchstation aufgekreuzt bin. Da musste er nicht viel erklären.« Alex erinnerte sich an Andrés' schockierten Blick, verschwieg Erla jedoch, dass sie sich zuvor schon am Flughafen und auf der Straße in die Haare bekommen hatten. Die Erinnerung an den Kuss im heißen Wasser tauchte vor ihrem inneren Auge auf und trieb ihr die Hitze in die Wangen und ein sehnsuchtsvolles Ziehen in ihre Mitte.

»Mist, das habe ich schon vermutet. Aber er war doch trotzdem nett zu dir, oder? O nein, ich sehe, dass da noch was ist. Komm, spuck es aus! Ich wasch' ihm den Kopf, wenn ich ihn das nächste Mal sehe.«

»Nein, das brauchst du nicht, echt nicht. Also, der Grund, warum ich so überstürzt hergekommen bin …« Sie redete lieber über die Probleme in Hamburg als über die intime Situation mit Andrés.

»Ja?«

Alex holte kurz Luft. »Auf der Hochzeit meiner Schwester ist was vorgefallen. Was Schlimmes.« Sie schluckte. »Ich hatte getrunken, vielleicht ein bisschen zu viel.«

»Du hast dich danebenbenommen? Das kann doch mal vorkommen, na und? Du wirst nicht die Einzige gewesen sein, die zu viel gebechert hat.«

»Ja, wenn das schon alles gewesen wäre.« Tatsächlich fiel es ihr noch immer schwer, sich an alle Einzelheiten des Abends zu erinnern, nur dass sich jedes Mal, wenn sie daran dachte, dieses dunkle, beklemmende Gefühl in ihr breitmachte. Leopold war ihr gegen ihren Willen zu nahe gekommen, und sie wurde nun dafür verantwortlich erklärt. Wie sie mit ihm in diesem Zimmer gelandet war, konnte sie sich nicht mehr zusammenreimen. Da war nur ein schwarzer Fleck in ihren Erinnerungen, was sie fast in den Wahnsinn trieb und ihr die Verteidigung gegenüber ihren Eltern und ihrer Schwester erschwerte. Natürlich glaubte ihr keiner, jeder bewertete die Situation nach der Entdeckung so, dass Alex sich an Leopolds Hals geworfen haben musste, nicht andersherum.

»Was denn noch?«, fragte Erla sanft.

»Also, ich habe ja schon gesagt, dass ich zu viel getrunken hatte. Irgendwann musste ich aufs Klo, und, na ja, das Fest hat in einem privaten Club stattgefunden, ich habe in den Räumlichkeiten die Orientierung verloren«, erinnerte sie sich und strengte sich an, endlich das fehlende Stück des Abends wiederzuentdecken. Aber es blieb dunkel. »Irgendwie war ich plötzlich in einem Nebenzimmer mit Leopold und habe keine Ahnung, wie ich da hingekommen bin. Ehrlich nicht. Na ja, und er hat mich angemacht, obwohl ich das nicht wollte, und …« Ihre Stimme brach. »Dann kam jemand rein.«

»Wer ist Leopold?«

»Der Mann meiner Schwester.«

Erlas Mund klappte auf. »Nein!«

»Doch. Es war ihre Hochzeit, und er schmeißt sich an mich ran!«

»Wie schrecklich.«

»Er hat gesagt, ich wäre diejenige welche, aber das ist nicht so, ich wollte es nicht. Ich wollte zur Toilette und habe keine Ahnung, wie es dazu gekommen ist. Filmriss. Es ist mir unerklärlich, aber meine Familie, meine Schwester – niemand glaubt mir. Ich bin schuld an allem. Die Presse – da möchte ich mal gar nicht drüber reden. Leopold ist in allen Augen das Opfer, ich bin die böse Schwester, die sich den frisch getrauten Mann schnappen will.«

»Wie kam die Presse denn dorthin? Das verstehe ich nicht. Das ergibt doch alles keinen Sinn, das müssen die doch auch sehen. Wieso solltest du was von ihm wollen?«

Alex freute sich, dass Erla offenbar nicht sofort das gleiche Urteil über sie fällte wie alle anderen. Sie winkte dennoch ab, denn es war müßig, darüber zu reden. Sie musste warten, bis sich der Sturm gelegt hatte. Momentan würde jeder Versuch, etwas zu verbessern, scheitern. »Ach, du weißt doch, wie meine Familie ist. Die *Bunte* hatte ihnen ein Angebot gemacht. Wenn sie die Hochzeit exklusiv begleiten, würden sie ein hübsches Sümmchen springen lassen. Es ist natürlich nicht bei der *Bunten* geblieben. Ich bin überall durch den Dreck gezogen worden.«

»Und der Bräutigam?«

»Der ist natürlich unschuldig!« Alex' Magen verkrampfte sich, ihr war übel, ihr Herz schlug viel zu schnell. Es noch einmal so auszusprechen, wühlte sie auf, und doch schaffte sie es nicht, sämtliche Mosaiksteinchen ihrer Erinnerungen zusammenzusetzen. Das war ihr noch nie passiert, sie war schon oft betrunken gewesen, aber sie hatte noch nie einen so miesen Filmriss gehabt.

»So ein Arsch.«

Alex' Augen füllten sich mit Tränen. Dass endlich jemand auf ihrer Seite war, tat so gut. »Ja«, brachte sie hervor und wischte sich verstohlen über die Augenwinkel. »Aber da ist noch mehr. Ich habe meinen Job gekündigt.«

»Was? Wieso das denn?«

»Meine Eltern haben mir Druck gemacht, in der Eile – ich habe überstürzt alles in einen Koffer geschmissen, was mir so in die Finger gekommen ist – habe ich das falsche Portemonnaie eingepackt. Mit der Firmenkreditkarte.«

»O nein.«

»Ja, leider doch. Ich ärgere mich sehr über meine Blödheit. Na ja«, fuhr sie fort. »Sie haben gesagt, ich soll nach Hause kommen und mich dem Shitstorm stellen. Sehe ich aber gar nicht ein, es war nicht mein Fehler! Und daraufhin haben sie die Kreditkarte gesperrt.«

»Nicht dein Ernst? Wie bei einem Teenager?«

»Doch, leider, ich wünschte, es wäre ein Scherz.«

»Und wie kommst du jetzt klar? Du hättest doch was sagen können, meine Liebe.«

»Die Wohnung und den Mietwagen hatte ich ja vorab bezahlt. Ich hatte mir auch isländische Kronen abgehoben.«

»Gott sei Dank, obwohl hier kaum jemand noch bar bezahlt.«

»Ist mir auch aufgefallen, mache ich ja sonst auch nicht. Froh war ich dann doch.«

»Das muss aber eine Menge gewesen sein.«

»Na ja«, meinte Alex. »Ich habe ein paar Brillantohrringe verkauft.«

Erla schnappte nach Luft. »Was? Wieso das denn? Wir hätten dir doch was geliehen, oder Andrés.«

»Das wollte ich nicht.«

»Weil du immer alles mit dir selbst ausmachen willst, Süße.«

»Ja, vielleicht. Und letzten Endes muss ich jetzt überlegen, wie es weitergeht. Die Aussichten zu Hause sind nach wie vor düster. Ich bin so wütend. Aber ich kann mich ja nicht ewig hier verkriechen.«

»Deine Eltern denken bestimmt, du meinst das mit der Kündigung nicht ernst.«

»O doch, ich mache so nicht weiter. Dieser Vorfall hatte insofern doch etwas Gutes, ich habe endlich kapiert, dass man in mir nie mehr sehen wird als das privilegierte Töchterchen im Familienkonzern, wenn ich mich genauso verhalte. Ich muss endlich auf eigenen Beinen stehen und laufen lernen.«

»Das klingt jedenfalls schon sehr erwachsen, Alex. Ich bin stolz auf dich.«

Sie trank einen Schluck Kaffee. »Danke. Es zu sagen klingt so einfach – aber ich habe irgendwie keine Ahnung, wie das mit dem Aufstehen und Laufen genau geht. Was, wenn ich keinen anderen Job finde?«

»Jemand mit deinen Fähigkeiten bleibt nicht lange auf der Straße.«

»Danke, es tut gut, mal was Positives zu hören. Tja, dann werde ich jetzt wohl zum ersten Mal in meinem Leben nach einer Stelle suchen.«

»Du schaffst das. Und erst mal kommt ja Weihnachten, das solltest du genießen.«

»Super Aussichten. Ich werde schweigend an einem Tisch in Hamburg sitzen, an dem mich alle für eine Versagerin halten, und für ein Flittchen, das der eigenen Schwester den Mann ausspannt.«

»Ich bin mir sicher, deine Eltern lieben dich, sie können es vielleicht nicht so gut ausdrücken.«

Alex lachte humorlos. »Ja, lassen wir das Thema lieber.«

Erlas Aufmerksamkeit wurde auf den Eingang gelenkt, ihr Gesichtsausdruck hellte sich auf, dann rief sie: »Andrés, gaman að sjá þig!«

Alex verstand nur Bahnhof, es hörte sich allerdings stark nach einem ›Schön, dich zu sehen‹ an. Ihr Puls schnellte in die Höhe, sie hatte nicht damit gerechnet, ihm heute zu begegnen. Andererseits war es vielleicht keine Überraschung, dass er sich bei seiner Schwester blicken lassen würde.

Alex wandte sich um. Andrés grüßte Erla und bedachte dann sie mit einem »Hallo, wie geht's?«.

Alex wollte gerade etwas erwidern, als sie merkte, dass er am liebsten auf dem Absatz kehrtgemacht hätte, nachdem er sie entdeckt hatte.

Also starrte sie wieder in ihren nur noch lauwarmen Kaffee, bekam jedoch mit, wie Erla die Theke umrundete, um ihren Bruder in den Arm zu nehmen. Sie sprachen auf Isländisch, und Alex vermutete, dass es zumindest zum Teil um sie ging. Sie machte sich keine Sorgen, dass Erla ihre Probleme bei ihrem Bruder ausplauderte, aber sie befürchtete, dass sie ihn wieder zwingen würde, irgendwas mit ihr zu unternehmen. Das Wetter war gut, und es war erst kurz nach drei.

Alex hörte nur »Nei, ég get ekki«, aus seinem Mund, und die Reaktion seiner Schwester darauf war ein »Já, þú getur víst!«

Fehlte nur noch, dass Andrés tief seufzte, was er zum Glück nicht tat. Das wäre zu demütigend gewesen.

»Hey, Süße, wie wäre es denn, wenn du mit meinem Bruder heute mal die Skipisten erkunden würdest? Und nachher kommt ihr zum Essen zu uns. Heute Abend habe ich frei, mittlerweile können wir uns Personal leisten, das die Spätschichten auch ohne uns wuppen kann.«

»Äh, Skifahren?«, stammelte sie. »Ich weiß nicht.« Dabei vermied sie es, Andrés anzusehen. Sie wusste auch so, dass er sich wünschte, nicht gekommen zu sein, und dass er keine Lust hatte, sich den Nachmittag mit ihr um die Ohren zu schlagen.

»Das wäre doch großartig«, setzte Erla nach. »Nicht wahr, Andrés?«

»Ja, super«, brummte er und fing sich einen strengen Blick seiner Schwester ein. Säßen sie an einem Esstisch, hätte sie ihrem Bruder garantiert einen Tritt verpasst.

»Andrés hat sicher zu tun«, meinte Alex ausweichend. »Das muss echt nicht sein.«

»Ich habe Zeit«, hörte sie ihn zu ihrer Überraschung sagen. »Lass uns Skifahren gehen.«

Sie hatte keine Ahnung, was seinen Sinneswandel verursacht hatte. Vorsichtig blickte sie auf und verlor sich im Blau seiner Augen. Er wirkte ein wenig unsicher, was völlig neu an ihm war. Sonst war er immer selbstbewusst, gerne auch mal schroff und eigenbrötlerisch rübergekommen. Es machte ihn sympathisch, dass seine Reaktion vermutlich daher rührte, dass ihm die Situation – der Kuss, seine Ex, die ihn unterbrochen hatte – auch heute noch unangenehm war. So wie ihr auch. Vielleicht konnten sie das dann wenigstens am Nachmittag klären, und so schlimm konnte es nicht sein, ein paar Abfahrten zu machen. Ja, eigentlich war es eine gute Idee, sie mochte es, die Bretter unter den Füßen zu spüren, auch wenn sie eher eine vorsichtige Skifahrerin war. Und etwas frische Luft würde ihr auch guttun.

»Großartig! Andrés, hier sind meine Schlüssel, du weißt ja, wo meine Sachen sind.«

»Ich möchte echt nicht in deinen Sachen wühlen. Hast du vielleicht Skikleidung mit, Alex?«

»Meine Schneehose ist im Schrank im Flur«, sagte Erla. »Da wirst du dich ja wohl rantrauen, oder?« Und dann lachte sie ihren Bruder aus.

»Gerade so«, erwiderte er mit einem Augenzwinkern.

»Welche Schuhgröße hast du?«, wandte sich Erla nun an sie.

»Neununddreißig.«

»Perfekt, dann werden dir auch meine Skischuhe passen! Easy peasy!«

Eine halbe Stunde später saß sie mit Erlas Schneehose in Andrés' Wagen, auf dem Weg in den Hlíðarfjall. Die Flutlichter waren bereits eingeschaltet worden, ein nervöses Kribbeln machte sich in ihr breit, was nur zum Teil an den bevorstehenden Abfahrten lag.

»Ich wollte noch mal wegen unseres letzten Treffens –«, fing Andrés an, aber ehe er zu Ende sprechen konnte, unterbrach Alex ihn.

»Nicht doch, wir sind beide erwachsene Menschen. Es war ein Kuss, machen wir nicht gleich eine große Sache daraus. Wir haben uns in einem Moment hinreißen lassen. Es ist klar, dass er nichts bedeutet hat. Vergessen wir es einfach.«

Andrés schwieg eine Sekunde. »Ja. Genau. Gut, dass du das auch so siehst.«

Alex atmete erleichtert aus, dann kicherte sie albern. »Puh, ich bin froh, dass wir das geklärt haben. Es wäre ja blöd, wenn das jetzt zwischen uns stehen würde. So gut war der Kuss ja auch nicht, dass man da ...« Sie hielt inne, weil sie merkte, dass sie übertrieb – im negativen Sinne. Der Kuss war fantastisch gewesen, ihn dermaßen herunterzuspielen, hörte sich so falsch an, dass sie ins Stocken geriet.

»Du findest also, ich küsse nicht gut?«

»Nein, ja, also na ja, nein. Das war nicht gut ausgedrückt.« Sie suchte in ihrem Kopf nach den passenden Worten, aber es wollte ihr partout nichts einfallen. »Bedeutungslos, ja, das ist der richtige Begriff. Der Kuss war bedeutungslos.«

Sie war erleichtert, doch in der nächsten Sekunde merkte sie, dass Andrés das Steuer fest umklammert hatte und stur geradeaus schaute. Sie hatte ihn beleidigt. Oder was störte ihn? Hätte sie gar nichts sagen sollen?

Ja, vermutlich. Verdammt.

Manchmal plapperte sie einfach irgendeinen Mist daher und machte alles nur noch schlimmer.

»Dann ist es ja gut, dass sich das nicht wiederholen wird«, brummte er schließlich.

Alex wollte sich ohrfeigen, ihre Stirn gegen das Armaturenbrett hauen, stattdessen nickte sie und würgte ein einfaches »Ja« hervor.

Die Fahrt über die Serpentinen zum Skigebiet dauerte nur knappe zehn Minuten, fühlte sich aber wie eine Ewigkeit an. Es dämmerte bereits, der Himmel war von Wolken bedeckt, die schnell weiterzogen. Die Berge rund um den Fjord waren über und über von Schnee bedeckt, hier und da reckten sich schwarze Felsen hervor. Wo sie zuletzt in einträchtigem Schweigen gut hatten beieinandersitzen können, machte sich jetzt Befangenheit zwischen ihnen breit. Aber gesagt war gesagt, sie konnte nichts davon zurücknehmen, ohne sich noch lächerlicher zu machen. Deswegen entschied sie sich dafür, einfach die Klappe zu halten.

Es standen nur einige Fahrzeuge auf dem Parkplatz, aber doch mehr, als Alex an einem Wochentag erwartet hatte. Andrés fuhr in eine Lücke, dann holte er die Skischuhe aus dem Kofferraum und reichte ihr ein Paar, das andere zog er selbst an. Mit Drücken, Stöhnen und Pressen schaffte sie es nach einigen Minuten, ihre Füße in die Skischuhe zu schieben. Sie schwitzte jetzt schon, stand auf und zog sich Handschuhe und Erlas Helm auf, ehe sie um das Auto herumtapste und die Skier aus dem Kofferraum greifen wollte.

»Lass das«, brummte er und war auch schon neben ihr.

»Wieso?«

Statt einer Antwort sah sie, wie er beide Paar Skier herausholte, dann die Stöcke, ehe er das Auto abschloss und alles schulterte und losmarschierte.

»Hey«, rief sie ihm hinterher. »Ich kann die selbst tragen.«

Er antwortete nicht, sondern ging weiter zur Kasse. Dort legte er ihr das Paar Skier vor die Füße und kaufte zwei Tagestickets – und ignorierte ihren Protest. Alex hatte die Karte selbst zahlen wollen, gab sich aber geschlagen. Sie trat in die eine, dann in die zweite Bindung und schnappte sich die Skistöcke. Gemeinsam schoben sie sich zur elektronischen Kontrolle und dann zum Einstieg für den Viererssessel.

Die Spannung stieg, es war eigentlich nicht so kalt, aber der Wind kroch durch alle Ritzen ihrer Kleidung. Im Lift schwiegen sie sich an, aber Alex hatte auch keine Lust, den Alleinunterhalter zu spielen, weshalb sie erst gar nicht versuchte, ein Gespräch anzufangen. Zum Glück dauerte die Fahrt nur wenige Minuten. Sie stiegen aus und glitten ein paar Meter über den Schnee.

»Hier lang geht es zu einem Schlepplift. Von dort oben aus kann man noch weitere Pisten befahren.«

»Okay, und was ist das hier für eine Hütte?«

»Dort kann man Kakao und Schokoriegel und sowas kaufen. Man kann da aber auch einfach sein eigenes, selbst geschmiertes Brot auspacken und essen.«

»Wirklich? Das geht.«

Er zuckte die Schultern. »Ja, kein Problem. Es ist keine Hütte, um damit Geld zu scheffeln.«

»Das klingt seltsam für mich, aus den Alpen kenne ich das nur so, dass überall am Berg alles schweineteuer ist.«

»Tja, so sind wir eben nicht. Ich will nicht sagen, dass es nicht Orte auf Island gibt, wo es nur ums Geld geht. Aber beim Skifahren, das ist so ein Nationalsport, der soll auch

Leuten Spaß machen, die wenig Geld haben. Kinder, die im Skiclub trainieren, was hier total üblich ist, so wie andernorts Leichtathletik oder so, können sich zum Beispiel ihr Brot mitbringen und da drin den Sandwich-Grill benutzen. Kein Problem.«

»Das ist echt super, ich mag es, solche Geschichten zu hören.«

»Es ist keine Geschichte, so geht ein Miteinander.«

»Das leider nicht mehr an so vielen Orten funktioniert, fürchte ich.«

»Bei uns ticken die Uhren halt noch ein bisschen anders, Akureyri ist nicht Ischgl.«

»Zum Glück – irgendwie«, meinte Alex.

»Sollen wir jetzt vielleicht noch zum Schlepplift fahren, oder möchtest du erst einmal hier runter?«

»Nö, können wir gerne machen. Fahr du vor, ich komme hinterher.«

Er zeigte Daumen nach oben, dann schnappte er sich die Skistöcke und stieß sich ab. Alex folgte ihm, machte ein paar vorsichtige Kurven, um sich an die Verhältnisse und die Skier zu gewöhnen.

Im Schlepplift kam sie ihm näher, als sie wollte, aber es hätte auch seltsam ausgesehen, wenn sie alleine gefahren wäre. Seine Schulter drückte gegen ihre, und sie war sich seiner Nähe überdeutlich bewusst. Obwohl es windiger wurde, wurde ihr sehr warm unter ihren Klamotten.

»Das ist ja genial!«, versuchte sie es nun doch mit etwas Konversation. Der Anblick raubte ihr den Atem. Sie hatte schon vieles gesehen, aber das hier war doch sehr einzigartig. Vom Lift aus musste man sich nur einmal umdrehen, dann konnte man hervorragend auf den Eyjafjord sehen, in dem sich das Wasser dunkel spiegelte. Sie nutzten das letzte bisschen Tageslicht, auf einem Foto würde es nie so rüberkommen, wie sie es erlebte. Deswegen ließ sie das Handy stecken – und auch, weil es verdammt kalt war. Freiwillig würde sie die Finger nicht aus den Handschuhen ziehen.

Alex blinzelte ehrfürchtig. »Ich war noch nie Ski fahren und konnte von der Piste aus das Meer bewundern. Die Aussicht alleine ist es ja schon wert, herzukommen. Und dann auch noch bei Flutlicht, das ist so krass.« Von hier oben schien alles möglich. Sie atmete tief ein und sah noch einmal in die Ferne. Ein Boot war auf dem Weg in den Hafen, einige Möwen umkreisten das Heck. Die Landschaft war über und über mit Schnee bedeckt, die Szenerie wirkte beinahe schon kitschig. Zu schade, dass es jetzt fast dunkel war. Auf dem Rückweg würden sie nicht mehr viel erkennen können, außer den Lichtern der Häuser, die sich bereits leicht im Fjord spiegelten.

»Ja, es ist großartig, dass man so viele Möglichkeiten hat. Der Fjord, die Berge, jede Jahreszeit hat ihre Vorteile.«

»Ski fahren kann man doch sicher bis in den Sommer hinein?«

»Es ist tatsächlich so, wenn du dich erinnerst, unser erster Sommertag ist Ende April.«

Alex lachte. »Ach stimmt, das hatte ich wieder vergessen. Ihr seid schon ein witziges Volk!«

»Ich habe im letzten August eine Hiking-Tour gemacht, die ging von hier aus los. Wir haben da unten geparkt und sind dann ab dem Lift nach oben gewandert, über die Berge hier, bis da drüben ins andere Tal. Da liegt dann auch im Sommer noch Schnee.«

»Echt krass!«

»Aber – und das ist das Spannende – ich habe dort oben in einigen hundert Metern Höhe versteinerte Teile von Bäumen gefunden.«

»Nein!«

»Doch, daran sieht man, dass sich das Klima über die verschiedenen Epochen ständig geändert hat. Alle sprechen immer über die Eiszeit, aber dass einmal viele Teile der Erde überflutet waren, weil es zu Zeiten der Dinosaurier deutlich wärmer war, wird gerne mal unter den Tisch gekehrt.«

»Von wegen Klimaerwärmung?«

»Ja. Das soll nicht heißen, dass ich nicht für Umweltschutz bin. Im Gegenteil, wir müssen zusehen, dass wir uns nicht alles kaputtmachen. Trotzdem darf man einfach nicht vergessen, dass es nur einen größeren Vulkanausbruch braucht, und ganz Europa friert beispielsweise. Ihr Deutschen redet doch gerne über das dunkle Mittelalter.«

Alex schmunzelte. »Wir Deutschen? Ja, vielleicht.«

»Und die Französische Revolution ist durch eine schlimme Hungersnot überhaupt erst ausgelöst worden. Das Volk begehrte gegen diejenigen auf, die alles hatten, nur aufgrund ihrer Geburt, während die Kinder der Armen wie Fliegen starben. Jedenfalls, diese Hungersnot, von der ganz Europa betroffen war, dürfte durch einen Vulkanausbruch, *Katla*, zustande gekommen sein.«

»Was? Echt?«

»Ja, das ist sogar ziemlich sicher. Du erinnerst dich an Eyjafjallajökull?«

»Ja, natürlich! Der ganze Flugverkehr stand still.«

»Das war nur ein Furz im Vergleich dazu, was Katla kann.«

»O je. Ich hoffe, wir stehen nicht gerade auf diesem Vulkan?«

Er lachte. »Nein, Katla ist im Süden – sie bricht so knapp alle hundert Jahre aus, so ungefähr jedenfalls.«

»Wieso ›sie‹? Und wann war der letzte Ausbruch?«

»Katla ist ein Frauenname – und die letzte Eruption war neunzehnhundertachtzehn.«

Alex atmete scharf ein. »O Gott, jetzt ist mir aber schon ein bisschen mulmig zumute.«

»Heute passiert sowas nicht urplötzlich, unsere Forscher haben das genauestens im Blick. Dabei werden schon vor dem eigentlichen Ausbruch wahnsinnige Mengen an CO_2 ausgestoßen. Das kann man sich nicht vorstellen, im Vergleich zur ganzen Emission der Industrie ist das viel extremer.«

»Woher weißt du das alles?«

»Ich bin hier geboren und lebe hier – sollte man nicht ein wenig über seine Heimat wissen?«

»Puh, keine Ahnung. Also, ich könnte dir nicht viel über die Beschaffenheit des Hamburger Erdreichs erzählen.«

»Vielleicht solltest du dich mal informieren«, meinte er amüsiert, dann waren sie oben angekommen und fuhren aus dem Lift. »Alles klar?«

»Ja, fahr du nur voraus, ich komme dir hinterher.«

Einige Abfahrten später brannten ihre Oberschenkel, aber sie wollte sich vor ihm nicht die Blöße geben, deswegen antwortete sie auf die Frage »Noch mal?« immer mit einem »Ja, sicher«.

Irgendwann konnte sie nicht mehr und war erleichtert, als Andrés sagte: »Gegen eine heiße Schokolade hätte ich jetzt nichts einzuwenden.«

»Ich auch nicht.«

Also fuhren sie nach unten, stiegen aus den Skiern und betraten das ›Ski-Hotel‹, wie sie es nannten – obwohl man hier nicht übernachten konnte –, und besorgten sich einen Kakao mit Marshmallows.

Andrés' Wangen waren gerötet, seine Haare zerzaust – sie sah vermutlich genauso aus. Sie fühlte sich so lebendig wie schon lange nicht mehr, obwohl sie morgen wahrscheinlich keinen Schritt ohne Schmerzen würde gehen können.

»Das war erfrischend«, sagte sie und legte die kalten Finger um die Tasse.

»Freut mich, dass es dir Spaß gemacht hat.«

»Tut mir leid, dass Erla dich da schon wieder mit reingezogen hat.« Sie schaute vorsichtig zu ihm auf.

»Du glaubst nicht ernsthaft, dass ich mich zwingen lasse? Ich dachte, die Diskussion hätten wir schon mal geführt?«

»Ja, aber trotzdem … Ich meine, deine Schwester kann wirklich furchteinflößend sein, wenn sie so bestimmt ist.« Sie grinste schief.

»Da hast du allerdings recht.« Dabei beließ er es.

Auf einmal war sie wieder zwischen ihnen, diese seltsam beklemmende Stimmung. Sie tranken ihren Kakao aus, dann machten sie sich auf den Rückweg. Er brachte sie zu ihrer Ferienwohnung, die Ausrüstung würde er alleine zurückbringen, hatte er am Auto verkündet.

Auch gut, dachte Alex, als sie etwas später das Wasser in der Dusche aufdrehte. Hoffentlich war er nicht auch beim Abendessen bei Erla dabei – sie wollte nicht mehr Zeit in seiner aufregenden Nähe verbringen.

Weihnachten kam unaufhaltsam näher, und damit auch ihr Rückflug, dann würde sie ihn ohnehin nicht mehr wiedersehen. Ein seltsames Gefühl breitete sich in ihrer Magengrube aus, das sie weder analysieren noch spüren wollte. Sie stieg unter das heiße Wasser und schloss die Augen. Einfach an nichts denken, gar nichts. Und doch tauchte immer wieder sein Gesicht in ihrem Kopf auf – das da nichts zu suchen hatte.

KAPITEL 10

Das Abendessen bei Erla und ihrem Mann Bergþór war großartig gewesen, sie hatte Lasagne gekocht, sie hatten Wein getrunken und geplaudert. Und Andrés war nicht gekommen, was ihr einen kleinen Stich versetzt hatte. Die bedrückenden Gedanken hatte sie allerdings nicht zugelassen und sofort verdrängt. Die Kinder der beiden, Freyja und Haukur, waren toll – laut, fröhlich und glücklich – und hielten sie auf Trab.

Warum nur fühlte sie sich dann so leer, so einsam, als sie gegen Mitternacht zurück zu ihrer Ferienwohnung stapfte? Beinahe hoffte sie, dass Stina um die Ecke kommen würde, um einen Tee mit ihr zu trinken. Aber natürlich war es für einen zufälligen Besuch schon viel zu spät. Alex verstand nicht, warum sie nach dem schönen Abend so schlecht drauf war. Vielleicht rührte es daher, weil sie wusste, dass es in ihrem Leben nie so sein würde. In ihrer Familie ging es immer nur steif zu, es wurde nur mit den einflussreichen Freunden gespeist, über die richtigen Bücher und Politik geredet. Fehler waren nicht erlaubt.

Für ihre Eltern war sie eine einzige Enttäuschung, ein fehlerhaftes Modell. Alex seufzte und schaute hinauf in den isländischen Nachthimmel. Ihr Atem hinterließ weiße Wölkchen in der eiskalten Luft, die auf ihrer Gesichtshaut wie feine Nadeln prickelte. Morgen würde sie all das hinter sich lassen und in ihr Leben zurückkehren, das keins war. Sie hatte Geld, eine tolle Ausbildung, eine schöne Wohnung. Sie hatte alles und doch nichts.

Als sie die Tür aufschloss und die Schuhe auszog, liefen Tränen über ihre Wangen. Zum ersten Mal seit der Familien-Katastrophe ließ sie es zu. Und es lag nicht daran, dass sie betrunken war, sie hatte nur ein Glas Wein gehabt. Es lag daran, dass sie vielleicht zum ersten Mal wirklich ehrlich zu sich war. Die meisten ihrer Bekannten waren mit ihr befreundet, weil sie Alexandra Schäfer hieß – nicht, weil sie sie so gern mochten. Sie atmete tief durch und goss sich ein Glas Wasser ein. Selbstmitleid würde auch zu nichts führen, das war klar, aber außer ihr würde nie jemand davon erfahren. Sie schniefte und dachte an Andrés. Sie war nicht überrascht gewesen, als Erla ihr erzählt hatte, dass ihm was ›dazwischengekommen‹ wäre und er sich entschuldigen ließ. Alex hatte sich davon nicht täuschen lassen, Andrés wollte ihr aus dem Weg gehen – und das war auch gut so, auf eine gewisse Weise. Auf der anderen Seite fühlte sie sich zurückgewiesen. Immerhin hatte sie sich ihm nicht derart an den Hals geworfen, dass er sie jetzt meiden müsste. Die Spannung war beiderseitig gewesen, sie hatte in seinen Augen die Lust erkannt, die sie ebenfalls tief in ihrer Mitte gefühlt hatte. Das hatte sie sich nicht eingebildet. Davon war sie überzeugt – und doch …

Sie stieß einen tiefen Seufzer aus.

Er war wahrscheinlich einfach schlauer als sie – oder wollte tatsächlich keinen One-Night-Stand, wie sie im

Grunde auch nicht. Sie hatte keine Ahnung, was das, was in ihr vorging, bedeutete. Es war alles zu viel. Viel zu viel.

Immer weitere Tränen rollten über ihre Wangen, die sie verärgert wegwischte. Sie wollte nicht weinen, sie wollte nicht schwach sein. Sie hatte genug davon.

Andrés saß in seinem Büro und fluchte wie ein Kutscher – er hasste diesen Mist! Genervt rieb er sich über die Stirn. Vielleicht hätte er doch Alex' Angebot annehmen sollen. Er wünschte sich, dass sie ihm kurz und knapp erklärte, worauf er bei dem Bildbearbeitungsprogramm zu achten hatte. Nicht dass er es nicht schon versucht hätte. Er hatte aufgehört zu zählen, wie viele Online-Tutorials er sich angeschaut hatte. Aber das ging ihm alles zu schnell. Bis er kapiert hatte, worüber die redeten, war das Video schon bei einer ganz anderen Stelle, und er verlor den Faden. Verdammt, entweder er bekam das endlich hin, oder er musste jemanden beauftragen. Das Problem dabei war – niemand kapierte, wie er es genau haben wollte. Eben deswegen versuchte er sich ja selbst daran.

Sein Magen knurrte.

Selbst schuld, sagte das Stimmchen in seinem Kopf. *Du hättest ja auch zu Erla gehen können.*

Ja, hätte er. Wollte er aber nicht. Aus bekannten Gründen:

Alex war nett, er fand sie anziehend, aber er wollte nicht, dass daraus etwas wurde, das sein Leben noch komplexer machte, und sei es nur für eine Nacht. Nein, nicht mal das.

Die Tür ging auf, er hörte Schritte.

»Hallo Andrés«, grüßte Hildur.

Er verdrehte die Augen. Blieb ihm heute gar nichts

erspart? Dann wandte er sich um. »Hallo, was gibt's?« Er versuchte möglichst neutral zu klingen.

»Du hast mir immer noch nicht erzählt, was jetzt mit Weihnachten ist.«

»Was soll damit sein?«

Hildur atmete genervt aus. Ein Geräusch, das er nur allzu gut kannte. Leider. »Tu doch nicht so, wir haben jetzt schon tausendmal drüber gesprochen. Wie feiern wir?«

Allein das ›Wir‹ implizierte etwas, das ihm gar nicht gefiel. Er zuckte die Schultern.

»Svala hätte gerne, dass wir gemeinsam feiern und zur Kirche gehen«, ergänzte Hildur.

Er glaubte ihr kein Wort. »Svala ist siebzehn«, war alles, was er dazu sagte.

»Sie ist unser Kind, wir sind ihre Eltern.«

»Ja, das verändert sich auch nicht, wenn wir getrennt voneinander Weihnachten feiern.«

»Merkst du denn nicht, in was für eine schwierige Position du sie damit bringst? Sie muss sich für einen von uns entscheiden.«

»Es geht um ein Abendessen, Hildur.«

»Es ist Weihnachten«, sagte sie, als ob ihr Leben davon abhinge. Sie verschränkte die Arme vor ihrer Brust. »Du schaffst es also nicht mal, einen Abend mit mir an einem Tisch zu verbringen? Nicht mal für Svala?«

Er hasste es, wenn sie ihre Tochter vorschob. Er war es so leid. »Ich glaube nicht, dass sie das Problem ist.«

Andrés wusste genau, wie der Hase lief, wenn er zustimmte. Hildur würde nett kochen, den Tisch hübsch decken, Kerzen, Geschenke, Glitzerpapier und ruhige Musik. Svala würde schon während des Essens mit den Hufen scharren – und Hildur zusehen, dass sein Glas immer gefüllt war. Wenn Svala weg wäre, um mit ihren Freunden auszugehen, dann würde Hildur sich an ihn ranschmeißen. Einmal hatte er den Fehler begangen, nachdem sie getrennt gewesen waren, das würde ihm kein zweites Mal passieren. Er war fertig mit ihrer Beziehung, aber sie wollte es nicht verstehen.

»Oh, liegt es vielleicht an dieser Tussi? Triffst du dich lieber mit ihr?« Hildurs Stimme klang unnatürlich hoch.

»Nein, natürlich nicht. Und selbst wenn, es ginge dich nichts an.«

»Sieh besser zu, dass Svala nie davon erfährt, dass du ihr eine dahergelaufene Touristin an Weihnachten vorziehst.«

Das reichte. Andrés stand auf und ging einen Schritt auf seine Ex zu. »Pass auf, was du sagst, Hildur. Du weißt genau, dass das nicht der Wahrheit entspricht!«

»Was ist, willst du mir drohen?«

O Gott, wie satt er diese Streitereien mit ihr hatte. Er wollte sie schütteln, ihr irgendwie Vernunft eintrichtern, stattdessen grub er seine Fingernägel in die Handballen und versuchte sich zu beherrschen, damit er sie nicht anbrüllte. Immerhin hatte er die Frau einmal geliebt. Irgendwann. Es war lange her.

War sie schon immer so fies gewesen? Er wusste es nicht, jetzt sah er nur noch die Boshaftigkeit in ihrem Blick.

»Ich will gar nichts!«, blaffte er.

»Ich will nur, dass wir ein harmonisches Fest feiern.«

Er lachte humorlos. »Wir und harmonisch, das hat es nie gegeben.«

»Das ist nicht wahr!«

»Doch, und es wäre besser, wenn du das endlich mal begreifen würdest.«

Sie sog scharf die Luft ein. »Das wird dir irgendwann noch leidtun.«

»Wer droht jetzt wem?« Er hob eine Augenbraue und

starrte Hildur an. »Svala ist alt genug, glaubst du nicht, sie durchschaut deine Spielchen?«

»Das ist ja wohl die Höhe!«

»Sie versteht, dass eine Trennung nicht bedeutet, dass ich sie nicht mehr lieb habe.«

»Ach ja? Sei dir mal nicht so sicher.«

Damit wirbelte sie herum und stürmte aus der Tauchstation.

Andrés schloss für eine Sekunde die Augen und ließ sich dann erschöpft auf seinen Stuhl zurücksinken. Er hätte definitiv zu Erla fahren sollen. Lasagne wäre weitaus besser gewesen als das.

N ach einem kurzen Abschied setzte Alex sich am nächsten Morgen in ihren Mietwagen und fuhr auf der Ringstraße in Richtung Süden los. Sie dachte an Stina und ihre komischen Prophezeiungen. Selbst wenn sie daran geglaubt hätte, so musste sie doch zugeben, dass sich ihr keinerlei Option auf einen Neuanfang oder ein Abenteuer auf See aufgetan hatte. Alex musste über sich selbst lachen, jetzt glaubte sie den Mist doch irgendwie. Aber es hatte wohl nicht sein sollen, denn nun war ihr Aufenthalt zu Ende, und bald würde sie wieder in Hamburg sein. Alex hatte noch immer Erlas Warnung im Kopf, dass schlechtes Wetter gemeldet war, als es auch schon anfing zu schneien.

»Verdammt«, stieß sie hervor und schlug mit der flachen Hand auf das Lenkrad. In sieben Stunden ging ihr Flug, sie hoffte, dass sie es bis dahin schaffte. Das Schneetreiben wurde immer dichter, die Scheibenwischer kamen überhaupt nicht hinterher. Die Sicht hatte sich dermaßen verschlechtert, dass sie beinahe im Blindflug von einer gelben Markierungsstange zur nächsten fuhr. Kalter Schweiß stand auf ihrer Stirn, sie kroch jetzt im ersten Gang über die kurvigen Straßen. So würde sie niemals rechtzeitig ankommen. Alex bremste und stellte die Warnblinkanlage an, obwohl ihr schon seit Ewigkeiten niemand begegnet war.

Dann fasste sie einen Entschluss und kehrte um. Es war möglich, den Mietwagen in Akureyri abzugeben und von dort aus einen Inlandsflug zu nehmen. So könnte sie es rechtzeitig schaffen. Sie wendete und schlich den gleichen Weg zurück, den sie gekommen war. Sie war erleichtert – und fertig mit den Nerven, als sie das Ortsschild passierte und die Mietwagenstation ansteuerte, um den Polo dort abzugeben.

Nach ellenlangen Diskussionen konnten sie sich schließlich darauf einigen, dass die Rückgabe hier und nicht in Keflavík am Flughafen stattfand. Alex machte drei Kreuze und ließ sich von einem Taxi zum Akureyri-Airport bringen, ein winziger Flugplatz mit nur einer Start- und Landebahn. Mittlerweile waren vier Stunden vergangen, sie hatte also noch drei bis zum Abflug. Es war machbar, doch ihr interner Stresspegel stieg.

Am Flughafen zog sie ihren Koffer hinter sich her und suchte nach einem Verkaufsschalter. Sie fand aber nur die normalen Abfertigungsschalter, vor denen sich bereits eine lange Schlange gebildet hatte. Kein gutes Zeichen.

Alex seufzte, reihte sich ein und warf einen Blick auf die Anzeigentafel. Einige Flüge der *Flugfélag Íslands* waren gecancelt, aber aus Akureyri sollte noch eine Maschine in den Süden gehen, in einer halben Stunde.

Es dauerte Ewigkeiten, bis sie an der Reihe war.

»Góðan daginn«, grüßte sie eine freundliche Mitarbeiterin.

»Hallo«, antwortete sie auf Englisch. »Ich würde gerne den Flug nach Keflavík nehmen.«

»Hast du deine Reservierungsnummer?«

»Nein, ich habe noch kein Ticket. Das möchte ich jetzt kaufen.«

Sie tippte etwas ein, schaute auf den Monitor. »Die Maschine ist ausgebucht.«

Das durfte doch wohl nicht wahr sein! Wieder dachte sie an Stina, ob da wohl die Trolle und Elfen ihre Finger im Spiel hatten? Sie verdrehte die Augen. »Ich muss wirklich ganz dringend mit, mein Flug geht in drei Stunden von Keflavík aus nach Hamburg.«

»Normalerweise gäbe es noch eine Maschine eine Stunde später, aber aufgrund des Wetters ist das heute der letzte Inlandsflug aus Akureyri.«

Alex ließ die Schultern hängen. »Das kann doch nicht sein. Kannst du mich nicht irgendwie auf diese Maschine jetzt buchen?«

Die Mitarbeiterin schüttelte bedauernd den Kopf. »Tut mir leid, da ist wirklich nichts zu machen. Siehst du die Leute da drüben?« Sie zeigte auf ein kleines Grüppchen am Fenster. »Das ist die Warteliste, du bist leider nicht die Einzige, die noch mitmöchte.«

»O verflucht«, schimpfte Alex leise. »Warum kann nicht irgendwann mal etwas glattgehen!«

»Mir ist klar, dass heute der dreiundzwanzigste Dezember ist und dass du Weihnachten zu Hause sein möchtest, ich würde wirklich etwas tun, wenn ich könnte. Aber ich fürchte, ich bin machtlos.«

Alex blinzelte, ihre Augen füllten sich mit Tränen. »Danke«, gab sie mit erstickter Stimme zurück, umfasste den Griff ihres Koffers und tapste davon. Sie ließ sich auf einen freien Platz am Fenster sinken und überlegte, was sie jetzt tun sollte. Sie hatte nicht mehr viel Geld, die Ferienwohnung hatte sie natürlich verlassen – und sie konnte es sich auch nicht leisten, sie noch einmal zu buchen. Ihren Flug verpasste sie, das war klar. Alex zückte ihr Telefon und wählte Erlas Nummer, die ging sofort ran. »Alex, ist alles okay?«

»Ja und nein.«

»O Gott!«

»Ich habe ein Problem.«

»Was ist los?«

»Ich sitze in Akureyri am Flughafen und komme hier nicht weg.«

»Warte, ich bin in zehn Minuten da und hole dich ab.«

»Ich werde meinen Flug verpassen.«

»Dann bleib doch.«

Erla wusste Bescheid, dass sie finanziell nicht gut dastand. »Ich …« Sie zögerte, sie konnte es einfach nicht laut aussprechen.

»Du kannst in Freyjas Zimmer schlafen.«

»Meinst du, ich komme morgen weg?«

»Das ist schwer zu sagen, Süße. Wir besprechen das gleich, okay? Bin schon unterwegs.«

Erla hatte bereits aufgelegt, und Alex starrte mit leerem Blick auf ihr Handy.

Sollte sie ihre Eltern jetzt informieren oder sich das Donnerwetter lieber später abholen?

Genervt sah sie zu, wie das Flugzeug abhob, und wählte die Nummer ihrer Mutter.

»Alex, mein Gott«, beantwortete diese missmutig. »Wie schön, dass du dich auch endlich mal meldest.«

War es zu viel, ein wenig Freundlichkeit zu erwarten?, dachte Alex und versuchte ruhig zu bleiben.

»Ich wusste einfach nicht, was es zu besprechen gegeben hätte.«

»Ja, das ist typisch.«

»Hör zu. Warum ich anrufe: Mein Flug wurde gecancelt,

hier ist schlechtes Wetter.« Ihre Mutter musste gar nicht die volle Wahrheit erfahren.

»Und was soll das jetzt heißen?«

»Das weiß ich noch nicht. Ich wollte nur Bescheid geben, dass ich heute Abend nicht wie geplant in Hamburg landen werde.«

»Und wann kommst du dann? Morgen?«

»Ich weiß es noch nicht. Ich werde dich benachrichtigen, wenn ich das geklärt habe.«

»Morgen ist Heilig Abend.«

»Als ob ich das nicht selbst wüsste. Ich kann doch nichts dafür, dass das Wetter so schlecht ist.«

Ihre Mutter atmete hörbar aus. »Ich erwarte, dass du morgen Abend um achtzehn Uhr bei uns auftauchst.«

Alex verdrehte die Augen. »Ach ja? Tust du das. Ihr wollt mich doch gar nicht sehen. Ihr sucht nur jemanden, dem ihr wieder den schwarzen Peter in die Schuhe schieben könnt, warum Weihnachten wieder in Streit enden wird.«

»Was haben wir bei deiner Erziehung nur falsch gemacht?«

»Ja, das frage ich mich auch. Warum habe ich erst jetzt kapiert, dass ihr mich für den größten Fehler eures Lebens haltet? Ich habe es satt.« Und dann legte sie auf.

Sollte ihre Mutter doch denken, was sie wollte.

Als Erla kurz darauf ins kleine Flughafengebäude geeilt kam, breitete sich so etwas wie Erleichterung in ihr aus. Vielleicht war es ganz gut, dass sie noch hier saß. Sie war keine Esoterikerin, die an irgendwelche göttlichen Zeichen oder den Wink des Schicksals – oder Elfen und Trolle – glaubte, dennoch … Vielleicht lag ja etwas Gutes darin, dass sie noch hier war. So würde ihr immerhin ein grauenhaftes Weihnachtsfest erspart bleiben – lieber saß sie alleine mit einer

Tüte Chips irgendwo im stillen Kämmerlein als bei ihren Eltern. Das war leider nicht zu leugnen.

»Mensch, Alex, ich habe mir echt Sorgen gemacht. Du hättest gar nicht erst losfahren sollen.«

Sie stand auf. »Ja, das habe ich unterwegs auch gemerkt.«

»Jetzt komm erst mal mit, wie gesagt, du kriegst Freyjas Zimmer, dann sehen wir weiter.«

»Danke, das ist so lieb von dir.«

»Das ist doch klar! Ich lasse dich doch nicht im Regen stehen.«

»Im Schnee.«

»Ja.« Sie fingen beide an zu lachen.

KAPITEL 11

*A*ndrés war spät dran, er hatte sich mal wieder mit seinen Videos und Fotos verzettelt. Vermutlich hatten die anderen schon mit dem Essen angefangen, das war nun nicht zu ändern. Er drückte die Klinke herunter und ging ins Haus, der typische Geruch von *Skata* hing in der Luft, der stark an kräftigen Käse erinnerte, sehr strengen Käse mit einem Hauch Ammoniak. Fremde fanden es für gewöhnlich widerlich. Er schmunzelte, während er seine Jacke und Schuhe auszog. Traditionell aß man in seiner wie in vielen anderen Familien am Dreiundzwanzigsten Rochen, der zuvor einige Wochen im Boden eingegraben worden war. Eine Spezialität, für die sich andere Nationen gerne über die Isländer lustig machten. Er selbst konnte sich einen dreiundzwanzigsten Dezember ohne dieses Gericht nicht vorstellen, war aber froh, dass meist im Haus seiner Tante gegessen wurde – man musste danach stundenlang lüften, um den alles durchdringenden Geruch loszuwerden. Gedämpfte Stimmen, Lachen, das Klappern von Geschirr und Gläsern drang bis zu ihm vor.

»Hallo«, grüßte er in die Runde, als er durch die Diele in den Wohnbereich trat. Er stockte, als er neben seiner Schwester Alex entdeckte, die gerade ein Stück Rochen auf ihrer Gabel zum Mund führte.

Was machte sie hier? Hatte sie nicht abreisen wollen? Verabschiedet hatte sie sich nicht von ihm, aber er hatte von Erla gehört, dass sie hatte fahren wollen.

Tja, anscheinend hatte sie ihre Meinung geändert. Blieb sie etwa über Weihnachten?

Alle wandten sich ihm zu und begrüßten ihn, forderten ihn auf, sich endlich zu setzen und mit dem Essen anzufangen, aber in seinem Kopf herrschte Leere und gleichzeitig ein ziemliches Durcheinander. Alex hatte ihren Blick auf ihn gerichtet und innegehalten, dann schlug sie die Augen nieder.

Sein Schwager stand auf und klopfte ihm auf die Schulter. »Was ist los? Setz dich, oder willst du festwachsen?«

»Ist ja gut.«

Im Vorbeigehen drückte er seiner Tante Lovísa und seiner Mutter einen Kuss auf die Wange, dann setzte er sich auf den freien Platz – Alex gegenüber.

Ihm wurden alle möglichen Schüsseln gereicht. Kartoffeln, Erbsen, Soße und eine Platte mit dem Rochen.

»Na, schmeckt's?«, fragte er Alex auf Englisch, die sich nun ihren Happen in den Mund geschoben hatte.

»Sie hat ihren Flug verpasst«, erklärte Erla.

»O, na ja, da scheint sie ja schon viel von uns gelernt zu haben.« Er lachte, und alle anderen stimmten mit ein.

»Wieso?«, wollte Alex jetzt wissen, die einen großen Schluck Wasser getrunken hatte.

»Du hast ja mitbekommen, dass wir Isländer es mit der Pünktlichkeit nicht so genau nehmen«, erklärte Erlas Mann

Bergþór. »Es ist also schon das ein oder andere Mal vorgekommen, dass sich Reisepläne dadurch verändert haben.«

»Wahrscheinlich sind die Elfen und Trolle immer schuld«, scherzte Alex.

»Ja, entweder die oder das Wetter«, stimmte Erla ihr zu. »Ich weiß ja, dass ihr Ausländer euch gern über unser Elfenministerium lustig macht. Aber Island ist nun mal magisch – ob ihr das wollt oder nicht.«

Alex grinste und nickte. »Tja, also, ich muss sagen – egal ob Trolle oder Wettergott, ich bin froh, dass ich bei euch bin.«

Seine Tante stand auf, nahm eine Flasche Brennivín und füllte für alle etwas in kleine Gläser. »Das ist ein guter Spruch, darauf trinken wir!«

»Den trinkt man zum Essen«, erklärte Erla ihrer Freundin.

»Nicht erst danach?«, fragte Alex, und er behielt für sich, dass sie den Nationalschnaps schon bei ihm gekostet hatte. Das würde nur Fragen aufwerfen, die er nicht beantworten wollte.

»Auch danach.« Erla lachte und die anderen auch.

»Traditionell betrinkt man sich am Dreiundzwanzigsten, dann geht man Geschenke kaufen.«

Alex' Augen wurden tellergroß. »Ehrlich?«

»Bei den meisten ist es so, ja.«

»Nicht in jeder Familie natürlich«, sagte Andrés. »Aber in vielen. Und, wie schmeckt dir unser *Skata*?«

»Dieser Rochen schmeckt nicht so schlecht, wie er riecht«, gab sie ehrlich zu.

»Möchtest du noch?«, wollte seine Tante wissen.

Sie lächelte. »Nein, danke. Ich bleibe lieber bei Kartoffeln und Gemüse.«

Er konnte sich ein Grinsen nicht verkneifen und fing

selbst an zu essen. Im Laufe des Beisammenseins wurde, wie üblich, wild diskutiert, geplaudert, gelacht und getrunken. Er erwischte sich immer wieder dabei, dass er Alex verstohlen beobachtete. Obwohl sie zum größten Teil, weil viel Isländisch gesprochen wurde, nichts verstand, wirkte sie nicht genervt. Im Gegenteil, sie saß ganz entspannt inmitten seiner Familie und fügte sich ein, als hätte sie schon immer dazugehört.

Nachdem alle satt und angetrunken waren, fing seine Tante an abzuräumen und setzte Kaffee auf. Ruckzuck waren alle Frauen in der Küche verschwunden, dort wurde weiter gegackert und geplaudert, während Andrés mit seinem Schwager am Tisch zurückblieb und sie sich noch einen Brennivín genehmigten.

»Sag mal, die Wohnung neben deiner ist doch frei, oder?«

»Momentan schon, wieso?«, gab Andrés zurück und dachte sich nichts dabei.

»Alex schläft heute in Freyjas Zimmer, aber … so, wie es aussieht, wird sie wohl noch ein bis zwei Wochen bleiben, und du weißt ja, wie eng es bei uns ist.«

Andrés ahnte endlich, worauf er hinauswollte, und damit wurde auch seine Frage beantwortet, warum sie noch hier war. Sie hatte ihren Urlaub offenbar verlängert, und er würde zu gerne wissen, wieso.

Bergþór fuhr indes fort: »Wir haben wochenlang gebraucht, bis Freyja endlich in ihrem eigenen Zimmer schläft …«

»Verstehe«, meinte Andrés und trank seinen Schnaps aus. Er wollte einen Grund finden, warum es unmöglich war, dass Alex neben ihm wohnte – egal für wie lange –, aber er konnte den beiden diesen Gefallen nicht abschlagen. Deswegen sagte er: »Klar, kein Problem.« Insgeheim freute er sich vielleicht sogar ein wenig darüber, verdrängte den Gedanken aber sofort, da er zu nichts Gutem führen würde.

Sein Schwager atmete erleichtert aus. »Danke dir! Ich habe auch mitbekommen, dass Alex ganz gut mit dem Computer umgehen kann.«

Andrés war klar, was dieser Hinweis sollte. »Ja, sicher. Ich werde sie fragen.«

»Sie hilft dir bestimmt gerne mit deinen Sachen.«

»Sie hat ja noch nicht gesehen, wie viel Bildmaterial ich habe …«

Bergþór lachte. »Wenn du klug bist, zeigst du es ihr erst nach und nach.«

Nach und nach? Himmel, wie lange wollte sie denn bleiben? Hatte sie keinen Job, zu dem sie zurückkehren musste nach den Feiertagen? Er hatte da bestimmt was falsch verstanden, klar denken konnte er nach dem ganzen Brennivín auch nicht mehr. Irgendwie fand er den Gedanken, sie in seiner Nähe zu haben, gar nicht mal so übel.

Er stand auf und verabschiedete sich, denn er musste tatsächlich noch los, Geschenke besorgen. Andrés ging in die Küche und drückte jeden zum Abschied an sich, bis er bei Alex angekommen war. Er zögerte nicht lange und umarmte sie ebenfalls. Kurz, freundschaftlich, und doch entging ihm nicht der zarte Geruch nach Blüten, der von ihrem Haar aufstieg. Hastig ließ er sie los, als auch schon Verlangen durch seine Adern zuckte.

»Macht es gut, Leute«, sagte er auf Isländisch. »Danke für das Essen«, wandte er sich noch mal an seine Tante. »Mama, soll ich morgen was mitbringen?«

Seine Mutter, die eine Tasse Kaffee in der Hand hielt, lächelte. »Es wäre großartig, wenn du ein paar Flaschen Wein kaufen könntest. Du weißt schon, irgendwas Gutes.«

»Wird gemacht.«

»Und sieh zu, dass du nicht erst kommst, wenn die Lammkeule auf dem Tisch steht.«

»Ist klar, Mama. *Bless*.«

Er hob noch einmal die Hand zum Gruß, dann verließ er die Küche.

A m nächsten Morgen saß Alex mit ihrer Freundin in der Küche, sie tranken Kaffee, während Erlas Kinder durch die Wohnung tobten. Ihr Mann war unterwegs, um die letzten Besorgungen zu machen.

»Kauft er echt jetzt erst die Geschenke?«, fragte Alex.

»Ja, gestern war er zu betrunken.«

»Ich erinnere mich.« Sie grinste und war froh, sich mit dem Alkohol zurückgehalten zu haben. Sogar Andrés hatte glasige Augen gehabt, und er war sehr süß gewesen, so leicht angeschickert.

»So.« Erla räusperte sich. »Wie hast du dir das jetzt vorgestellt?«

»Ja, um ehrlich zu sein, ich weiß noch nicht. Mir ist natürlich klar, dass ich nicht Ewigkeiten das Kinderzimmer blockieren kann.«

»Das ist eigentlich nicht das Problem, aber du hast ja auch überhaupt keine Privatsphäre. Du könntest dir auch hier einen Job suchen, weißt du?«

»Was? Ich kann doch gar kein Isländisch.«

»Es gibt viele Ausländer in Island, vor allem im Sommer, alle können Englisch, und eine Sprache kann man auch lernen.«

»Jetzt ist aber Winter.«

»Gut erkannt.« Erla wackelte mit den Augenbrauen.

»Geld brauche ich auf jeden Fall – so oder so. Ich könnte

aber auch was von meinen Klamotten und meinem übrigen Schmuck verkaufen.«

»Äh, wie viel Klunker hast du eigentlich dabei?«

»Ich weiß es auch nicht, ehrlich, als ich gepackt habe, stand ich total neben mir. Ich habe noch ein Collier dabei, das dürfte mich bis zur Abreise im Januar locker über die Runden bringen.«

»Hängst du nicht daran?«

»Eigentlich schon … doch.«

»Dann mach es nicht. Ich leihe dir was.«

»Das kann ich nicht annehmen.«

»Ich will dir nichts schenken. Und Bergþór hat mit Andrés geredet. Über der Tauchstation steht eine ganze Wohnung leer. Du könntest es dir dort gemütlich machen.«

»Was? O Gott. Ich möchte deinem Bruder nicht noch mehr zur Last fallen.«

»Ach was, das stört ihn doch nicht. Außerdem braucht er deine Hilfe.«

»Tatsächlich?«

»Ja – er gibt es nicht gerne zu, aber er ist, was Computer angeht, total unfähig.«

»Hm, ja, er hat schon mal was angedeutet.«

»Und du kannst doch mit diesen Bildbearbeitungspro-grammen super umgehen, du könntest ihm dabei helfen, ein paar Videos zu schneiden und sowas. Für die Website! Dafür müsste er sonst eine Menge bezahlen, hey, das ist überhaupt die Idee. Er zahlt für deine Arbeit!«

»Stopp, Erla. Nein, das kann ich nicht machen. Das will ich nicht. Ihr habt so viel für mich getan, da werde ich mich doch nicht für einen Gefallen bezahlen lassen. Das kommt nicht infrage.«

»Aber dann nimm wenigstens das Angebot an, in der

Wohnung zu bleiben, bis du dir überlegt hast, was du machen willst.«

»Warte, er hat das angeboten?«

Erla nickte. »Ja, ich war selbst ein bisschen überrascht, als mein liebster Gatte mir davon erzählt hat. Gleichzeitig hat es mich aber doch gefreut, dass mein Bruder zu Frauen auch nett sein kann.«

Alex überlegte. »Das heißt ja, dass es ihn nicht groß stören würde, wenn ich das Angebot wirklich annähme.«

»Nicht groß stören? Was redest du da für einen Unsinn?«

»Gewohnheitssache.« Sie zuckte die Schultern und grinste schief.

»Du musst dich mal von der fixen Idee freimachen, dass du angeblich jedem zur Last fallen würdest. Ich bin froh, dass du da bist, und Freunden hilft man. Das würdest du doch für mich auch tun.«

»Ja, das stimmt. Also gut, okay.«

»Großartig! Willst du noch eine Nacht bei uns bleiben?«

»Ach, eigentlich – ich möchte der kleinen Freyja das Zimmer nicht länger wegnehmen.«

»Cool, dann bringen wir deine Sachen gleich rüber zur Tauchstation.«

»Einen fahrbaren Untersatz müsste ich mir aber schon besorgen, ist ja nicht so, dass da stündlich ein Bus hin- und hergurken würde.«

»Du kannst bestimmt für ein paar Tage das Auto von Mama haben, über die Feiertage nutzt sie es ohnehin nicht viel und kann es entbehren.«

»Das kann ich doch nicht annehmen!«

»Hör endlich auf mit dem Quatsch. Ich würde dir nichts anbieten, wenn es nicht in Ordnung wäre.«

Kleinlaut trank Alex ihren Kaffee aus. Da gab es wohl einiges, woran sie sich noch gewöhnen musste.

Eine Stunde später schleppte sie mit Erla ihre wenigen Sachen nach oben. Die Wohnung über der Tauchstation war warm, und sie war ebenso spartanisch wie bei Andrés eingerichtet, aber doch irgendwie gemütlich rustikal.

Erla hielt sich nicht lange auf, marschierte im Anschluss direkt in Andrés' Bude, Alex wurde von ihr buchstäblich mit hineingezogen. In diesem Moment flog die Badezimmertür auf, und Andrés kam nur in Shorts bekleidet heraus. Sein Gesicht wirkte leicht grau – er hatte ganz eindeutig einen Kater. War er gestern noch unterwegs gewesen?

»Hilfe, was ist das denn für ein Krach«, brummte er. »Warum seid ihr hier?«

O Gott, wusste er etwa doch nichts davon, dass sie für ein paar Tage in der Wohnung nebenan bleiben würde? Unbehagen machte sich in ihr breit, aber Erla würde sie doch nicht anlügen?

»Bist du noch betrunken?«, fragte die mit einem breiten, gar nicht mitleidigen Grinsen.

»Kann sein.« Er ging in sein Schlafzimmer und zog sich ein T-Shirt und eine Jeans über.

»Wir haben Alex' Sachen rübergebracht.«

»Ach so.« Er fasste sich an den Kopf. »Hatte ich vergessen.«

»Soll ich dir einen Kaffee machen?«, bot sie an.

»Wäre gut.«

Erla warf ihrer Freundin einen amüsierten Blick zu. »Männer, sie sind meistens total hilflos! Andrés benimmt sich wie ein Baby, wenn er verkatert ist.«

Er grunzte, ohne diese Feststellung weiter zu kommentieren.

Nachdem sie den verdrießlichen Bruder mit Koffein versorgt hatte, verabschiedete sich Erla. »Wir sehen uns heute Abend bei meiner Mutter zum Essen, ja?«

»Hey«, sagte Alex. »Soll ich vielleicht Geschenke besorgen? Wenn ich, na ja, schon so ungeplant mitfeiere?«

»Bitte nicht, meine Liebe. Wir freuen uns einfach ganz riesig, dass du hier bei uns bist.« Erla umarmte sie fest.

»Danke!«

Dann ließ sie sie mit Andrés alleine. Nachdem Erla verschwunden war, fühlte sich Alex fehl am Platz. Sie wollte gerade gehen, als er sie ansprach. »Was ist eigentlich passiert?«

Sie trat einen Schritt näher. »Was meinst du?«

»Du hast deinen Flug verpasst, wie kommt es? Du wirkst sonst eher … gut organisiert.«

»Tja.« Sie atmete tief ein. »Vielleicht hat es mich einfach noch nicht nach Hause gezogen.«

Ihre Blicke trafen sich, und ihr stockte der Atem. Da war es wieder, dieses Knistern, das alles in ihr zum Beben brachte. Seine braunen Haare waren zerzaust, seine Kleidung zerknittert, und genau das fand Alex so perfekt unperfekt an ihm.

»Aber«, beeilte sie sich zu sagen, »ich werde jetzt natürlich keine Ewigkeiten hierbleiben, also, keine Sorge. Ich muss mir über ein paar Dinge klarwerden, und dann hast du wieder deine Ruhe.«

Er erwiderte nichts darauf, sondern schaute sie nur mit diesem seltsamen, eindringlichen Blick an, der ihr Herz höherschlagen ließ.

N ach der Kirche traf sich die ganze Familie bei Erlas und Andrés' Mutter. Sie lebte in einem kleinen Häuschen in einem ruhigen Wohngebiet. Es war hübsch eingerichtet und kuschelig warm. Die winzige Plastiktanne war mit goldenen und roten Kugeln und LED-Lichtern geschmückt. Alex sagte nichts zum unechten Bäumchen, sie selbst hätte eher darauf verzichtet, als sich sowas hinzustellen, aber die Isländer schien es nicht zu stören. Sogar ein wenig Kunstschnee hatte jemand auf den Plastikzweigen verteilt. Unter dem Baum lagen diverse Geschenke, von denen die meisten wohl für die Kinder waren. Die tummelten sich auch schon vor der geschmückten Tanne und warteten, dass sie endlich mit dem Auspacken anfangen durften. Svala verbrachte den Abend bei ihrer Mutter, wie sie von Andrés erfahren hatte.

Aus der Küche kam Andrés' Mutter Bryndís mit einem Tablett voller Sektgläser zurück.

»O Gott«, seufzte Andrés. »Ich weiß nicht, ob ich schon wieder trinken kann.«

»Stell dich nicht so an.« Erla boxte ihm in die Rippen. »Ein Glas wird gehen.«

Alex beobachtete das Geplänkel der Geschwister amüsiert und griff gerne zu, als die freundliche alte Dame ihr etwas anbot. »Takk«, sagte sie. Das einzige isländische Wort, das sie einigermaßen aussprechen konnte. Nachdem alle versorgt waren – die Kinder und die Oma hatten Orangensaft in den Gläsern –, wünschte man sich frohe Weihnachten und prostete sich mit einem beherzten »Gleðileg jól og skál fyrir því« zu. Aus der Küche duftete es bereits herrlich nach Fleisch und Soße.

»Kann ich was helfen?«, bot Alex an.

Erla schüttelte den Kopf. »Meine Mutter würde nie zulassen, dass du als Gast hier noch was machst. Also betrink dich in Ruhe und genieß den Abend.« Erla gab ihr ein Küsschen auf die Wange, dann verschwand sie in die Küche.

Andrés und Bergþór plauderten auf Isländisch, während Alex an ihrem Sekt nippte und den Kindern beim Diskutieren zuschaute. Es war zu süß, wie die Kleinen die Päckchen beäugten und begutachteten und sich fragten, was darin sein mochte. Das verstand Alex auch so, ohne dass sie Isländisch konnte. Obwohl sie keine Geschenke mitgebracht hatte, war sie zumindest mit Andrés zum Blumenladen gefahren und hatte seiner Mutter als Gastgeberin einen bunten Strauß aus Gerbera, Rosen und kleinen Chrysanthemen gekauft. Die hatte sich wahnsinnig darüber gefreut und ihr zum Dank einen dicken Kuss auf die Wange gedrückt. Alex fühlte sich so wohl im Kreis dieser Familie, dass sie es beinahe schaffte, nicht an ihre eigene zu denken. Sie war erleichtert, dass sie sich das Drama erspart hatte und hiergeblieben war.

Zum Essen wurde geräuchertes Schweinefleisch, das ein bisschen wie Kasseler schmeckte, mit Kartoffeln, Erbsen und weißer Soße gereicht. Zu trinken gab es Rotwein und für diejenigen, die auf Alkohol verzichteten, Limonade oder Orangensaft. Die Unterhaltung fand zum großen Teil auf Isländisch statt, was Alex nicht weiter störte. Sie genoss es einfach, mittendrin zu sein und zum ersten Mal seit vielen Jahren einen Heiligen Abend zu verbringen, an dem nicht gestritten wurde.

»Möchtest du noch mehr?«, fragte Andrés gerade und hielt ihr einen Teller mit aufgeschnittenem *Hamborgarhryggur*, dem geräucherten Schweinefleisch, hin.

»Nein danke, noch ein Stück und ich platze.« Sie lachte und tupfte sich den Mund mit einer Serviette ab.

»Aber noch ein wenig Wein?«, plapperte er weiter, und ohne auf die Antwort zu warten, goss er ihr nach.

»Äh, ja.« Sie lächelte. »Gern.«

Sobald der Hauptgang beendet war, sprangen die beiden Mädchen auf und bettelten, endlich auspacken zu dürfen.

Die Oma machte eine Handbewegung, sagte etwas und lachte in die Runde. Das war anscheinend das Zeichen. Alle standen auf, und jetzt wurden wild Geschenke verteilt. Geschenkpapier flog durch die Luft, und es wurde geküsst und geherzt.

Alex hielt sich an ihrem Weinglas fest und schaute dem Treiben wehmütig zu. Ziemlich überraschend trat Andrés neben sie. Sie hatte ihn gar nicht kommen gesehen. »Frohe Weihnachten«, sagte er und grinste verlegen. »Ich bin mir nicht mehr sicher, was ich gekauft habe, aber ich hoffe, es gefällt dir.«

Alex stand auf und schluckte, sie war überrumpelt und kämpfte gegen die Rührung an. »Für mich?«

»Ja, du feierst ja schließlich mit uns.«

Alex umarmte ihn fest und atmete tief ein. »Danke, das ist so lieb von dir.«

So abrupt, wie sie sich an ihn geworfen hatte, löste sie sich auch wieder. Verlegen schob sie sich eine Strähne aus dem Gesicht und nahm das Geschenk ungeschickt entgegen. Um ein Haar wäre es heruntergefallen, aber Andrés war umsichtig und fing es auf. »Hoppla«, sagte er, und seine dunkle Stimme klang amüsiert.

»Zu viel Rotwein«, murmelte sie und wich seinem Blick aus. Sie packte aus und zog einen dicken, orangefarbenen Islandpullover aus dem Papier. Er war mindestens drei Nummern zu groß, doch er kam von Herzen, das zählte.

»Wow«, machte sie. »Das ist cool.«

»Gefällt er dir?«

»Ich finde ihn großartig. Vielen, vielen Dank.«

Erla tauchte neben ihr auf. »Uiuiui, da war Andrés aber sehr kreativ.« Sie lachte und klopfte ihrem Bruder auf die Schulter. »Du könntest noch ein wenig zulegen. So dreißig Kilo.«

»Ach was. Das muss so«, protestierte er. »Den trägt man locker, und so kannst du noch was drunterziehen, isländische

Wolle kratzt nämlich. Wenn man das nicht gewohnt ist, kann das schon ganz schön irritieren.«

Alex drückte den Pulli an sich, es war ihr völlig egal, selbst wenn er zehn Nummern zu groß gewesen wäre. Sie würde von jetzt an immer eine Erinnerung an dieses großartige Fest haben. »Er ist perfekt«, murmelte sie und hob vorsichtig ihren Blick an.

Als sie geradewegs in Andrés' Augen schaute, prickelte es in ihrem Bauch, als wäre eine Horde Ameisen unterwegs.

»Du hast sie glücklich gemacht«, neckte Erla ihn. »Und jetzt gehe ich eben mal Kaffee aufsetzen.«

Nach der Geschenkeorgie wurden Kaffee, Cognac und isländische Schokoladenpralinen gereicht. Nachdem auch wirklich jeder so satt war, dass man zu müde für Unterhaltungen oder Spiele war, löste sich die Runde kurz vor Mitternacht auf.

Auf der Rückfahrt breitete sich erneut dieses spannungsgeladene Schweigen zwischen ihnen aus. Immer wieder hatten sich ihre Blicke zufällig getroffen. Er hatte nur ein Glas Wein getrunken. Nach dem gestrigen Abend, an dem er mit einem Kumpel in einer Bar versackt war, hatte es ihm nicht so recht schmecken wollen. Alex wirkte nachdenklich. Er würde zu gerne wissen, was in ihr vorging, warum sie überhaupt hier war. Nicht dass es ihn störte, im Gegenteil, er empfand ihre Nähe als wohltuend. Anregend natürlich auch, aber – er mochte es einfach, sie bei sich zu haben.

Sie gingen die Treppe nach oben, nachdem sie sich zuvor die Schuhe unten ausgezogen hatten. Als sich ihre Wege eigentlich trennen sollten, hörte er sich fragen: »Willst du noch auf einen Schluck mit reinkommen?«

Sie blinzelte. »Äh, bist du nicht müde?«

»Nein, würde ich es sonst sagen?« Seine Mundwinkel bogen sich nach oben.

»Ja, okay, dann komme ich kurz mit rein, aber bitte – ich will nicht, dass du dich zu irgendwas verpflichtet fühlst.«

Er hob eine Augenbraue. »Wenn ich diesen Satz noch einmal höre, muss ich leider deinen hübschen Mund verschließen.«

Am besten mit einem Kuss, schoss es ihm durch den Kopf. Er atmete scharf ein, als ihm klar wurde, worauf das nun wieder hinauslief. Seine Selbstbeherrschung schwand, während er zwei Gläser mit kaltem Leitungswasser füllte. »Oder wolltest du Wein?«

»Nein, Wasser ist schon gut. Danke.« Sie stand an die Küchentheke gelehnt und sah ihm zu. »Ich würde dir gerne mit deinem Bildmaterial helfen.«

»Das wäre ganz großartig, ich wäre dir sehr dankbar.«

»Super, ich freue mich, wenn ich was zu tun habe.«

»Immer noch Probleme mit dem isländischen Winter?«

»Nein, eigentlich nicht. Es ist ganz kuschelig.«

»Kuschelig?«

»Na ja, man kann es sich drinnen gemütlich machen. Außerdem habe ich so endlich kapiert, warum ihr eure heißen Quellen so liebt.«

Er dachte sofort an ihren letzten gemeinsamen Abend, der mit einem Kuss geendet hatte, den er nicht mehr aus dem Kopf bekam. Ob es ihr auch so ging? »M-mh«, machte er nur und trank einen Schluck, dann kam er auf sie zu und stellte das Glas weg.

Sie schaute zu ihm auf, ihre braunen Augen verdunkelten sich. »Andrés«, wisperte sie.

»Am liebsten würde ich nicht reden.« Seine Stimmte klang belegt.

»Ich auch nicht.«

Er nahm ihre Hand und legte sie sich auf die Brust. »Spürst du das?«

Sie nickte. »Ja.«

»Du machst das mit mir.« Er holt tief Luft. »Ich möchte dich küssen.«

»Wieso tust du es nicht?«

»Mein Leben ist kompliziert«, sagte er und ließ seine Hände in ihre Haare gleiten.

»Dann halten wir es unkompliziert«, gab sie kokett zurück und brachte sein Blut in Wallung.

»Ein Kuss, dann schauen wir, ob der erste wirklich so bedeutungslos war«, brummte er und zog sie an sich heran. Sie stieß die Luft mit einem leisen Zischen aus, und er erkannte in ihren Augen, dass sie ihn ebenso begehrte wie er sie.

»Das war er nicht, aber es war auch nicht mehr als das: ein Kuss. Ich will keine Beziehung, Andrés. Ich fühle mich zu dir hingezogen ...«

Er hörte kaum, was sie sagte. Und reden wollte er ohnehin nicht mehr.

»Ich will auch keine Beziehung. Schon gar keine über dreitausend Kilometer. Aber ich will dich.« Und dann senkte er seine Lippen auf ihre.

Seine Sinne zündeten wie ein Feuerwerk. Mit einem Mal war alles um sie herum vergessen, es gab nur noch Alex und ihn. Sie drängte sich gegen ihn, während er seine Zunge in ihren Mund gleiten ließ. Es war, als wären ihre Lippen für seine gemacht, es passte perfekt. Der perfekte Kuss, er war noch viel besser als der erste. Schnell wurde er intensiver, leidenschaftlicher. Lust schoss durch seine Adern, trieb das Blut in tiefere Regionen. Er wollte sie, er wollte sie vielleicht zu sehr. Er hielt sich dennoch zurück, obwohl er ihr am liebsten sofort die Kleider vom Leib gerissen hätte. Andrés war überrascht, wie intensiv die Gefühle waren, die über ihn hinwegschwappten. Es kostete ihn größte Mühe, sich zu beherrschen.

Alex keuchte leise, als er sie spüren ließ, wie erregt er war. Sie rieb sich an ihm und brachte ihn damit nur noch mehr um den Verstand. Zähne schlugen aufeinander, während sie nicht genug voneinander bekamen. Irgendwann trat er einen Schritt zurück, löste seinen Mund von ihrem – ein letzter Versuch, sich vielleicht doch noch richtig zu verhalten und nicht mit ihr zu schlafen. Er wollte nicht daran denken, dass Sex immer alles verkomplizierte, deswegen erstickte er diese Saat im Keim.

Er fuhr sich durch die Haare und atmete schwer. »Ein Kuss«, brachte er mit rauer Stimme hervor.

Sie rang ebenso um Atem wie er. »Ein Kuss«, wiederholte sie heiser.

Ihre Blicke waren miteinander verbunden, obwohl sie sich nicht mehr berührten, konnte er noch immer die erotische Spannung zwischen ihnen wahrnehmen.

»Ist das eine gute Idee?«, stieß er hervor und hoffte, dass sie Ja sagte. Innerlich verfluchte er sich, dass er nicht die Klappe gehalten hatte.

Alex biss sich auf die Unterlippe. »Wenn du mich so fragst, vermutlich nicht.«

Er sah, dass er sie damit verletzt hatte, und bereute diesen blöden letzten Satz. Sie zog sich in ihr Schneckenhaus zurück, und er konnte es nicht verhindern. »Tut mir leid«, murmelte er und machte es damit leider nur schlimmer. Er wollte sie wieder in seine Arme ziehen, sie besinnungslos küssen. Ihr Blick verriet, dass er einen großen Fehler begangen hatte, indem er diese dämliche Frage gestellt hatte.

Wieso war Alex nur so verschlossen? Er ging wieder auf sie zu, sie hob die Hand. »Warte«, bat sie ihn.

»Ja«, war alles, was er erwiderte.

»Ich, … ich gehe besser schlafen.« Sie reckte ihr Kinn nach vorne. »Alleine. Wir sind beide rührselig, es ist Weihnachten. Tun wir nichts, was wir morgen bereuen. Ich bin froh, dass ich hier eine Bleibe habe. Sex würde alles verändern.«

Fehlte nur noch, dass sie hinzufügte: ›Es liegt nicht an dir.‹ Stattdessen lächelte sie traurig und versetzte seinem Herzen damit einen leichten Stich.

»Ich habe so eine Angewohnheit, mir die falschen Männer auszusuchen«, erklärte sie, und er verstand nicht, was das bedeuten sollte.

»Was meinst du damit?«

»Dass es vermutlich großartig wäre … Aber es wäre nicht richtig.«

»Was ist schon richtig?« Er verzog seinen Mund zu einem ironischen Lächeln, dann begriff er, dass sie recht hatte. Dass sie die Vernünftige war und er nur mit seinem Unterleib gedacht hatte. »Du hast vermutlich recht. Tut mir leid.«

»Mir tut es nicht leid.« Und dann lief sie davon und ließ ihn sprachlos zurück.

Zwei Herzen kämpften in seiner Brust. Er begehrte sie noch immer, da musste er sich nichts vormachen, aber sie hatte recht. Wenn sie miteinander schliefen, würde es kompliziert werden – und von Komplikationen hatte er in seinem Leben wahrlich genug.

KAPITEL 12

*A*lex wachte spät am nächsten Morgen auf, sie schaute aus reiner Gewohnheit auf ihr Handy. Ihre Mutter hatte ihr per SMS noch einmal unmissverständlich klargemacht, was sie davon hielt, dass ihre Tochter noch immer auf Island weilte. Alex rollte mit den Augen und legte es weg, dann nahm sie es wieder zur Hand und wagte sich zum ersten Mal seit Langem auf einige Internet-Seiten der deutschen Klatschblätter. Sie spürte erst, wie angespannt sie gewesen war, als sie erleichtert ausatmete, nachdem sie nirgendwo ihren Namen gelesen hatte. Aktuell rissen sich alle darum, die letzten News des heißesten Rosenkrieges des Jahres abzudrucken. Alex war beinahe dankbar dafür, dass dieses Promipärchen sich trennte und den Streit in der Öffentlichkeit austrug. So war es nun mal, allmählich glätteten sich die Wogen, ihr vermeintlicher Fehltritt war mittlerweile nur noch Schnee von gestern. Es gab keinen Grund, warum sie sich länger auf Island verstecken musste, und doch wollte sie bleiben. Alex fühlte sich wohl in diesem kalten Land im hohen Norden, es tat gut, endlich mal die Seele baumeln zu lassen.

Selbst der Konsumverzicht war ihr leichter gefallen, als sie sich jemals hatte vorstellen können. Sie hatte nicht einmal eine Shopping-Seite besucht, seit ihre Eltern ihr die Kreditkarte gesperrt hatten – und sie hatte es auch nicht vermisst, was sie am meisten überraschte. Das war keine Trotzreaktion, da war sie sich sicher. Fühlte sich so Erwachsenwerden an? Sie brauchte keine teuren Handtaschen, um sich wertvoller zu fühlen, das wurde ihr langsam klar. Aber hier lebte sie in einer Blase, einer eisigen Blase. Niemand kannte sie, wusste, wer ihre Familie war – Erla und ihre Lieben mal ausgenommen. Vielleicht würde man ihr anders begegnen, wenn … Nein, sie sollte dieses Was-wäre-wenn-Spielchen nicht beginnen. Die Selbstzweifel waren es, die sie schwach machten. Das musste aufhören. Und doch – zu Hause würde sie sicher schneller wieder in alte Muster verfallen, als ihr lieb war. Schon alleine deswegen wollte sie bleiben.

Und wegen Andrés, flüsterte ein Stimmchen ihr zu.

Sie ignorierte es und überlegte, was wohl ihre Schwester sagen würde, wenn sie sich das nächste Mal begegneten. Sie hatte nach wie vor nicht auf ihre Nachrichten reagiert. Sollte sie ihr noch eine weitere schreiben? Für immer konnte sie doch auch nicht sauer auf sie sein. Ja, oder vielleicht doch. Aber Vanessa musste tief in ihrem Herzen wissen, dass Alex sich nie an ihren Mann herangemacht hätte. Allerdings sprachen die Tatsachen nun mal gegen sie – es stand Wort gegen Wort. Und ja, natürlich glaubte sie lieber ihrem Mann, den sie gerade geheiratet hatte, als der Schwester, die für ihre Eskapaden bekannt war.

Alex seufzte und stand auf. Erst jetzt begriff sie, dass sie nichts Essbares in der Küche hatte – nicht mal Kaffee. Dumm, dass sie nicht daran gedacht hatte, etwas zu besorgen. Vermutlich glaubte Erla, dass es okay wäre, wenn sie Andrés' Kühlschrank plünderte. Im Normalfall hätte sie damit kein Problem, aber nach dem gestrigen Abend war sie unsicher. Sie duschte lange und entschied sich im Anschluss dafür, erst einmal einen Spaziergang zu machen.

Die Morgendämmerung hatte eingesetzt, es war ein klarer, eiskalter Tag, kurz nach elf. Über den weißen Bergspitzen hingen dichte Wolken, vielleicht würde es nachher wieder schneien, möglicherweise aber auch nicht. Für sie war das Wetter auf Island so unvorhersehbar wie ihre Stimmungsschwankungen. Alex fröstelte und zog ihre Schultern nach oben. Dennoch genoss sie die reine Luft, die auf ihrer Gesichtshaut prickelte und ihr mit jedem Atemzug deutlich machte, dass sie lebendig und frei war. Der Schnee knirschte unter ihren dicken Stiefeln, als sie zum Ende der Landzunge schlenderte und auf den dunklen Fjord hinausschaute. Einige Seevögel, die nicht über den Winter in wärmere Regionen geflogen waren, kreisten über dem Wasser, in der Hoffnung, irgendwo einen Fisch zu ergattern. Ein leichter Nordwind wehte ihr um die Nase, während sie ihre Hände tief in den Jackentaschen vergraben hatte. Sie war allein, aber heute fühlte es sich tröstlich an, nicht einsam.

Sie musste aufhören, sich über die Anerkennung anderer zu definieren. Nach Silvester würde sie sich um einen neuen Job bemühen. Bis dahin wollte sie ihre freie Zeit genießen, Kraft tanken und sich darüber klarwerden, was genau sie vom Leben erwartete. Es war an der Zeit, einige Entscheidungen zu treffen und sie dann auch durchzuziehen. Zufrieden und im Reinen mit sich schlenderte sie nach einer Weile zurück. *Ein warmer Kaffee wäre jetzt wirklich gut*, dachte sie, als sie die Tür aufzog und hineinging. Aus dem Büro vernahm sie ein Geräusch. »Hallo?«, rief sie.

»Guten Morgen, ich bin hier«, bekam sie zur Antwort.

Sie klopfte den Schnee ab und trat ein. »Guten Morgen.«

Andrés hielt einen Kaffeebecher in der Hand und saß an seinem Schreibtisch. »Hey.«

»Selber hey. Meinst du, ich könnte vielleicht auch einen Kaffee bekommen?«

»Sicher, hast du keinen Hunger?«

»Ja, doch schon. Aber ich wollte nicht stören.«

Er hob eine Augenbraue. »Du kannst jederzeit rüberkommen und dir was holen.«

»Ich werde morgen einkaufen gehen.«

Er zuckte die Schultern, als ob er sagen wollte, dass das ihre Sache wäre und er sich nicht einmischen würde.

Alex räusperte sich. »Äh, also, wie kann ich dir helfen?«

Er stand auf, einen Moment glaubte sie, er würde sie eventuell einfach wieder küssen, doch er ging an ihr vorbei und goss Kaffee aus einer Isolierkanne in eine leere Tasse. »Hier, trink erst mal was.« Er drückte sie ihr in die Hand, dann schob er einen Stuhl neben seinen. »Ich habe hier tausende von Bildern drauf – davon müssten einige bearbeitet werden.«

Alex schluckte. »Tausende?«

»Ja, leider. Oder zum Glück. Meine Website ist ein bisschen verstaubt. Ich habe eigentlich viel zu sagen, viel zu zeigen, aber ich bin absolut talentfrei, was das Bearbeiten angeht.«

»Wie sieht es mit Instagram aus? Facebook? Ist die Tauchschule da irgendwie vertreten?«

Er verzog den Mund. »Ja, aber um ehrlich zu sein: Die Seiten sind eher verwaist, ich habe einfach nicht die Zeit für sowas.«

»Hm«, machte sie und trank von ihrem Kaffee. »Was hältst du davon, wenn ich mir das mal ansehe?«

»Das wäre super.«

»Was ist dein Ziel?«, fragte sie.

»Was meinst du?«

»Na ja, ich meine, möchtest du mehr Kunden generieren? Mehr Aufmerksamkeit? Viele Follower?«

»Es ist so, im Sommer habe ich gut zu tun.«

»Ja, das sagtest du.«

»Aber mehr geht natürlich immer, ich müsste ja nicht bei jedem Tauchkurs dabei sein.«

»Verstehe.«

»Aber insgesamt ein coolerer Auftritt wäre schon was. Unser Fjord hier ist großartig, das soll die Welt auch erfahren.«

Alex nickte. »Alles klar. Komme ich hier bei Facebook und Instagram rein?«

»Ja, die Accounts sind eingeloggt.«

»Stört es dich, wenn ich den Rechner benutze?«

»Nein, mach nur.«

»Welches Bildbearbeitungsprogramm hast du?«

»Ich habe Photoshop.«

»Die Vollversion?«

»Ja, habe ich mir mal in einem Anfall geistiger Umnachtung zugelegt.« Er grinste schief. »Da habe ich noch geglaubt, ich würde es irgendwie hinbekommen.«

»Es ist kompliziert, es dauert Jahre, bis man da jeden Trick und Kniff kennt.«

»Das habe ich mittlerweile auch begriffen. Pass auf, wie wäre es, wenn ich dir ein paar Eier brate, und du schaust mal die Bilder an?«

»Das wäre super. Danke.«

»Ich danke dir. Kann ich dich was fragen?«

»Ja, sicher. Mach.«

»Warum bist du nach Island gekommen? Erla hat gestern was erzählt, aber ich wollte es gern von dir hören.«

Ihre Laune sank schlagartig in den Keller. »Ich habe mal wieder Mist gebaut. Stress mit den Eltern, mit meiner Familie.«

»Verstehe, und deshalb versteckst du dich hier?«

Sie konnte es nicht leugnen. »Na ja, meine Familie ist recht bekannt, die Presse hat den Vorfall zum Anlass genommen, mich durch den Dreck zu ziehen.«

»Oh, das ist nicht schön.«

Sie wunderte sich, warum nicht die übliche Reaktion kam, die die Leute zeigten, wenn sie erfuhren, dass sie eine Art Promi war, und dass er nicht nachfragte, was das für ein ›Vorfall‹ gewesen war. Ihm schien das egal zu sein, und dann erinnerte sie sich an ein Gespräch mit Erla, in dem sie ihr mal erklärt hatte, dass Isländer sich wenig bis gar nicht dafür interessierten, ob jemand ein Superstar oder ein Niemand war. Was auch damit zu tun hatte, dass es dieses Standesdenken auf Island nie gegeben hatte wie in den meisten anderen Ländern. Hier waren wirklich alle gleich. Sie begriff, dass das nicht einfach so dahergesagt gewesen war. Alex war seltsam erleichtert.

»Nein, es war grauenhaft«, gab sie zu.

»Aber es scheint dir langsam besser zu gehen.«

»Wieso?«

»Du rennst nicht mehr mit diesem gehetzten Blick durch die Gegend.«

Sie schnappte nach Luft. »Mir war nicht klar, dass das so offensichtlich war.«

»War es.«

Alex lächelte verlegen. »Puh, also, ich mach' mich dann mal besser an die Arbeit.«

»Bin gleich mit deinem Frühstück wieder da. Nachher bin ich mit Svala unterwegs, du kommst doch auch ein Weilchen hier allein zurecht, oder?«

»Natürlich. Ich bin schon groß.«

Ein wenig enttäuscht war sie tatsächlich, sie hatte gedacht, dass sie wegen der Bilder etwas mehr Zeit miteinander verbringen würden. Vielleicht war es besser so, ja, ganz sicher sogar.

Sie drehte sich um und nahm sich den ersten der Bildordner vor, die glücklicherweise nach Aufnahmedaten sortiert waren. So verstand sie gleich, welche Aufnahmeserie thematisch zusammengehörte.

Alex saß auf einem Hocker in der *Götubarinn* am Tresen und rührte in ihrem Chai-Tee, während Erla Milch für einen Kaffee aufschäumte. Sie trug den orangen Wollpullover und fühlte sich sehr wohl darin. In den letzten Tagen hatte sie sich durch den Bilder- und Videowust gekämpft, während Andrés viel Zeit mit seiner Tochter verbracht hatte. Beinahe kam es ihr so vor, als ob er Svala als Ausrede benutzte, weniger Zeit mit ihr zu verbringen. Sie war einfach eine Idiotin und reagierte über, natürlich wollte er nicht ständig in ihrer Nähe sein. Alex verdrängte den Gedanken an Andrés und konzentrierte sich auf Erla.

»Meine Aushilfe ist krank«, erklärte diese gerade. »Das heißt, heute werde ich einen sehr langen Tag haben.«

»O nein, und die Kinder, was ist mit denen?«

»Kein Problem, die bleiben dann einfach bei der Oma. Das ist super einfach, ein echter Luxus für uns, sie in der Nähe zu haben.«

»Ja, das glaube ich.«

»Aber ich werde mir hier die Hacken wundlaufen.«

»Ich kann dir doch helfen.«

Erla schaute sie mit gerunzelter Stirn an. »Du willst was?«

Alex lachte. »Na komm, das werde ich wohl hinkriegen. Getränke mixen und servieren?«

»Würdest du das wirklich machen?«

»Natürlich, hätte ich es dir sonst angeboten?«

»Hm, okay, dann … ja, sehr gerne.«

»Wie dieses Monster von einer Kaffeemaschine funktioniert, müsstest du mir allerdings echt noch mal erklären.«

»Sicher, kein Problem.«

»Ich bin einfach deine Hilfsarbeiterin.«

»Super, trink in Ruhe deinen Tee aus, momentan ist es ja noch nicht so voll. Wie läuft es eigentlich mit Andrés?«

»Ach, gut, würde ich sagen. Ich habe angefangen, seine Bilder und Videos zu organisieren. Es ist ja Wahnsinn, was er an Material gesammelt hat.«

»Ja, ich weiß.«

»Ich bin mir sicher, dass er in kürzester Zeit zu einem Instagram-Star werden würde.«

»O Gott, das kann ich mir nicht vorstellen.«

»Na ja, es ist halt die Frage, was er will.«

»Und er selbst begreift doch gar nicht, worauf es ankommt.«

»Es gibt hier doch bestimmt auch Agenturen, die einem da unter die Arme greifen können?«

Erla nagte an ihrer Unterlippe. »Ich glaube nicht, dass er sich auf sowas einlassen würde.«

»Zu schade – ich hätte schon eine ganze Menge Ideen.«

»Sprich es doch mal an.«

»Ja, mache ich … Seit vorgestern haben wir uns kaum gesehen, er war sehr viel mit Svala unterwegs.« Einerseits konnte sie verstehen, dass er ihr nach der prickelnden Situation an Weihnachten aus dem Weg ging, andererseits – ja, sie mochte ihn und seine raue Art und vermisste die Unterhaltungen mit ihm.

»Er hat es nicht leicht«, erklärte Erla, und Alex spitzte die Ohren. »Seine Exfrau führt sich manchmal unmöglich auf.«

Alex spürte, dass sie rot wurde, als sie sich an den Kuss erinnerte, bei dem Hildur sie erwischt hatte. »Aha«, war alles, was sie darauf erwiderte. »Habt ihr zwei denn ein gutes Verhältnis?«

Manchmal war das ja so, dass sich Schwester und Exfrau noch gut verstanden. Alex hatte keine Ahnung, ob das auf Erla und Hildur genauso zutraf.

»Es hält sich in Grenzen, um ehrlich zu sein. Sie hat meinen Bruder teilweise ganz schön mies behandelt, das fand ich nicht in Ordnung.«

»Dann seht ihr euch nicht so oft?«

»Nein, seit sie getrennt sind, eigentlich so gut wie gar nicht mehr, außer an runden Geburtstagen, du weißt schon.«

Alex wusste nicht, wieso, aber sie war erleichtert. Aus irgendeinem Grund wollte sie nicht, dass Erla von diesem Kuss erfuhr. Auch nicht von dem anderen. Sie trank ihren Tee aus und stand auf. »So, was kann ich tun?« Sie ging um den Tresen und schaute ihre Freundin erwartungsvoll an.

»Ja, dann pass auf: Hier ist der Geschirrspüler, da kannst du gleich mal alles, was hier steht, einräumen.«

Alex nickte.

»Und dann erkläre ich dir die Kaffeemaschine und die Zapfanlage. Servieren und kassieren musst du nicht, das würde ich machen, wenn es okay für dich ist, die Barista zu spielen?«

»Oh, und wie! Ich freue mich sogar darauf. In den letzten Tagen hatte ich doch eher wenig Kontakt zu Menschen.« Sie lachte. »Was auch mal schön war, Zeit zum

Nachdenken zu haben und so, aber jetzt ist es auch mal gut, und ich freue mich auf etwas Abwechslung.«

Erla nickte wissend. »Echt cool, ich hätte nicht gedacht, dass du mal sowas machen würdest.«

»Was meinst du?«

»Na, dich hinter den Tresen zu stellen.«

»Wieso nicht?«

»Keine Ahnung.« Sie zuckte die Schultern. »Du hast dich schon ein wenig verändert, du bist viel pragmatischer und tatkräftiger. Verstehst du, was ich meine? Korrigiere mich, wenn ich falsch liege, aber früher hättest du nie Kaffee für andere Leute gekocht.«

Alex nagte an der Innenseite ihrer Wange und überlegte, schließlich sagte sie: »Ja, vermutlich hast du recht. Insofern tun mir diese neuen Erfahrungen im Exil wohl ganz gut. So geerdet habe ich mich lange nicht gefühlt. Vielleicht noch nie.«

»Das ist doch wunderbar, und es freut mich sehr für dich.«

»Ja, mich auch.« Alex lächelte. »Ich glaube, ich werde erwachsen.«

KAPITEL 13

*I*n den letzten Tagen hatte Alex viel über die Gastronomie gelernt. Obwohl sie sich nicht vorstellen konnte, auf Dauer in einer Kneipe zu arbeiten, so genoss sie es doch, ihrer Freundin auszuhelfen und sich nützlich und gebraucht zu fühlen. Anscheinend ging gerade eine schwere Grippe um, denn nach Erlas Aushilfe lagen nun sie selbst und auch ihr Mann flach. Und das heute! An Silvester, einem der geschäftigsten Tage des Jahres. Alex half gerne weiter aus, obwohl sie doch Respekt davor hatte, weil sie wusste, dass die Nacht sehr hektisch werden würde. Sie stand hinter dem Tresen und polierte Gläser, als die Tür aufging und Andrés hereinkam.

»O hi«, sagte sie. »Was machst du denn hier?«

Er war im Begriff, seine Jacke auszuziehen. »Nach was sieht es aus?«

»Äh, keine Ahnung?«

»Meine Schwester hat einen Hilferuf an mich gesendet. Also bin ich gleich ins Auto gesprungen. Wird ein langer Tag, oder vielmehr eine lange Nacht.« Er lachte, kam um den Tresen herum und warf seine Jacke in einen Abstellraum.

»Dann … wirst du heute mitarbeiten?«

»Ja, was dagegen?«

»Äh, nein, natürlich nicht.«

»Irgendwie witzig, oder?«

Sie nickte. »Ja, total. Ich kann mir dich gar nicht als Kellner vorstellen.«

»Ich mir dich auch nicht.«

Für eine Sekunde schauten sie sich an, dann prusteten sie beide los.

»Scheint, als hätten wir beide verborgene Talente.« Er begrüßte die Aushilfe, Linda, eine nette Mittzwanzigerin, die hoffentlich alles im Griff hatte.

»Heute wird nicht an den Tischen bedient«, erklärte sie, während sie sich ihren Zopf neu band. »Das heißt, wer was trinken will, kommt zum Tresen.«

»Alles klar, das finde ich gut«, sagte Andrés.

»So machen wir das immer. Richtig voll wird es sowieso erst gegen Mitternacht.«

»Echt?«, fragte Alex.

»Das heißt nicht, dass wir bis dahin nichts zu tun haben werden. Aber viele feiern zu Hause, trinken schon mal vor und gehen dann erst später in die Stadt.«

Andrés nickte. »Ja, so kenne ich das auch.«

Alex hob die Schultern. »Alles klar, ich bin vorbereitet.«

»Bergþór wird eventuell dann noch zu uns kommen, wenn er wieder halbwegs stehen kann. Ehrlich, nach zwölf Uhr drehen alle total durch, da geht dann die Post ab.«

Alex wurde ein wenig mulmig. Bisher waren die Abende entspannt gewesen. »Okay, geht es ihm denn schon wieder so gut, dass er arbeiten kann?«

Andrés schüttelte den Kopf. »Nein, aber da muss er

durch. Wie gesagt – heute ist der Abend des Jahres, da wird es turbulent, und wir können jede Hilfe gebrauchen.«

»Verstehe.«

»Mach dir mal keine Sorgen«, munterte Andrés sie auf und legte ihr eine Hand auf die Schulter. »Wir schmeißen den Laden schon.«

»Darauf sollten wir anstoßen. Mit einer Cola oder so.«

Linda lachte. »Ja, besser ist das. Wenigstens das Personal sollte nüchtern bleiben.«

Und es kam wirklich so: Bis elf schoben sie eine ruhige Kugel, bedienten die wenigen Gäste sogar und unterhielten sich. Andrés war sehr umgänglich und freundlich, mehr aber auch nicht. Linda war zuckersüß, aber bestimmt, Alex war sich sicher, dass sie durchaus auf den Tisch haute, wenn ein Kerl sich danebenbenahm.

Sie stellten einige vorab geordnete Champagnerflaschen und Gläser bereit, die die Gäste rechtzeitig vor Mitternacht abholen würden.

»So, Leute, gleich ist es so weit«, verkündete Linda und schaute auf die Uhr.

»Gibt es hier eigentlich auch ein großes Feuerwerk?«, fragte Alex.

Andrés lachte. »O ja, das Zeug ist zwar schweineteuer, aber alle sind verrückt danach. Zu schade, dass wir uns das nicht anschauen können.«

»Ach, ich habe so viele Silvesterabende damit verbracht, in den Himmel zu glotzen, irgendwie ist es doch immer das Gleiche.« Alex grinste. »Hinter der Bar zu stehen, ist mal eine völlig neue Erfahrung, die ich richtig genieße.«

»Dann stört es dich nicht?«

»Nein, überhaupt nicht. Es ist sogar verdammt cool.«

Andrés schmunzelte und zwinkerte ihr zu. Alex' Magen schlug einen Purzelbaum. Es war erstaunlich harmonisch, neben Andrés zu arbeiten, er war witzig, aber nie vulgär, zuvorkommend, aber nie bevormundend – obwohl sie weiß Gott noch nicht alle Drinks von der Karte kannte.

Jemand zählte auf Isländisch rückwärts, und Alex hielt den Atem an. Auf einmal wurde gejubelt, die Gäste fielen sich in die Arme. Linda war verschwunden, nur Andrés stand neben ihr hinter dem Tresen. Sie wandte sich ihm zu. »Ja, äh, frohes neues Jahr«, sagte sie auf einmal schrecklich verlegen und blickte zu ihm auf.

Er zog sie in seine Arme. »Komm her, so macht man das.« Alex stolperte in seine Richtung und landete an seiner breiten Brust. »Frohes neues Jahr, Kleine.«

Sie wollte sagen ›Ich bin nicht klein‹, aber kein Wort kam über ihre Lippen. Es fühlte sich zu gut an, ihm so nah zu sein und festgehalten zu werden. Andrés' Hand strich über ihren Rücken, und obwohl sie nicht alleine waren, war dieser Moment sehr intim. Wundervoll. Viel zu schnell ließ er sie wieder los, hielt sie jedoch an den Schultern fest und schaute ihr noch einmal tief in die Augen. »Mögen alle deine Wünsche für dieses Jahr in Erfüllung gehen«, wisperte er mit dunkler Stimme. Und sie wünschte sich insgeheim, er könnte ein Teil ihres Lebens werden.

Die Erkenntnis raubte ihr den Atem. Sie schluckte trocken und versuchte unverbindlich zu lächeln. »Deine auch«, krächzte sie und hoffte, er bekam nicht mit, wie sehr sie seine Nähe aufwühlte, denn dass dieser Wunsch nie in Erfüllung gehen würde, war klar.

Sie konnte nicht einfach alle Zelte in Hamburg abbrechen – und Andrés wollte auch nicht mit ihr zusammen sein. Er wollte gar keine Beziehung, das hatte er deutlich ausgedrückt.

Glücklicherweise blieb ihr nicht viel Zeit, nachzudenken, denn mit einem Schlag füllte sich die *Götubarinn*, die Musik wurde lauter gestellt, und Alex kam kaum noch zum Luftholen. Vergessen war der kurze Moment mit Andrés, oder zumindest verdrängt. Es ging drunter und drüber, ein Drink nach dem anderen wurde über den Tresen geschoben. Auch hier, wie überall sonst, zahlten die meisten mit Kreditkarte, also musste man sich nicht lange mit Wechselgeld aufhalten. Die Luft war zum Schneiden dick, man verstand kaum sein eigenes Wort, und doch lief es irgendwie rund. Erlas Mann kam tatsächlich kurz nach zwölf, aber er sah nicht gut aus und konnte sich kaum auf den Beinen halten. Nach zwei Stunden verabschiedete er sich wieder.

Irgendwann musste Alex aufs Klo. Sie hatte versucht es hinauszuzögern, wollte abwarten, bis es etwas ruhiger wurde, aber nun führte kein Weg daran vorbei. Sie rief Linda zu, dass sie kurz um die Ecke musste. Die nickte, und Alex schob sich durch die Menge. Natürlich war vor den Toiletten eine lange Schlange. Obwohl es nicht ihre Art war, musste sie sich vordrängeln. »Sorry, ich arbeite hier, dürfte ich mal bitte … Danke schön.« Sie war erleichtert, niemand machte deswegen Stress. Die Stimmung war bombastisch, und fast alle waren total betrunken. Alex hatte sich nie Gedanken darüber gemacht, weil sie selbst meist mit von der Partie gewesen war. Jetzt sah sie zum ersten Mal bewusst, wie laut, wie albern, wie ausgelassen manche Leute drauf waren. Natürlich übertrieb man es in einer Nacht wie dieser, das war auch in Ordnung so. Alex war jedoch froh, dass sie morgen keinen Kater ausbaden musste. Mit der Gewissheit wusch sie sich im Anschluss an ihr Geschäft die Hände und bahnte sich den Weg zurück zum Tresen.

Im Flur zwischen Toiletten und Bar hielt sie jemand am Oberarm fest. »Du bist neu hier, nicht?«, machte ein dunkelhaariger Mann sie auf Englisch an. Seine Aussprache undeutlich, er stank nach Alkohol und Zigaretten. Sie hielt den Atem an. »Entschuldige«, sagte sie und wollte sich aus seinem Griff winden. »Ich habe keine Zeit für Gespräche, ich muss zurück hinter die Bar.«

»Ach, komm schon, eine Minute wirst du ja wohl erübrigen können.«

»Nein, tut mir leid.« Sie lächelte höflich. »Lass mich bitte los.«

Aber er dachte gar nicht daran. »Wie heißt du?«

Alex wurde mulmig zumute. Er hatte sie mit dem Rücken an die Wand geschoben und stand jetzt noch dichter vor ihr. Sein stinkender Atem fächelte über ihr Gesicht. »Ich will gehen«, sagte sie noch einmal mit Nachdruck und wollte ihn von sich schieben.

»Hey, wer wird denn so kratzbürstig sein?« Er bedrängte sie weiter und gab sie keinen Zentimeter frei.

In diesem Moment machte es Klick, und alles war wieder da. Mit einem Mal fühlte sie sich zurück nach Hamburg versetzt, Leopold hatte genauso vor ihr gestanden wie dieser Kerl hier. Sie wusste wieder, wie sich alles abgespielt hatte. Und ihr wurde schlecht.

Sie hob ihr Knie ruckartig an und traf ihn da, wo es am meisten wehtat. Dann rannte sie in die Toilette zurück, wo sie in eine Kabine stürmte und sich übergab.

»Wo steckt sie denn nur?«, fragte Linda Andrés, der gerade ein Bier zapfte.

Er sah sich um. »Keine Ahnung, ist bestimmt voll auf dem Klo.«

Linda verdrehte die Augen, während sie drei Kunden gleichzeitig bediente. »Sie wird sich doch hoffentlich nicht hinten angestellt haben?«

Andrés zuckte die Schultern und grinste. »Keine Ahnung, diese Deutschen sind ziemlich höflich.«

»In dem Fall ein Fehler«, kommentierte Linda wenig begeistert.

Andrés schaute zur Tür, dann entdeckte er Alex, die sich gerade ihren Weg zu ihnen bahnte. Aber irgendwas stimmte nicht, sie war weiß wie eine Wand.

»Hey, was ist los?«, fragte er sie, als sie neben ihm ankam und einen Schluck Wasser trank.

»Alles gut. Tut mir leid, dass es so lange gedauert hat.«

»Hey!«, schrie ihn ein Gast an, »wird es noch was mit meinem Bier?«

»Ja, gleich!« Er wandte sich wieder an Alex. »Ist wirklich alles in Ordnung? Du siehst so bleich aus.«

»Nur der Kreislauf, ich habe vergessen, was zu essen. Mach dir keine Sorgen.« Sie lächelte ihn an, aber es erreichte ihre Augen nicht. Spätestens jetzt war Andrés klar, dass etwas nicht stimmte.

Weil drei weitere Gäste durcheinanderriefen und sich beschwerten, dass ihre Drinks längst überfällig wären, verschob er etwaige Nachfragen auf später. Vielleicht hatte er sich ja auch getäuscht, oder sie hatte sich diese Grippe eingefangen. Er behielt Alex im Auge, sie wirkte wie ausgewechselt. Wo sie vorhin gelacht und gescherzt hatte, arbeitete sie jetzt mechanisch und mit ausdrucksloser Miene. Ja, die Füße brannten vermutlich, so wie seine, sie war müde, aber das konnte nicht der Grund sein. Das glaubte er nicht. Irgendwas musste eben vorgefallen sein.

Vor drei Wochen, ja, da wäre er sicher gewesen, dass es der Prinzessin zu viel wurde. Aber seitdem war einiges passiert, sie hatte sich verändert – oder er hatte sie richtig kennengelernt. Alex war nicht eine der Frauen, die irgendwann plötzlich ihre

Meinung änderten oder aufgaben. Nein, sie nicht. Aber es bot sich keine Gelegenheit für ein weiteres Gespräch, sie hatten nach wie vor alle Hände voll zu tun. Leider.

Erst am frühen Morgen kamen sie zu einer Verschnaufpause.

»In fünfzehn Minuten schmeißen wir die Letzten raus«, stieß Linda mit einem tiefen Seufzer hervor.

Alex nickte und räumte Gläser in den Geschirrspüler. Andrés ging durch die Bar, sammelte leere Flaschen ein und wies darauf hin, dass sie gleich schließen würden. Die Musik wurde leiser gedreht, das Licht heller gestellt. Aber davon ließen sich die Hartgesottenen nicht stören, die meisten bekamen das nicht mal mit – keiner der noch Anwesenden war nüchtern.

Zwanzig Minuten später schob Andrés den letzten Gast nach draußen, dann schloss er die Tür ab und lehnte sich von innen dagegen. »Halleluja, das hätten wir geschafft.«

Linda rieb sich die Augen. »Leute, nehmt es mir nicht übel, ich würde gern noch ein Feierabendbier mit euch trinken, aber … nicht mehr heute.«

Alex nickte nur, und Andrés runzelte die Stirn.

Nachdem sie noch grob klar Schiff gemacht hatten, verabschiedeten sie sich. Alex und Andrés waren getrennt gekommen, sie benutzte den Wagen seiner Mutter. »Willst du bei mir mitfahren?«, bot er ihr dennoch an.

»Nein, danke. Schon okay.«

Ihm gefiel die Antwort nicht, aber er wollte sie auch nicht zwingen. »Gut, dann komm mir hinterher, nicht dass du doch noch von der Straße rutschst.«

Sie zogen sich an, dann verließen sie die *Götubarinn* durch den Hinterausgang. An einer Hausecke stand ein Pärchen und knutschte wild mit vollem Körpereinsatz. Überall hörte man Leute, die noch unterwegs waren. Linda verabschiedete sich und stiefelte in die entgegengesetzte Richtung davon, während er mit Alex zum Parkplatz ging.

»Noch ziemlich viel los«, stellte Alex fest.

»Ja, das ist irgendwie normal. Wir saufen nicht nur viel, wir halten auch lange durch.« Er lachte, aber sie schien seinen Witz nicht gelungen zu finden.

Sie stieg in das Auto und Andrés in seinen Wagen. Tatsächlich hatte sie weder protestiert noch Anstalten gemacht, alleine zu fahren, also tuckerte er in gemächlichem Tempo vor ihr her. So brauchten sie zwar fünf Minuten länger, aber das machte jetzt auch keinen großen Unterschied mehr. Gegen halb sieben erreichten sie die Tauchstation. Es war natürlich noch immer stockfinster und würde es auch noch für einige Stunden sein.

Er wartete vor der Haustür auf Alex. »Komm, ich mach' uns noch einen Kakao«, schlug er vor.

»Nicht nötig, ich glaube, ich gehe gleich schlafen.« Sie wich seinem Blick aus, und jetzt war er ganz sicher, dass etwas nicht stimmte.

»Keine Widerrede«, er öffnete die Tür und ließ sie vorgehen.

»Andrés, wirklich …«

»Komm schon, bitte. Nur einen Kakao. Darin bin ich ein Meister.«

Sie lächelte schwach. »Na gut, aber beschwer dich nicht, wenn ich ständig gähne. Ich bin echt erledigt.«

»Ist gut.«

Kurz darauf saß sie in seiner Küche, er goss Milch in einen Topf und stellte den Herd an. Er löffelte Kakaopulver und Zucker hinein und rührte immer mal wieder um. Niemand sagte ein Wort, Alex starrte leer vor sich hin. Er fragte sich bestimmt schon zum tausendsten Mal, was mit ihr los war. Hatte sie Nachrichten von zu Hause erhalten?

Weitere Schlagzeilen? Auch wenn er nicht aus eigener Erfahrung sprechen konnte, so wusste er doch, wie schlimm die Presse mit Menschen umging. Er wollte sie trösten, für sie da sein. Es störte ihn sehr, dass sie so schweigsam war.

Endlich war der Kakao fertig. Er füllte ihn in zwei Tassen und streute einige Mini-Marshmallows darauf. Svala liebte die Dinger, und er hatte sich langsam mit dem Zeug arrangiert, deswegen hatte er immer welche vorrätig.

»So«, sagte er und setzte sich mit dem Kakao neben sie. »Was ist los?«

Alex sah ruckartig auf. »Was soll sein?«

Er schob die Tasse zur ihr. »Ist irgendwas vorgefallen? In der Bar, meine ich?«

Sie wich aus und trank einen Schluck, das hieß, sie versuchte es, aber die Marshmallows waren im Weg.

»Warte, ich hole Löffel.« Er stand noch einmal auf und brachte einen für jeden.

»So, und jetzt erzählst du mir, was passiert ist.«

Alex stocherte in ihrem Kakao herum. »Es ist gar nichts, ich habe überreagiert.«

»Alex«, flüsterte er sanft und schob eine Strähne aus ihrer Stirn. »Gar nichts sieht anders aus. Hat dich jemand angepöbelt oder sowas? Ein Gast? Das darfst du nicht so ernst nehmen. Wenn die ihre Drinks nicht gleich kriegen, können die ziemlich nerven.«

»Nein, das ist es nicht.«

»Was dann?«

Sie seufzte und ließ ihre Schultern nach vorne sacken. »Als ich von der Toilette gekommen bin, hat mich jemand angefasst, er war betrunken.«

»Betrunken zu sein ist keine Entschuldigung! Was ist passiert?« Andrés' Magen verkrampfte sich, er hatte schon so etwas in der Art vermutet. Manche Typen kannten die

Grenzen nicht. Verdammt, er wollte dem Kerl den Kopf einschlagen.

»Nichts Schlimmes, aber … er hat mich an die Wand geschoben, ich habe gesagt, er soll mich loslassen. Dann habe ich mein Knie in seine Eier gerammt.«

»Sehr gut!« Er atmete erleichtert aus. »Ich hoffe, es hat wehgetan.«

»Das hat es, sei dir sicher.« Sie blinzelte und sah zu ihm auf. »Mir ist bei einem Satz, den er sagte, etwas klargeworden.«

»Ja?«

»Ich hatte dir ja von dem Vorfall erzählt, wegen dem ich aus Hamburg hierher geflüchtet bin.«

»Ich verstehe nicht ganz, fürchte ich.«

»Ich habe jetzt wochenlang gegrübelt, was genau an dem Abend passiert ist. Aber bis vorhin konnte ich mich einfach nicht erinnern. Vielleicht muss ich dem Idioten dankbar sein. So kamen meine Erinnerungen mit einem Schlag wieder.«

»Oh«, machte Andrés.

»Ich hatte ja schon angedeutet, dass ich Probleme mit meiner Familie hatte. Tatsächlich ist es aber so, dass meine Familie mir nicht geglaubt hat – nach wie vor nicht glaubt, obwohl ich ihnen gesagt habe, dass Leopold – der Mann meiner Schwester – mich angemacht und angefasst hat. Aber es war viel mehr als das, Andrés.«

»Langsam, Alex. Langsam. Ich komme nicht ganz mit.«

Sie rieb sich die Nasenwurzel. »Ja, klar. Ich fang mal von vorne an. Also, … ich bin kein Kind von Traurigkeit.« Sie sah ihm in die Augen. »Aber ich respektiere Beziehungen. Wenn ich in einer bin, bin ich treu, und umgekehrt. Ich würde deshalb auch niemals den Mann meiner Schwester anmachen.«

»O Gott, nein! Natürlich nicht.«

»Eben. Aber er war es. Ich weiß nicht, warum, aber er hat mir schon öfter so komische Blicke zugeworfen. Ich habe mir nicht viel dabei gedacht, ich meine, er war der Verlobte meiner Schwester. Und dann, am Tag ihrer Hochzeit … Ich hatte viel getrunken.«

»Was hat das damit zu tun?«

»Weiß ich auch nicht, aber der Punkt ist, ich hatte einen Filmriss, oder ich habe es verdrängt. Jetzt glaube ich eher, es war Letzteres.«

»Was ist passiert? Was hat dieser Typ gemacht?«

»Ich war auf dem Weg zum Badezimmer. In dieser Villa, in der gefeiert wurde, gab es unfassbar viele Räume, Gänge, Treppen. Also, jedenfalls, als ich von der Toilette wiederkam, hat mich jemand in ein Separee gezogen. Es war Leopold.«

A lex zögerte, sie wollte es jemandem erzählen, sie wollte es sich von der Seele reden, aber war Andrés der Richtige dafür? Würde er sie auch so verurteilen wie ihre Familie?

»Sprich weiter.« Er legte ihr eine Hand auf den Oberarm. »Es ist okay, Alex. Ich bin bei dir.«

Seine sanfte Stimme gab ihr Kraft und Mut. Sie straffte sich und erzählte.

»Leopold zog mich also in dieses Zimmer …«

Sie erinnerte sich genau.

»Was ist los?«, hatte sie gefragt.

Der süße Duft seines Aftershaves stieg ihr in die Nase. Er war ihr viel zu nah. Viel zu nah. Alex trat einen Schritt zurück, aber er hielt sie am Oberarm fest. »Ich habe schon die ganze Zeit gehofft, endlich mit dir alleine zu sein«, knurrte er, sein Atem roch nach Rotwein und Whiskey.

»Warum? Wo ist Vanessa?«

»Wir sind jetzt hier …« Alex spürte, dass etwas nicht stimmte. Es war nicht richtig. Wo waren sie überhaupt. Ihr war leicht schwindelig, sie hätte diesen letzten Gin Tonic nicht trinken sollen.

»Ich möchte gehen«, erklärte sie bestimmt.

»Hey, wer wird denn so kratzbürstig sein?« Er umfasste ihre Oberarme und drängte sie mit dem Rücken gegen die vertäfelte Wand. Im Zimmer brannten nur einige Tischleuchten, ansonsten war es völlig still im Raum. Sie musste weit vom Festsaal entfernt sein. Verdammt, wieso hatte sie sich den Weg zu diesen verfluchten Toiletten nicht merken können?

Er war so nah, viel zu nah. Sie wollte es nicht. Es war zu viel, zu unangenehm und sie bekam keine Luft mehr. »Geh weg«, forderte sie und versuchte, ihn wegzuschieben. Aber Leopold war kräftiger als sie. Ihr wurde schwindelig, und ein ungutes Gefühl breitete sich in ihr aus, während sie ihn noch einmal bat, endlich von ihr abzulassen.

»Ich merke doch, wie du kleines Luder mich immer anschmachtest, wenn deine Schwester einen Moment abgelenkt ist.«

Alle Alarmglocken schrillten in ihr. Sie wehrte sich, aber er hielt ihre Hände fest und drängte sie dichter gegen die Wand.

»Was? Nein! Was soll das, Leopold? Wenn das ein Scherz sein soll, dann ist das nicht witzig.«

»Hör auf mit dem Blödsinn!« Seine Stimme war gefährlich leise geworden. »Du bist scharf auf mich, und ich finde den Gedanken daran heiß. Ich finde *dich* heiß. Du machst mich so scharf. Warum sollen wir uns länger quälen? Lass es uns endlich tun, damit ich dich aus meinem Kopf bekomme. Ich bin der Mann deiner Schwester, schon vergessen? Aber du bist es, an die ich denke, wenn ich sie vögele. Das muss aufhören, und dafür werde ich heute Nacht sorgen.«

»Spinnst du? Du bist verrückt! Heute ist dein *Hochzeitstag*!« Sie versuchte sich loszumachen, aber sie saß in der Falle. Ihr Magen krampfte sich zusammen.

»Vanessa muss es nicht erfahren. Keine Sorge, ich werde unser kleines Geheimnis nicht verraten. Warum hast du mir nicht früher Zeichen gegeben? Ich hätte doch dich geheiratet, du kleines, dreckiges Luder!«

Alles um Alex drehte sich. Was faselte er da nur? Sie verstand nicht. Sie spürte, wie er seine Hände unter ihren Rock schob.

»Hör auf!«

»Lass das! Du hast zur Genüge die Widerspenstige gespielt, es wird langweilig.« Er presste seinen Mund auf ihren, sie spürte seine Zunge, seinen alkoholgeschwängerten Atem. Alex versuchte sich zu wehren, aber er hielt sie gefangen. Panik machte sich in ihr breit, als er an ihrem Ausschnitt zerrte.

Und dann wurde es laut. Eine Tür flog auf, Stimmengewirr, Leopold löste sich von ihr und rief: »Alex! Was soll das? Bist du verrückt geworden?«

Sie blinzelte und keuchte auf. »Was? Du hast doch …«

Aber niemand hörte ihr zu. Vanessa rannte zu Alex und schubste sie. »Was bist du nur für eine Schlampe! Nicht mal an meiner Hochzeit kannst du dich beherrschen?«

Blitzlicht, Stimmen, Geschrei folgten aufeinander, alles in ihrem Kopf drehte sich, sie wusste nicht mehr, wo oben und unten war. Ihr wurde schlecht, dann wurde es schwarz um sie herum.

·   ·   ·

ch bin einfach umgekippt«, sagte sie leise zu Andrés, der noch immer ihre Hand hielt. Sie zitterte, und kalter Schweiß stand auf ihrer Stirn. Die Erinnerung an diesen schrecklichen Tag war so grauenhaft, dass ihr erst jetzt klar wurde, warum sie sie verdrängt hatte. Sie war nur knapp einer Vergewaltigung durch ihren Schwager entgangen. Sie schluckte, weil sie hoffte, damit die Übelkeit zu vertreiben.

»Was ist das nur für ein Schwein!«

»Er hat es mir in die Schuhe geschoben, dabei hat er mir aufgelauert.«

»Und deine Schwester hat ihn geheiratet? Ein großer Fehler, würde ich sagen.«

»Das Schlimmste für mich ist, dass meine Familie mir nicht glaubt. Ja, ich weiß, es sah nicht gut aus, ich war wirklich sehr betrunken. Aber …«

»Ein Nein ist ein Nein! Und dass du betrunken warst, heißt noch lange nicht, dass du lügst.«

Sie schaute zu ihm auf, ihr Atem stockte. »Du glaubst mir?«

Er hob eine Augenbraue. »Natürlich! Was ist los, Alex? Denkst du, ich würde deine Geschichte anzweifeln?«

Sie wusste nicht, was sie darauf erwidern sollte, denn bisher war er – außer Erla – der Erste, der ihr glaubte. Ihre Familie hatte sie verurteilt, wähnte sie in flagranti erwischt. »Nein«, erwiderte sie stattdessen. »Danke«, schob sie berührt hinterher.

»Da gibt es überhaupt nichts zu danken. Ich rege mich gerade total auf!« Er schüttelte heftig den Kopf. »Entschuldige, aber was für Idioten sind deine Eltern und deine Schwester eigentlich? Und sie haben die Presse nicht daran gehindert, das zu veröffentlichen?«

»Nein, anscheinend dachten sie, ich bräuchte mal einen

Denkzettel, keine Ahnung. Ergibt aber keinen Sinn, denn so wurde ja die ganze Familie in den Dreck gezogen. Vielleicht hatte meine Schwester aber auch eine Klausel unterschrieben, bei der sie kein Mitspracherecht hatte, was genau die Journalisten schreiben dürfen. Sie dachte bestimmt, bei so einer Märchenhochzeit kann gar nichts schiefgehen.« Alex lachte bitter. »Tja, wie man sieht, es kann eine Menge schiefgehen.«

»Ich bin noch immer schockiert, was es für Wichser auf der Welt gibt.«

»Ja, ich auch.«

»Du solltest deinen Eltern mal die Meinung sagen.«

Nun musste Alex doch schmunzeln. »Das habe ich ja gemacht. Deswegen bin ich noch hier, und sie haben mir den Geldhahn zugedreht.«

»Ach so. Richtig. Du musstest ja bleiben, nachdem du den Flug verpasst hast.« Obwohl es stimmte, war das doch nicht der einzige Grund. Aber sie war zu aufgewühlt und gleichzeitig zu erschöpft, um mit ihren Empfindungen für Andrés umgehen zu können.

»Es ist spät, ich rede nur noch Mist.«

»Es ist früh.« Er lächelte mitfühlend. Alleine dafür wollte sie ihn umarmen. »Wir sollten schlafen gehen.«

Wie meinte er das? Gemeinsam?

Alex wollte die Augen verdrehen. Natürlich meinte er es nicht so! Dass sie daran überhaupt schon wieder denken konnte? Aber Andrés war nicht Leopold, er war das genaue Gegenteil. Er war fürsorglich, ehrlich und im richtigen Moment für sie da. Sie fühlte sich bei ihm geborgen, als wäre er der sichere Hafen, nach dem sie unbewusst all die Jahre gesucht hatte.

»Du hattest einen schwierigen Tag«, sagte er leise und stand auf.

Sie stellte sich ebenfalls hin. »Du musst doch auch erschöpft sein.«

»Bin ich auch.«

Es hörte sich an, als käme ein Aber. Sie konnte den Blick nicht abwenden, ihr Herz klopfte schneller. Sie trat auf ihn zu.

Andrés starrte auf ihre Lippen, sie wusste, dass er auch daran dachte. Trotzdem hatte sie keine Ahnung, was sie tun oder sagen sollte. Das war untypisch und verwirrte sie. Sie wollte nichts falsch machen.

»Kannst du mich kurz in den Arm nehmen?«, bat sie ihn leise.

Ohne etwas zu erwidern, zog er sie an seine breite, warme Brust und hielt sie fest. Seine Hände strichen an ihrer Wirbelsäule entlang. »So?«

Sie nickte. »Ja. Das tut gut.«

Für einige Minuten herrschte Stille im Raum, sie hörte nur ihr eigenes Blut in den Ohren rauschen. Alex atmete seinen Duft ein, ließ sich von seiner Wärme einlullen. »Schlaf mit mir«, hörte sie sich wispern.

»Alex …« Seine Stimme klang rau.

»Psst«, meinte sie und legte einen Finger an seine Lippen. »Sag jetzt nichts.«

Ihre Blicke trafen sich, aber Andrés holte Luft. Alex bereitete sich darauf vor, dass er ihr mitteilen würde, dass er sie zwar mochte, aber nicht mehr von ihr wollte.

»Alex«, fing er an, und ihr Herz krampfte sich zusammen. »Ich werde heute Nacht nicht mit dir schlafen. Du bist verletzt. Du bist aufgewühlt. Es geht dir nicht gut.«

Er strich über ihre Wange. »O Gott, ich will es. Glaub mir, ich will es sehr. Aber genau in diesem Augenblick wäre es nicht richtig, das auch zu tun.«

Sie schluckte und merkte, dass sich ihre Augen mit Tränen füllten. »Okay.«

Er nahm ihre Hand und strich mit dem Daumen über ihren Handrücken. »Es spricht nichts dagegen, dass du bei mir schläfst, wenn du möchtest. Aber ich werde dich nicht anrühren. Jedenfalls nicht so. Ich kann dich in meinen Armen halten. Und wenn du es morgen immer noch willst, dann … Ich will nicht, dass du etwas tust, was du dann bereust, verstehst du? Bei Gott, Alex, ich begehre dich. Ich begehre dich sehr, aber heute Nacht werde ich nicht mit dir schlafen.«

Eine unbekannte Empfindung machte sich in ihr breit, alles fühlte sich warm und wundervoll in ihr an. Obwohl er gerade Sex mit ihr abgelehnt hatte, hatte er doch genau das Richtige gesagt. Alex nickte, weil sie das, was sie empfand, nicht in Worte fassen konnte. Es war irgendeine Mischung aus tiefer Dankbarkeit und erregter Zuneigung. »Ja.«

Es war ihre Zustimmung zu allem, was er geäußert hatte, und sie glaubte, dass er verstand. Ein weicher Zug legte sich um seine sinnlichen Lippen, seine Augen strahlten sie voller Wärme an. »Gut, dann komm mit.«

Er nahm sie an der Hand und mit sich in sein Schlafzimmer, die Tür kickte er hinter ihnen ins Schloss.

KAPITEL 14

*S*chlaf wird überbewertet, dachte Andrés, während er Alex in den Armen hielt. Eigentlich sollten ihn ihre tiefen Atemzüge beruhigen, aber er war auch nur ein Mann. Mehr als nur einmal hatte er sich innerlich dafür geohrfeigt, den verständnisvollen Helden gespielt zu haben. Er hätte Ja sagen sollen, als sie ihn gefragt hatte, ob er mit ihr schlafen wollte. Insgeheim wusste er aber, dass er richtig und ehrenvoll gehandelt hatte.

Scheiß auf ehrenvoll, schien ihm seine schmerzende Erektion mit jeder Sekunde, die er neben ihr litt, zuzurufen.

»Schlaf mit mir«, hatte sie gesagt, und seine Lenden hatten sofort in eindeutiger Weise reagiert. Er fühlte sich zu ihr hingezogen, aber er hatte auch gewusst, dass es eine Kurzschlussreaktion wegen der vorausgegangenen Ereignisse der Nacht gewesen war, die sie dann in sein Bett getrieben hätte. Immerhin war sie an Weihnachten diejenige gewesen, die einen Rückzieher gemacht hatte. Andrés wollte sich sicher sein, dass sie wirklich mit ihm schlafen wollte, nicht mit irgendjemandem, der sie in einer schwierigen Situation über etwas hinwegtröstete.

Nun bereute er es. Na ja, zumindest der Teil von ihm, der auf sexuelle Erlösung hoffte. Gerade seufzte sie wieder leise im Schlaf und kuschelte sich noch enger an ihn.

Herr im Himmel, sie folterte ihn seit Stunden, ohne es auch nur zu ahnen.

Andrés biss die Zähne zusammen und starrte an die Decke, während er versuchte an etwas anderes als ihre zarten Kurven zu denken. Sie trug nur eines seiner T-Shirts, ein nacktes Bein hatte sie über seine Oberschenkel gelegt. Alex' Haare dufteten auch nach einer Nacht in der Bar ganz dezent nach Blüten. Er seufzte leise.

Alex regte sich, dann streckte sie sich, ihre Lider flatterten. »Hmmm«, machte sie. »Guten Morgen.«

»Guten Morgen«, seine Stimme ähnelte einem Reibeisen.

»Wie viel Uhr ist es?«

»Ich habe keine Ahnung, aber da es noch dunkel ist, vermutlich noch nicht so spät. Kurz nach zehn, würde ich schätzen.«

Sie rollte sich auf die Seite, stützte sich auf den Unterarm und sah ihn an. »Alles in Ordnung?«

Er lächelte schief. »Ja, doch. Und bei dir?«

»Danke, dass du bei mir geblieben bist. Das war gestern alles sehr verwirrend.«

»Das kann ich mir vorstellen. Ich bin gerne für dich da. Danke, dass du es mir erzählt hast.«

Sie schob sich eine Haarsträhne aus dem Gesicht. »Komische Situation«, murmelte sie. »Ich bin zwar schon häufiger neben Männern aufgewacht, aber nie so …«

Er wusste nicht, wie er dieses Bekenntnis finden sollte. Nein, er wusste es, es gefiel ihm nicht. Andrés wunderte sich über seine Reaktion, eigentlich sollte ihm egal sein, was sie in ihrer Vergangenheit mit anderen Männern zu schaffen gehabt hatte.

»Was ist los?«, murmelte sie und strich mit den Fingern über seine Wange.

Er erschauderte unter dieser federleichten Berührung. »Ich habe mich gerade gefragt, ob ich gestern nicht doch einen Fehler gemacht habe.«

»Inwiefern?«

Das Knistern war wieder da, ihre Augen wurden groß. »Ich dachte nur, dass mir meine ritterlichen Anwandlungen zu einem echt blöden Zeitpunkt in die Quere gekommen sind.«

Alex lachte. »Tja … selbst schuld.«

Er hob seine Hand und vergrub sie in ihren Haaren. Mit einer schnellen Bewegung drehte er Alex auf den Rücken und beugte sich über sie. Seine Ellenbogen lagen neben ihrem Kopf. »Der Ritter ist weg«, verkündete er mit rauer Stimme.

»Ich muss sagen«, sie lächelte und befeuchtete sich die trockenen Lippen, »dass mir das sehr gefällt.«

»Und jetzt?«, brummte er dicht an ihren Lippen.

»Willst du den ganzen Tag quatschen?«, scherzte sie, aber er spürte ihren unregelmäßigen Herzschlag unter sich. Sein eigener Puls war in ungeahnte Höhen geschnellt.

»Du willst also nicht viel reden?«

Sie schüttelte den Kopf, dann zog sie seinen zu sich herunter. Ihre Lippen verschmolzen, sie passten perfekt zusammen. Der Kuss war zärtlich, langsam und steckte voller Gefühl. Andrés ließ seine Zunge in ihren Mund gleiten, spielte mit ihrer und genoss jeden Atemzug, jeden Herzschlag, den sie miteinander verbunden waren. Alex' Hände strichen über seinen nackten Rücken, er drängte sich gegen sie, mühsam beherrscht. Es war lange her, dass er einer Frau so nahe gewesen war. Und doch war alles Vergangene bedeutungslos. Alles, was zählte, waren sie und ihre gierigen Lippen, ihr pulsierendes Verlangen.

Alex wand sich unter ihm, zerrte an seiner Boxershorts. Er stöhnte in ihren Mund, als sie seinen Hintern mit ihren kleinen Händen umfasste und ihn noch enger an sich schmiegte. Irgendwann hatte auch er genug davon, störenden Stoff zwischen ihnen zu spüren, er wollte sie nackt. Atemlos löste er seine Lippen von ihren, zog ihr das Shirt über den Kopf und bedeckte ihr Gesicht, ihren Hals, ihr Dekolleté mit tausend Küssen. Sie drückte ihren Rücken durch und bog sich ihm entgegen, während er sanft ihre Brüste liebkoste. Ihre Brustwarzen richteten sich unter seinen Zärtlichkeiten auf, sie waren perfekt, rund, fest und nicht zu groß. Seine Lippen wanderten tiefer, über ihren Busen, ihren Bauch, bis hin zum Saum ihres Höschens. Alex' Atem kam stoßweise, als er ihr den Slip über die Hüften nach unten zog, bis er ihn schließlich achtlos aus dem Bett fallen ließ. Sein Mund wanderte weiter, bis er ihre intimste Stelle fand. Gott, es war himmlisch, ihr so nahe zu sein, zu spüren, wie sehr er sie erregte. Er umfasste ihren hübschen Hintern mit seinen Händen, um sie genau an Ort und Stelle festzuhalten, wo sie ihm ausgeliefert war. Alex war eine Genießerin, das gefiel ihm. Sehr sogar. Ihr Atem kam in kurzen Abständen, immer wieder stieß sie kleine Schreie der Lust aus, die ihm den letzten Funken Verstand raubten. Er wollte sie, er wollte in ihr sein. Andrés spürte, dass Alex kurz vor ihrem Höhepunkt stand, ihre Hände hatten sich in sein Haar gekrallt, sie wand sich unruhig unter ihm, drängte sich ihm entgegen. Und dann explodierte sie, er kostete jede Welle aus, die durch ihren Körper flutete, bis sie ihn irgendwann sanft, aber bestimmt von sich schob.

»O mein Gott!« Sie rang nach Luft. Matt lag sie auf der Matratze, das Gesicht gerötet, der Blick verhangen.

Andrés lächelte versonnen, während er sich neben sie legte. Er schlüpfte aus seiner Shorts und ließ sie fallen. Seine Erektion pulsierte, aber es tat gut, sich ein wenig abzukühlen – sonst wäre es schneller vorbei, als ihnen beiden lieb war. Alex schien das nicht so zu sehen, denn nun entschied sie offenbar, dass sie an der Reihe war. Sie krabbelte auf ihn und drückte ihn zurück in die Kissen.

»Hast du Kondome?«, fragte sie.

Er nickte und tastete zu seinem Nachtschrank. »Ich hoffe, die Dinger sind noch in Ordnung.«

Alex grinste, als sie die Packung begutachtete, die er ihr in die Hand legte. »Du hast Glück.« Dann riss die die glänzende Folie auf und nahm es heraus, entschied sich aber anders und legte es beiseite. »Noch nicht«, verkündete sie.

Lust schoss durch seine Adern, als er die Bestimmtheit in ihrem Blick sah. Nach einem langen Zungenkuss schickte sie ihren Mund auf Wanderschaft, und sie ließ sich alle Zeit der Welt für ihre süße Folter. Er hatte nicht gewusst, dass sein Körper aus so vielen erogenen Zonen bestand, ehe sie damit angefangen hatte, sich jedem Zentimeter ausgiebig zu widmen. Sein Herz drohte aus seiner Brust zu springen, er wollte bitten, wusste aber nicht, worum – Erlösung, oder dass es niemals enden sollte. Alex umfasste seinen Schaft und ließ ihre Hände auf und ab gleiten.

Er fluchte laut und krallte sich im Bettlaken fest. Das würde er auf keinen Fall aushalten, er keuchte ihren Namen und öffnete seine Augen, um ihr zuzusehen. Es war ein Blick, den er nie vergessen würde. Sie kniete vor ihm und beugte sich über seine Erektion, leckte über seine feucht glänzende Spitze. Er schluckte trocken und hielt den Atem an, während er versuchte, das Unausweichliche hinauszuzögern. Es war unglaublich, sie war unglaublich. Als sie ihn ganz in ihrem Mund aufnahm, hielt er es nicht länger aus. Mit einer raschen Bewegung hob er sie von sich, legte sie auf den Rücken und rollte sich auf sie. »Nicht so schnell«, bat er atemlos.

Sie öffnete die Lider, ihre Lippen waren feucht. Er küsste sie und nahm sich ein wenig Zeit, ehe er nach dem Kondom griff und es langsam abrollte – besser, er machte es selbst, nicht dass noch ein Unglück geschah und er in ihrer Hand kam.

Der Gedanke ließ ihn beinahe mit den Augen rollen. So unbeherrscht war er zuletzt als Teenager gewesen, als er noch keine Kontrolle über die in seinem Körper wütenden Hormone gehabt hatte. Er fühlte sich in diese Zeit zurückversetzt …

Alex öffnete ihre Schenkel und zog ihn an den Oberarmen zu sich heran. Er legte sich zu ihr, drang mit einer Bewegung in sie ein und verharrte einen Moment regungslos, ehe er sich zurückzog, um sich erneut in sie gleiten zu lassen. Sie schlang ihre Beine um seine Hüften und drängte sich ihm ungeduldig entgegen. Es dauerte nicht lange, bis sie beide es mehr als sanft und zärtlich wollten. Andrés' Stirn war schweißbedeckt, Alex' Wangen glühten, ihre Augen glänzten vor Lust. Sie legte ihren Kopf in den Nacken und klammerte sich an seinem Rücken fest. Er spürte, wie sich der Höhepunkt mit rasender Geschwindigkeit aufbaute, jeder Muskel, jede Sehne in seinem Körper war zum Bersten gespannt. Alex stieß kleine, spitze Schreie aus, und dann versteifte sie sich unter ihm und ließ sich fallen. Sie hatte nie schöner ausgesehen, erfüllt von Lust und Begierde. Er konnte nicht genug von ihr bekommen, und nun verlor auch er die Beherrschung. Noch einige tiefe Stöße folgten, dann erfasste auch ihn ein überwältigender Orgasmus, der ihm

Atem und Sinne raubte. Er presste die Zähne aufeinander und ließ sich gehen, während sein Körper geschüttelt wurde. Ein nicht enden wollender Höhepunkt, der alles bisher Dagewesene auslöschte.

Irgendwann ließ er sich erschöpft auf sie sinken. »O Gott«, brummte er. »Ich werde dich erdrücken.« Aber er konnte sich nicht rühren, er war wie gelähmt. Schweiß bedeckte nun auch seinen restlichen Körper. Alex strich zärtlich über seine Stirn. »Alles gut«, flüsterte sie in sein Ohr. »Ich mag es, dir so nahe zu sein.«

Für einige Minuten verharrten sie regungslos, ihre Herzen schlugen im gleichen rasenden Takt. Als sich ihr Atem endlich beruhigte, zog er sich aus ihr zurück, entsorgte das Kondom und legte sich neben sie. Alex kuschelte sich auf seine Brust, er bettete seinen Arm um sie. Eine friedliche Stille breitete sich in seinem Inneren aus, die sich wie Nach-Hause-Kommen anfühlte. Er wollte etwas sagen, doch er war zu erschöpft. *Verdammt*, dachte er, *nicht einschlafen*. Da war es bereits zu spät, seine Lider flatterten, sein Herzschlag beruhigte sich, er entglitt in einen tiefen, traumlosen Schlaf.

Alex lauschte seinen gleichmäßigen Atemzügen und lächelte versonnen. Es ging ihr so gut wie schon seit Ewigkeiten nicht mehr. Noch nie hatte sie ein neues Jahr so angefangen – natürlich hatte sie schon mit Männern geschlafen, aber das hier war etwas anderes. Es war keine Bettgeschichte im Silvesterrausch, es war mehr als das. Sie hatten sich zärtlich und intensiv geliebt, es war weit mehr als ein oberflächlicher One-Night-Stand. Sie schob jeden Gedanken, ob und wie es weitergehen könnte, beiseite. *Noch nicht*, sagte sie sich. Sie wollte abwarten, noch ein paar Tage zu sich selbst finden, nicht an die Zukunft denken, nicht an mögliche Schwierigkeiten. Das würde früh genug kommen. Nach allem, was sie in den letzten Wochen erlebt hatte, fand sie, dass sie ein wenig Ruhe und vielleicht auch ein wenig guten Sex verdient hatte. Oder viel davon. Sie grinste, dann wand sie sich langsam aus seinen Armen, um ihn nicht aufzuwecken.

Er war ein attraktiver Mann mit Ecken und Kanten. Bis jetzt hatte sie einen anderen Typ bevorzugt, vielleicht hatte da ihr Fehler gelegen. Obwohl Andrés sicher nicht perfekt war, fand sie, dass es nichts an ihm auszusetzen gab. Er war kein Traumprinz und auch kein Schönling, der sich mehr um sein Aussehen und seinen Ruf sorgte als um das Wesentliche. Andrés war da speziell. Sicherlich hatte auch er Ecken und Kanten, die ihn aber umso anziehender machten, weil er natürlich war, sich nicht verstellte. Nein, es gab an ihm überhaupt nichts zu meckern. Im Gegenteil, er war für sie da gewesen, hatte sie bestätigt, sie aufgenommen. Sie glaubte außerdem, dass er sie als Mensch schätzen gelernt hatte. Es ging hier nicht nur ums Körperliche – aber auch das, ja, zum Glück, sie liebte guten Sex –, es war mehr als reine Lust.

Sie schlüpfte aus dem Bett, nahm ihre Sachen und duschte ausgiebig, ehe sie in seine Wohnung zurückkehrte und sich eine Tasse Kaffee machte. Sie hatte ihren Rechner mitgebracht und arbeitete an ein paar Ideen für seine Social-Media-Accounts. So energiegeladen und positiv hatte sie sich ewig nicht gefühlt. Das konnte nicht nur am Sex liegen. Auch, aber nicht nur. Gleichzeitig überlegte sie, ob sie ihrer Familie schreiben sollte. Sie war sauer auf ihre Eltern und ihre Schwester, trotzdem war es ihre Familie. Die Gedanken an das mangelnde Vertrauen in sie dämpften ihre Euphorie ein wenig. Nein, sie schrieb ihnen nicht. Bis jetzt war sie immer zu Kreuze gekrochen, sie hatte genug davon. Irgendwann hörte sie schwere tapsende Schritte, die im Bad verschwanden. Einige Minuten später tauchte Andrés in Shorts in der Küche auf.

»Hey, da bist du«, stellte er fest und fuhr sich durch die zerwühlten Haare. Er kam zu ihr und küsste sie kurz auf den Mund. Er schmeckte nach Pfefferminze und Andrés.

»Du hast so süß geschlafen«, erwiderte Alex und freute sich über seine Zärtlichkeit.

»Ich brauche einen Kaffee. Willst du auch noch einen?« Er schaute in ihre leere Tasse.

»Ja, danke.«

»Hast du schon gefrühstückt?«

Alex schüttelte den Kopf. »Nee.«

»Du hast also gewartet, bis ich dir was vor die Nase stelle?«

Sie grinste. »Wenn du es so siehst? Ich fürchte, ich muss dir ein Geständnis machen.«

Unsicherheit blitzte in seinen blauen Augen auf. »Welches?«

»Außer Toast kann ich nichts.«

Er lachte laut. »Du meinst, ein Brot zu rösten, wäre kochen?«

Sie verzog ihre Lippen. »Na ja … nicht unbedingt.«

Er stellte eine Tasse unter den Automaten und drückte einen Knopf. »Wow, und ich musste mich deinem Spott aussetzen, als ich Fisch für dich zubereitet habe.«

»Ich wollte dich nur ärgern.«

Er wackelte anzüglich mit den Augenbrauen. »Das ist dir ziemlich gut gelungen.«

»Sorry?«

»Ist das eine Frage?« Er funkelte sie amüsiert an.

»Mach mir lieber einen Kaffee, ich arbeite hier für dich. Ich habe andere Qualitäten, als in der Küche zu wirbeln.«

»Jawohl, Madam. Zu Diensten. Dass du andere Qualitäten hast, habe ich längst gemerkt.«

Ihr Magen zog sich sehnsuchtsvoll zusammen. »Tatsächlich?« Sie legte einen Finger an die Lippen und blickte ihn unter halb gesenkten Lidern an.

»Ja, und wenn du mich weiter so ansiehst, schultere ich dich und schleppe dich sofort zurück ins Bett.«

»Klingt irgendwie verlockend …«

Er grinste selbstzufrieden. »Aber erst essen wir was.«

Alex dachte an Svala, die vermutlich jeden Moment hereingeschneit kommen konnte, traute sich aber nicht zu fragen. Würde sie nicht überrascht oder schockiert sein, ihren Vater so zu sehen – mit Alex? »Äh, hast du eigentlich die Tür abgeschlossen?«

Er nahm die Kaffeetasse und stellte auch ihre darunter, ehe er den Knopf noch einmal drückte. »Welche Tür?«

»Na, irgendeine … Es ist nur – die Frauen in deinem Leben haben so Tendenzen, in den unpassendsten Momenten aufzukreuzen.«

So, da war es raus. Die Hitze kroch über den Hals in ihre Wangen. Es war ihr peinlich, aber so war es nun mal. Es hatte gereicht, einmal in den Genuss von Hildurs spitzer Zunge zu kommen, sie hatte nicht mal verstehen müssen, was sie genau gewettert hatte.

»Da hast du absolut recht, meine Vergangenheit kann ich nicht ausradieren – aber keine Sorge, die beiden sind für ein paar Tage in Reykjavík bei Hildurs Familie.«

»Oh«, machte Alex. »Tut mir leid, ich wollte auch wirklich nicht –«

»Schon in Ordnung«, unterbrach er sie. »Ich verstehe, dass es unangenehm für dich war, dass sie uns gestört hat. Für mich auch. Was nicht heißen soll, dass es mir leidtut.« Er stöhnte und fuhr sich noch einmal durch die Haare. »Gott, ich rede mich um Kopf und Kragen. Das mit meiner Ex ist kompliziert, und du bist die erste …«

Ihre Blicke trafen sich. »Wirklich?«

Er schnitt eine Grimasse. »Ja, wirklich.«

Täuschte sie sich, oder wurden seine Wangen nun auch von einer zarten Röte überzogen?

»Ist dir das unangenehm?« Alex' Mundwinkel bogen sich nach oben.

»Was soll mir unangenehm sein?«

»Dass du kein Casanova bist?«

»So ein Unsinn.« Er wandte sich ab und holte eine Packung Eier aus dem Kühlschrank. »Oder hast du etwas an meinen Fähigkeiten auszusetzen?«

Alex machte große Augen und musste an sich halten, um nicht loszuprusten. Er war wirklich unsicher, aber das war doch unnötig. Er hatte garantiert gespürt, wie sehr sie die Zeit mit ihm genossen hatte. Und dann begriff sie, es ging gar nicht so sehr um ihn, sondern mehr darum, dass sie ihm erzählt hatte, dass sie selbst in Liebesdingen kein Kind von Traurigkeit war. Er hielt sie für eine … Schlampe? Nein, das vielleicht nicht, aber doch für eine Frau, die es schon mit recht vielen Männern getan hatte, was ja auch stimmte. Bisher hatte sie es nicht bereut, aber jetzt versuchte sie sich mit seinen Augen wahrzunehmen und war sich nicht sicher, was sie da eigentlich sah.

»An deinen *Fähigkeiten* ist gewiss nichts auszusetzen«, brummte sie.

Er atmete zischend aus, dann stellte er ihre Tasse vor ihr ab. »Warum bist du jetzt so komisch?«

Alex schob ihren Rechner beiseite. »Du hast doch angefangen, seltsame Fragen zu stellen. Bin ich die zweite Frau, mit der du …?«

Sein Mund klappte auf. »Bist du jetzt nicht ein bisschen indiskret?«

Sie lachte. »Wie indiskret kann man sein, nachdem man den Penis des Mannes im Mund hatte?«

Er schnappte nach Luft. »Du bist unmöglich.«

»Irgendwie finde ich es süß, dass du ein bisschen verklemmt bist.«

»Ich? Verklemmt?« Seine Stimme war mindestens eine Oktave höher geworden.

Sie amüsierte sich ein wenig über seine Reaktion. Im Bett war er alles andere als gehemmt gewesen, im Gegenteil – seine natürliche, leidenschaftliche Reaktion auf sie und mit ihr hatte sie angemacht. Machte sie immer noch an.

»Vielleicht ein bisschen«, schlug sie mit einem breiten Grinsen vor.

»Das reicht«, verkündete er und umrundete die Kochinsel. Er hob sie vom Stuhl auf und trug sie mit langen Schritten ins Schlafzimmer. »Ich zeige dir mal, wie verklemmt ich wirklich bin.«

Mit einem Schlag war jeder Schalk aus seinem Blick verschwunden, seine Pupillen weiteten sich, und er machte ihr unmissverständlich klar, dass er genug von blöden Witzen über seine Männlichkeit hatte. Ein süßes Ziehen der Vorfreude breitete sich tief in ihrer Mitte aus. »Du bist sehr leicht zu reizen«, meinte sie flüsternd und ließ ihre Nägel über seinen Rücken gleiten, während er ihr die Kleider vom Leib riss.

Dieses Mal liebten sie sich nicht zärtlich, sondern wild und hemmungslos. Er folterte sie, trieb sie unerbittlich auf den Höhepunkt zu, um sie dann leiden zu lassen, bis sie es nicht mehr aushielt und ihn anflehte, weiterzumachen. Ihre Körper waren schweißbedeckt, ihr keuchender Atem erfüllte den Raum. Seine kraftvollen Stöße katapultierten sie in den siebten Himmel und darüber hinaus. Sie schloss die Augen und gab sich ihm hin, bis er endlich ein Einsehen hatte und ihr gab, wonach sie am meisten verlangte. Die Welt verschwamm vor ihren Augen, als sie mit ihm gleichzeitig Erlösung fand.

Einige Minuten später küsste er sie auf die Stirn. »Frühstück?«

»Du bist unglaublich.«

»Zum Glück hast du das doch noch begriffen«, bemerkte er mit einem trägen Lächeln.

»Macho.«

»Schon besser.«

Sie lachte. »Ich habe noch nie einen Mann kennengelernt, der sich über diesen Titel gefreut hat.«

»Siehst du, irgendwann ist immer das erste Mal.« Er zog sich aus ihr zurück, krabbelte vom Bett und verschwand kurz im Badezimmer. Alex streckte die Arme aus und blieb erschöpft, aber zutiefst befriedigt liegen. Sie schloss die Augen und genoss die Mattigkeit in ihren Gliedern.

KAPITEL 15

𝒜m Nachmittag fuhren sie in die *Götubarinn*, um Erla und ihrem Mann beim Aufräumen zu helfen. Obwohl sie in der Nacht versucht hatten, etwas klar Schiff zu machen, sah es immer noch wüst aus. Ehe die Putzfrau an die Arbeit gehen konnte, mussten die Gläser, Flaschen, an einigen Stellen auch Scherben, beseitigt werden. Der Biomüll war mit Zitronen- und Limettenresten gefüllt und quoll über. Erla trug einen dicken Schal um den Hals, Bergþór ebenso.

»Frohes neues Jahr«, rief Alex und winkte den beiden. »Seht es mir nach, aber ich möchte euch lieber nicht umarmen.«

Erla hustete. »Frohes Neues. Und danke euch, dass ihr uns gerettet habt.« Ihre Stimme würde jedem Reibeisen alle Ehre machen.

Andrés war mutiger, er drückte Erla kurz und klopfte seinem Schwager auf die Schulter. »Dann lasst uns mal anfangen, umso schneller werden wir fertig.«

»Wollt ihr heute wieder aufmachen?«, fragte Alex.

»Nein«, antwortete Erla. »Heute wäre ohnehin nicht viel los, deswegen lassen wir das und legen uns nachher wieder aufs Sofa.«

»Gute Entscheidung«, stimmte Alex zu, während sie die Spülmaschine neu befüllte.

Bergþór brachte eine Wanne mit leeren Spirituosenflaschen nach draußen, Erla fegte Scherben auf. Alex und Andrés warfen sich einen verstohlenen Blick zu, auch wenn sie erst vorhin mit ihm geschlafen hatte, war die sexuelle Spannung noch immer greifbar – oder schon wieder. Sie hatten nicht darüber gesprochen, irgendjemandem davon zu erzählen, aber es gab wohl so etwas wie eine stille Übereinkunft, dass sie es erst einmal für sich behielten, bis sie herausgefunden hatten, was das zwischen ihnen war. Alex fühlte sich wohl mit ihrem kleinen, schmutzigen Geheimnis.

Eine Weile arbeiteten sie schweigend nebeneinander her, bis Erla sie fragte: »Und, hast du schon Pläne?«

»Nein, noch nicht«, gab sie ausweichend zurück.

»Du kannst jederzeit weiter hier jobben, du hast das ganz großartig gemacht.«

»Ja, mal sehen. Ich weiß noch nicht«, wiederholte sie und spürte Andrés' Blick auf sich. Vielleicht hatte er sich die Frage auch schon gestellt. Sie hoffte es ein bisschen, denn das hieße, dass sie ihm etwas bedeutete.

O Gott. Bedeutete er ihr denn etwas?

Alex' Herz stolperte, als sie begriff, dass sie sich nicht nur sexuell zu ihm hingezogen fühlte. Mit Andrés zusammen zu sein, gab ihr ein ganz besonderes Gefühl der Sicherheit, das sie bislang bei allen anderen vor ihm vermisst hatte. Sie hatte nicht einmal gewusst, dass sie sich danach sehnte – und doch …

Erla schien ihre Reaktion nicht zu bemerken, denn sie

fragte weiter: »Kommt ihr denn mit den Bildern gut voran? Für die Website, meine ich.«

»Äh, ja«, stammelte Alex. »Ein wenig Zeit werde ich dafür noch brauchen. Um ehrlich zu sein, wollte ich Andrés da unter die Arme greifen, einige Postings vorbereiten und sowas. Man kann ja heute alles vorplanen.«

Sie hatte ihn darauf vor ein paar Tagen angesprochen, aber sie hatten das Thema nicht weiter vertieft.

»Sie ist ziemlich gut darin«, stimmte Erla ihr bei und schaute ihren Bruder an. »Bist du doch, oder?«

Alex zuckte die Schultern, ein seltsames Verlegenheitsgefühl machte sich in ihr breit. »Ja, ehrlich gesagt, mein Job bestand zu einem großen Teil darin, mit den Influencern umzugehen, passende auszuwählen, die für unsere Marke infrage kamen, und unsere eigenen Social-Media-Kanäle zu bespielen.«

Andrés stieß einen anerkennenden Pfiff aus. »Davon hast du gar nichts erzählt.«

Sie winkte ab. »Ich wollte mich einfach nicht wichtigmachen.«

Sie bemerkte, wie Erlas Blick zwischen ihnen hin und her glitt.

O Gott, hatte sie geschnallt, dass da was bei ihnen lief?

Ihre Freundin runzelte die Stirn und war plötzlich sehr mit dem Schnapsregal beschäftigt. Aber vielleicht täuschte sich Alex auch, ja, vermutlich. Es stand schließlich nicht auf ihrer Stirn, dass sie in den letzten Stunden sehr viel sehr guten Sex mit ihrem Bruder gehabt hatte.

»Klingt auf jeden Fall cool. Und du würdest mir dabei helfen, meinen Instagram-Account zu beleben?«

»Natürlich, sehr gerne sogar.«

»Lustig, Erla, nicht? Ich bekomme Nachhilfe in Instagram.«

Sie lachte, aber es kam nicht bei ihren Augen an. »Andrés, kannst du mal eben schauen, wo mein Mann bleibt? Nicht dass er sich ausgesperrt hat.«

»Klar, bin gleich wieder da.«

Kaum dass Andrés durch die Tür verschwunden war, nahm Erla sie beiseite. »Läuft da was zwischen euch?«

Alex war überrumpelt und wusste nicht, ob sie lügen oder die Wahrheit sagen sollte. »Was? Wieso kommst du denn auf so einen Unsinn?«

»Kam mir nur gerade so vor, als würden zwischen euch die Funken fliegen.«

»Quatsch, wir haben die Nacht hier gearbeitet, wir verstehen uns gut. Du hast mich doch bei ihm einquartiert«, erinnerte sie ihre Freundin.

Erla kniff die Augen zusammen. »Andrés hat sehr viel Mist erlebt. Ich hoffe, das ist dir klar.«

Alex spürte, wie etwas in ihr zerbrach. Ihre Freundin wollte ihr klarmachen, dass sie tabu für ihren Bruder war? Warum? War sie etwa in ihren Augen nicht gut genug für ihn? Alex hob ihr Kinn ein wenig an. »Was soll das bedeuten?«

»Alex, ich weiß, dass du ein guter Mensch bist. Darum geht es mir nicht, ich habe dich sehr lieb.«

Alex wartete auf das Aber.

Es kam.

»Aber Andrés hat einen Rosenkrieg hinter sich, der sich gewaschen hat. Hildur hat ihn bis auf die Unterhose ausgezogen, sie hat die Tochter benutzt, um ihn leiden zu lassen. Wenn er eins jetzt nicht brauchen kann, dann sich in jemanden zu verlieben, der nie vorhatte, bei ihm zu bleiben.«

»Verlieben?«, wiederholte Alex und holte tief Luft.

»Er ist kein Mann, der einfach nur so mit jemandem

rummacht …« Erla biss sich auf die Lippe, aber Alex wusste auch so, was sie hatte hinzufügen wollen: *Nicht so wie du.*

Erla dachte also, dass Alex nicht in der Lage wäre, jemanden aufrichtig zu lieben und sich auf eine Beziehung einzulassen.

Vor Kurzem hätte sie ihr noch recht gegeben, aber seitdem war einiges passiert. Das ging Erla jedoch nichts an. Es kam ihr vor, als hätte ihre Freundin ihr soeben ein spitzes Messer in den Rücken gebohrt.

»Mach dir mal keine Sorgen«, meinte sie. »Ich habe nicht vor, Andrés den Kopf zu verdrehen. Du kennst mich doch. Ich bin so flatterhaft wie ein Schmetterling.« Sie hoffte, dass ihr Tonfall leicht klang und nicht so schwer, wie sie sich auf einmal fühlte.

»Tut mir leid«, murmelte Erla und nahm sie in die Arme. »Ich wollte dich nicht angreifen oder so.«

Alex erwiderte die Umarmung ein wenig verstimmt. Sie wollte nicht, dass Erla bemerkte, wie sehr sie sie verletzt hatte, und dann entdeckte sie Andrés, der mit Bergþór in die Bar zurückkehrte. Wie viel hatte er gehört? O Gott, hoffentlich nicht ihren letzten Satz.

Sein Ausdruck war unergründlich, gerade sagte er etwas zu seinem Schwager auf Isländisch, der fing an zu lachen. Nein, er hatte bestimmt nichts gehört, sonst würde er keine Witze reißen.

Hoffentlich.

»So, wir haben's gleich«, meinte Erla. »Danke, dass ihr heute noch mal geholfen habt. Wollt ihr mit uns essen, ich würde Pizza bestellen.«

»Nein danke, eigentlich hatte ich vor, Schneehühner zu schießen, und Alex wollte mich begleiten.«

Alex blinzelte irritiert, wann genau hatten sie dieses

Gespräch geführt? Sie konnte sich beim besten Willen nicht erinnern.

»Oh, tatsächlich?«, fragte Erla.

Er nickte. »Jap, also dann, trinkt ihr mal Tee und legt euch hin. Bis dann.«

Er ging zur Tür, Alex begriff, dass sie dastand wie festgewurzelt. »Ja, äh«, stammelte sie. »Gute Besserung.«

Sie schnappte sich ihre Jacke und Mütze und folgte Andrés nach draußen.

»Was war das denn?«, wollte sie wissen, als sie neben ihm auf den Beifahrersitz stieg.

»Was genau meinst du?«

»Schneehühner?«

»Hast du keine Lust auf einen kleinen Ausflug?«

»Öhm«, war alles, was sie hervorbrachte. »Ich bin einfach nur überrascht.«

»Positiv oder negativ?«

Alex lachte, während er einen Gang einlegte und vom Parkplatz fuhr. »Positiv würde ich sagen, allerdings nur, wenn ich keine Federn rupfen muss.«

»Musst du nicht.«

»Dann komme ich gerne mit.«

»Sollen wir in der Hütte schlafen?«

»Wow, das klingt romantisch.« Erst im nächsten Moment merkte sie, was sie da von sich gegeben hatte, aber sie wusste auch nicht, wie oder ob sie es korrigieren sollte. Prüfend schaute sie zu ihm auf.

»Mal sehen, was du sagst, wenn wir da sind.« Er grinste, und eine kribbelnde Wärme breitete sich in ihrem Magen aus.

»Willst du jetzt gleich hinfahren?«

»Hast du was Besseres vor?« Seine Augen blitzten.

Sie grinste breit. »Äh … vielleicht?«

»Klingt verlockend, dann lass uns verschwinden ...«

Einige Stunden später erreichten sie das kleine Häuschen in der Pampa. Sie waren Ewigkeiten durch schneeverwehte Landschaften gefahren, in denen nichts als Weiß und das Gelb der begrenzenden Stangen am zu erahnenden Straßenrand zu sehen gewesen waren. Alex hatte sich mehrfach gefragt, wie überhaupt etwas, Tier oder Pflanze, auf dieser Insel die harten und schneereichen Winter überleben konnte. »Gibt es hier Strom?«, fragte sie, und Andrés lachte. Sie kuschelte sich ein wenig tiefer in ihren neuen Wollpullover.

»Nicht wirklich.«

»Fließendes Wasser?«

»Hast du nicht heute Morgen erst geduscht?«

Sie atmete scharf ein. »Eine Toilette?«

»Die Natur ist wundervoll und bietet uns zahlreiche Möglichkeiten.«

»Das glaub' ich ja nicht.« Sie stöhnte theatralisch.

»Glaub es ruhig.« Sein breites Grinsen sprach Bände, und Alex fand sich schließlich mit den Tatsachen ab. So schlimm konnte es wohl nicht werden, zwei Tage ohne fließendes Wasser und Klo würde sie auch aushalten. Sie würde es einfach als Abenteuer betrachten. Als romantisches Abenteuer, oder zumindest eines, bei dem man sich die kalten und dunklen Stunden mit viel wärmendem Sex versüßte.

»Und wann willst du die Schneehühner schießen? Die werden ja wohl nicht auf dich warten«, fragte sie irgendwann.

»Morgen, wenn wir Glück haben.«

»O je.« Sie begriff vermutlich doch noch nicht so genau, worauf sie sich da eingelassen hatte. Es war eiskalt, wenigstens schneite es nicht. Und morgen würde Andrés auf die Jagd gehen und womöglich tote Vögel mit zur Hütte bringen. Alex würde sich nicht unbedingt als zart besaitet bezeichnen, aber das war doch eine Vorstellung, vor der ihr grauste.

Andrés zwickte sie in die Seite. »Das wird ein Abenteuer für dich.«

»Daran besteht kein Zweifel.«

Die Nacht war klar, der Schnee leuchtete unter dem Mond und den Sternen. »Wir haben Glück, dass wir die Tür nicht freischaufeln müssen«, verkündete er schließlich gut gelaunt.

Alex stöhnte. »Ja, wir sind Glückspilze.« Mittlerweile war sie froh, dass sie zuvor unterwegs an einer Tankstelle Burger mit Pommes gegessen hatten. Sie hatte so eine dumpfe Vorahnung, dass sie in der Küche, falls es sowas überhaupt gab, wahrscheinlich mit offenem Feuer hantieren mussten – also Andrés, nicht sie. Irgendwie freute sie sich aber auch darauf, das war definitiv mal eine andere Art von Wochenendtrip. So etwas hatte sie noch nie mitgemacht, und Andrés kannte sich anscheinend aus.

Er öffnete inzwischen die Haustür und fing an, das Auto auszuräumen. Sie hatten Bettwäsche, einige Lebensmittel, Getränke und warme Kleidung dabei. Und sein Gewehr natürlich. Alleine das verursachte ihr Herzklopfen. Sie hatte noch nie eines aus der Nähe gesehen, niemand in ihrer Familie jagte. Immerhin lebte sie in Hamburg und nicht in den Staaten, wo fast jeder eine Knarre im Handschuhfach mit sich herumchauffierte.

Als sie merkte, dass sie nur dumm herumstand und glotzte, fing sie an, ihm zu helfen. Sie griff zwei Tüten und stapfte durch den Schnee hinter ihm her. Er hatte bereits einige Petroleumlampen angezündet, jetzt widmete er sich dem Ofen, vor dem glücklicherweise eine Menge Holz lag – wo auch immer das herkam, sie hatte auf Island so gut wie noch keine Bäume gesehen.

»Ist das importiert?«, wollte sie wissen.

Er runzelte die Stirn. »Macht das einen Unterschied?«

»Nein, nicht wirklich. Hauptsache, es wärmt.«

Er schmunzelte, ließ ein Feuerzeug aufschnappen und entflammte eine zerknüllte Zeitung, die er danach zum Holz warf. Einige Minuten später fing der kleine Raum an sich aufzuheizen, und Alex schaute sich um. Vor dem Kamin stand ein altes Ledersofa, am Fenster ein Esstisch und vier Stühle, die wohl aus der gleichen Epoche stammten wie Andrés' Einrichtung in Hjalteyri. Erst jetzt sah sie, dass er einige Kerzen aus einer Tüte holte, die er nun auch noch anzündete. *Wow*, dachte sie, *das ist ja doch echt cool. Wirklich romantisch.*

Ihr Herz schlug ein wenig schneller. Es war ein alter gusseiserner Ofen, auf dem man kochen konnte, wie sie zufrieden feststellte. Hungern mussten sie also nicht, das hatte sie auch nicht angenommen. Sie würden ja nicht tagelang hierbleiben, denn eine heiße Dusche würde sie schon vermissen – spätestens morgen.

»Gibt es hier auch ein Bett?«, erkundigte sie sich und versuchte es beiläufig klingen zu lassen. Er sollte nicht glauben, dass sie eine verwöhnte Prinzessin wäre … Na ja, vielleicht war sie das aber tatsächlich, wie sie selbst mit einem ironischen Grinsen feststellte.

»Diese Frage beantworte ich dir gerne. Ja, gibt es. Schau mal hier um die Ecke.« Er zeigte auf einen spanischen Paravent, der in dieser rustikalen Hütte wirkte wie ein Papagei am Nordpol.

»Ach, schick«, murmelte sie und ging darum herum. Das Bett war winzig. »Das wird kuschelig.«

»Was dagegen?«

»Nein, um ehrlich zu sein nicht.«

Als sie zu ihm zurückkehrte, hatte er gerade eine Flasche Rotwein aus einer Tüte genommen und auch zwei Gläser. »Möchtest du?«

»Sehr gerne.« Sie beobachtete, wie er einschenkte. Er hatte große Hände, aber keine wulstigen Finger, sie waren langgliedrig und schlank. Sie gefielen ihr, wie eigentlich alles an ihm.

»Bitte.« Er reichte ihr ein Weinglas.

»Vielen Dank. Ich muss ehrlich sagen, das ist der coolste erste Januar, den ich je erlebt habe.«

Er trat einen Schritt auf sie zu. »Und der Tag ist noch nicht zu Ende.«

»Das hoffe ich.«

Ein tiefer Blick in seine Augen genügte, um ein sehnsuchtsvolles Ziehen in ihrer Mitte auszulösen. Gott, sie konnte nicht genug von ihm bekommen. »Skál«, sagte sie und schlug ihr Glas leicht gegen seins.

»Skál, schön, dass du mitgefahren bist.«

»War das eine spontane Idee?«

Er zuckte die Schultern. »Keine Ahnung, spontane Eingebung. Vielleicht wollte ich einfach noch ein bisschen mit dir alleine sein.«

Er legte ihr eine Hand an die Wange.

»Das klingt gut. Hier sind wir sehr alleine.« Sie schmiegte sich gegen seine Finger, die nun sanft über ihr Kinn strichen und dann weiter an ihrem Hals entlangglitten.

»Ist dir kalt?«, murmelte er rau.

»Wenn du mich so fragst? Du könntest mich ein bisschen wärmen.«

»Dein Wunsch ist mir Befehl.« Er stellte erst seins, dann ihr Glas weg, ehe er sie mit sich zum Sofa zog, auf das er eine der Bettdecken geworfen hatte. Das Feuer knisterte im Ofen, mittlerweile war es viel wärmer geworden. Eines war sicher, kalt war ihr nicht.

Im Gegenteil, weil sie ahnte, was er vorhatte, wurde ihr sehr warm unter ihrem Wollpullover.

Andrés setzte sich, Alex kletterte rittlings auf seinen Schoß. Sie küssten sich leidenschaftlich, es brauchte nicht mehr, um den Funken zu einem Feuerwerk werden zu lassen. Es dauerte nicht lange, bis sie nackt waren. Alex war froh, dass sie daran gedacht hatten, neue Kondome zu besorgen. Sie tapste über den kalten Fußboden und nahm eines aus der Großpackung, während sie schmunzelte. Wenn Männer einkaufen gingen …

»Du hast einiges vor, sehe ich.« Sie gluckste.

»Hey, du hast gerade einen Mann kennengelernt, der sexuell gesehen aus der Wüste kam.« Er wackelte anzüglich mit den Augenbrauen.

Alex legte den Kopf in den Nacken und lachte, dann setzte sie sich auf die Knie und ließ sich den Rücken vom Feuer wärmen. Sie rollte das Kondom über seinen Schaft und nahm ihn tief in sich auf. Für einen Moment verharrte sie regungslos, er legte seine Hände auf ihre Hüften, während er ihre Brüste mit seinen Lippen liebkoste. Alex warf den Kopf zurück und fing an, ihr Becken kreisen zu lassen. Sein tiefes Stöhnen zeigte ihr, wie sehr es ihn erregte, wie sehr *sie* ihn erregte. Sie waren wie füreinander geschaffen, er wusste instinktiv, was ihr gefiel, womit er sie in den Wahnsinn treiben konnte und sie erfüllte.

Das war nicht selbstverständlich, überhaupt nicht. Umso mehr genoss sie es, dass es mit Andrés nahezu perfekt war und doch jedes Mal anders.

．．．

Später saßen sie unter die Decke gekuschelt mit ihren Weingläsern auf dem Sofa und schauten ins Feuer. Andrés spielte mit einer von Alex' Haarsträhnen. Er fühlte sich so wohl wie seit langer Zeit nicht mehr. Obwohl Alex anfangs kompliziert und zickig gewirkt hatte, hatte sich das als völlige Fehleinschätzung herausgestellt. Sie war warmherzig und erstaunlich unkompliziert.

»Ich hoffe, du hast keine Angst vor Wölfen«, sagte er irgendwann in die Stille. Beinahe gleichzeitig knackte im Ofen ein Holzscheit, und Funken stoben auf.

»Wölfe? Ach du meine Güte. Gibt es hier welche?«

»Nein. Auf Island gibt es keine.«

»Mein Gott. Und Bären?«

»Nur manchmal, wenn sie auf einer Scholle aus Grönland hertreiben.«

Sie stöhnte und schlug ihm dann auf den Oberschenkel. »Ich hätte beinahe einen Herzinfarkt bekommen.«

»Tut mir leid, das hat sich so angeboten.«

»Warum?«

»Weil du ein Stadtmädchen bist.«

»Ich hoffe mal, das ist keine Beleidigung.«

Ihm blieb eine Antwort erspart, weil Alex' Handy brummte. Sie wollte nicht danach sehen, aber das Geräusch nervte sie irgendwie.

»Schau ruhig nach«, meinte er ruhig.

»Ist sicher unwichtig«, murmelte sie und zog es aus der Hosentasche ihrer Jeans, die auf dem Boden lag. Drei Anrufe ihrer Mutter. Sie wollte es gerade wieder wegstecken, als sie erneut anrief.

»Hallo?«, beantwortete Alex widerwillig.

»Meine Güte, Kind, dass man dich mal erreicht.«

Sie verdrehte die Augen. Ja. Diesen Satz kannte sie. »Ja, jetzt bin ich ja am Telefon. Frohes neues Jahr.«

»Dir auch, Liebes. Dir auch.«

Ihre Mutter klang komisch, ›Liebes‹ hatte sie sie schon eine Weile nicht mehr genannt, das hieß wohl, dass sie ihr vergeben hatten. Zumindest teilweise. »Was ist los?«

»Was soll schon sein?« Ihre Mutter lachte nervös.

Das war seltsam, definitiv.

»Aha, dann ist das also der Anruf zum neuen Jahr. Geht es euch gut?«

»Na, um ehrlich zu sein, es ist gerade etwas turbulent.«

Beinahe hätte sie laut aufgelacht, was sollte schon sein? Hatte jemand ein Glas Rotwein auf ihrem Lieblingsperser ausgekippt? Alex war doch gar nicht vor Ort, um neue Skandale zu verursachen. Rein aus Höflichkeit fragte sie: »Ja? Was ist passiert?«

»Es ist –« Sie stockte. »Es ist Leopold.«

Sie zuckte zusammen. Alleine diesen Namen zu hören, verursachte ihr Übelkeit. »Hm«, war alles, was sie hervorbrachte.

»Er … und … Vanessa … Sie hat sich von ihm getrennt.«

»Was?« Alex' Herz machte einen Satz.

»Die beiden waren auf einer Silvesterfeier, und dort ist es wohl zu einem ähnlichen Vorfall gekommen wie auf der Hochzeit. Er war betrunken, und … die Frau hat ihn angezeigt.«

»Vanessa?«

»Nein, die Frau, an die er sich herangemacht hat.«

Alex wurde schwindelig, sie ließ sich gegen die Rückenlehne des Sofas sinken. Andrés warf ihr einen besorgten Blick zu und legte ihr eine Hand auf das Knie, um ihr zu zeigen, dass er bei ihr war. Sie nickte ihm dankbar zu, dann starrte sie abwesend in den Ofen. »Mama, jetzt noch mal ganz langsam. Ich verstehe nicht.«

»Alex, Liebes. Wir haben jetzt begriffen, dass wir einen Fehler gemacht haben.«

Sie konnte es nicht glauben, so oft hatte sie sich gewünscht, dass sie genau diesen einen Anruf erhalten würde. Es jetzt aus dem Mund ihrer Mutter zu hören, löste aber nicht das Gefühl aus, das sie sich ausgemalt hatte. Die Wahrheit hinterließ einen bitteren Nachgeschmack. Da hatte er sich erst an einer anderen Frau vergehen müssen, damit man ihr glaubte.

»Aha«, murmelte sie.

»Alex, bitte. Komm nach Hause. Wir wollen uns entschuldigen, alles klarstellen.«

»Ich habe keinerlei Bedarf, mich einem erneuten Spieß-rutenlauf auszusetzen.« Ihre verhaltene Reaktion wunderte sie selbst. Oft genug hatte sie sich die Situation ausgemalt, in der ihre Familie begreifen würde, dass sie ihr unrecht getan hatten. In keiner Version hatte sie teilnahmslos reagiert. Im Moment war es ihr allerdings völlig egal, sie wollte sich nicht mit den Problemen zu Hause befassen. Sie wollte die Zeit mit Andrés genießen. Innerlich verfluchte sie sich, dass sie ans Telefon gegangen war, obwohl die Nachrichten ja eigent-lich gut waren. Für sie zumindest, für ihre Schwester tat es ihr leid.

»Liebes, die Presse ist inzwischen nicht mehr hinter dir her«, meinte ihre Mutter, was vermutlich eine weitere Aufforderung sein sollte, dass sie jetzt und sofort die Heim-reise antreten sollte.

Was nicht euch zu verdanken ist, schoss es ihr durch den Kopf. »Immerhin etwas«, erwiderte Alex.

»Komm bitte nach Hause«, wiederholte ihre Mutter. »Du hast auch Verpflichtungen.«

Ach, auf einmal?

Alles in Alex zog sich zusammen, weg war das warme

Gefühl im Bauch, das sie dank Andrés in den letzten Stunden begleitet hatte. »Ich muss nachdenken«, sagte sie nur.

»Hast du nicht lange genug nachgedacht?«

Ihr entging die kleine Spitze nicht, was ihren Entschluss, auf Island zu bleiben, noch bestätigte. Ihre Eltern versuchten noch immer sie wie eine Marionette an Fäden tanzen zu lassen. Aber Alex war nicht mehr die Tochter, die vor einigen Wochen noch genau das getan hätte. Sie wollte das nicht mehr.

»Nein, offenbar noch nicht«, sagte sie deshalb nur.

»Wovon lebst du überhaupt?«

»Auf einmal interessiert es euch?« Ihr Herz pochte wütend in ihrer Brust, bis jetzt war es ihren Eltern egal gewesen, wie sie sich durchgeschlagen hatte.

»Alex, ich verstehe, dass du sauer bist. Wenn du wieder zu Hause bist, reden wir darüber.«

Ja, klar. So einfach war die Sache aber für sie nicht. »Ihr habt mir nicht geglaubt.«

»Du musst doch zugeben, dass die Tatsachen gegen dich sprachen.«

Das und der schnippische Tonfall ihrer Mutter genügten. Alex schluckte schwer. »Ja, die sprachen gegen mich. Ihr habt euch nicht die Mühe gemacht, überhaupt in Betracht zu ziehen, dass ich die Wahrheit sagen könnte. Für euch war klar, dass ich der Sündenbock bin. Nein, sorry. So einfach geht das jetzt nicht.«

»Alex …«

»Nein, hör mir auf mit ›Alex‹. Ich brauche Abstand, und ich muss nachdenken. Tschüss, Mama, ich lege jetzt auf, ehe mir noch etwas Falsches rausrutscht, das ich hinterher bereue.«

Mit einem Seufzen beendete sie das Telefonat und schaltete das Handy ganz ab, um weitere Anrufe direkt auf die Mailbox zu leiten.

»Tut mir leid«, sagte sie zu Andrés.

»Wofür entschuldigst du dich?«

»Ich hätte nicht drangehen sollen. Es war meine Mutter.«

Sie erklärte kurz die Essenz des Gesprächs. »Sie begreifen nicht, dass sie mich zutiefst verletzt haben. Sie verlangen, dass ich zu Hause antanze, weil ja jetzt wieder alles gut ist. Aber das ist es nicht. Nicht für mich.«

»Und, gehst du zurück?«

Sie schauten sich in die Augen, und für einen Wimpernschlag hoffte sie, dass er sagen würde, dass er sie bei sich haben wollte, dass sie bleiben sollte. Aber es kam nichts. »Ich weiß nicht, gibt es einen Grund, warum ich nicht zurückgehen sollte?«

Ihr Puls schnellte in die Höhe. Sie wünschte sich, dass er ihr ein Zeichen gab, nur einen kleinen Wink. Diese raue Insel und der wortkarge Kerl hatten sich still und heimlich in ihr Herz geschlichen. Nicht mal Schnee, Eis und Stürme konnten verhindern, dass sie sich hier wohler fühlte als jemals in Hamburg.

»Du musst deine eigenen Entscheidungen treffen«, murmelte er, und etwas in ihr erlosch.

Eine kalte Dusche wäre nicht effektiver gewesen. Alex rieb sich die Stirn, dann trank sie einen Schluck Rotwein. »Ja, da hast du recht. Vielleicht könnte ich sie ja schockieren.«

»Das schaffst du noch?« Es sollte ein Scherz sein, Alex war dennoch davon getroffen.

»Ich könnte dich als meinen neuen Freund vorstellen«, schlug sie vor und bereute es schon in dem Moment, als die Worte ihre Lippen verlassen hatten. Er hatte sie zuerst verletzt, versuchte sie ihren Kommentar zu rechtfertigen. Sie war aufgewühlt und fühlte sich beschissen. Alex merkte dennoch, dass sie zu weit gegangen war.

Ein Muskel zuckte an seiner Wange. »Tja, zu dumm, dass ich hier nicht wegkann«, erwiderte er leichthin. Sie erkannte, dass auch er mit sich zu kämpfen hatte. Sie waren noch nicht mal richtig zusammen und verletzten sich schon gegenseitig. Und es war ihre Schuld. Nur weil Andrés nicht so reagiert hatte, wie sie es sich gewünscht hatte, hatte sie versucht es ihm auf eine sehr dumme Art heimzuzahlen.

Sie war schlicht zu dämlich. Warum konnte sie nicht einfach aussprechen, was in ihr vorging? Dass sie sich zu ihm hingezogen fühlte – mehr als das. Dass sie sich vorstellen könnte, länger auf Island zu bleiben.

Vielleicht für immer.

Aber sie kannte die Antwort. Sie fürchtete sich vor seiner Reaktion, denn sie wusste, er suchte keine neue Beziehung. Er hatte sich vermutlich nur auf sie eingelassen, weil er sicher sein konnte, dass sie bald wieder weg sein würde. Es war von Anfang an klar gewesen, dass aus ihnen nichts werden würde, dass es maximal auf Sex hinauslaufen würde. Alex hatte sogar Verständnis dafür, dass er kein Interesse an einer Beziehung hatte. ›Gebranntes Kind‹, hatte er irgendwann mal gesagt, und sie verstand, was er meinte. Sie hatte es ja live erlebt, als seine zeternde Ex plötzlich aufgetaucht war.

Einige Minuten schwiegen sie, sie gähnte unterdrückt. »Bin irgendwie müde«, erklärte sie, obwohl sich die Gedanken in ihrem Kopf unaufhörlich drehten.

»Dann würdest du was Großartiges verpassen. Hast du schon mal aus dem Fenster geschaut?«

»Was, wieso denn?«

»Nordlichter«, kommentierte er knapp.

Alex sprang auf, wie von der Tarantel gestochen. »Und das erzählst du mir erst jetzt?«

»Ich habe es vorher auch nicht gesehen.«

»Na los, lass uns rausgehen!« Sie war schon im Begriff, sich anzuziehen, als Andrés ihr folgte. Sie schnappte sich ihre Kamera und eilte nach draußen, dann blieb sie stehen und ihr Mund klappte auf.

Als wellenartiges, flackerndes Gewusel aus Bögen und Bändern huschte das Nordlicht über den klaren isländischen Nachthimmel – überirdisch grün, mal intensiver, mal schwächer, aber ständig in Bewegung. Der weiße, glitzernde Schnee stand im starken Kontrast zu den extremen Farben. Und auf einmal explodierte der Horizont in Grün-, Weiß-, Rosa- und Violetttönen, und Alex' Herz wurde weit. Andrés trat hinter sie und nahm sie in den Arm.

»Das ist der helle Wahnsinn«, murmelte sie und lehnte sich gegen seinen Körper.

»Es ist immer wieder faszinierend. So viel Energie, so viel Schönheit und Kraft.«

»Wunderschön.« In diesem Moment verliebte sie sich noch mehr in diese raue Insel – und in ihn. Wehmütig und sehnsuchtsvoll schmiegte sie sich an Andrés und hoffte, dass dieser Augenblick zur Ewigkeit werden könnte.

KAPITEL 16

*A*m nächsten Morgen weckte Andrés Alex mit einem Kuss. Obwohl ihm klar war, dass sie natürlich nicht für immer auf Island bleiben würde, hoffte er doch aus ganz egoistischen Gründen, dass sie wenigstens noch ein paar Tage dranhängen würde. Das Offensichtliche, nämlich, dass er sich nicht nur sexuell zu ihr hingezogen fühlte, wollte er nicht sehen und schob den Gedanken daran vehement beiseite, sobald er auch nur ansatzweise auftauchte. Das seltsame Gespräch vom gestrigen Abend wollte er ebenfalls nicht näher analysieren. Unterschwellig war da viel mehr gewesen als nur das, was gesagt worden war. Aber Andrés war noch nicht so weit, dass er sich den Zwischentönen, die er sehr wohl wahrgenommen hatte, stellen konnte.

»Schlafmütze«, murmelte er und knabberte an ihrem Ohrläppchen.

»Lass mich«, brummte sie schläfrig. »Es ist noch dunkel draußen.«

Er lachte. »Natürlich ist es dunkel, es ist Januar.«

»Stimmt, hatte ich vergessen. Warum weckst du mich?«

»Weil ich wach bin.« Seine Mundwinkel bogen sich nach oben. Alex war großartig, auch wenn sie heute der Morgenmuffel war. Ihm war das Herz aufgegangen, als er sie gestern in den Armen gehalten und ihre Begeisterung für die Nordlichter gesehen hatte. Sie war eine Frau, die die ganze Welt bereist hatte. Dass etwas wie Nordlichter sie völlig aus dem Häuschen bringen konnte, machte sie umso liebenswerter. Alex tat vielleicht gerne so, als ob sie hart und stark wäre, in Wirklichkeit war sie das Gegenteil. Ihr Herz war so weich, ihr Gemüt so verletzlich, dass er nicht anders konnte, als sie beschützen zu wollen. Andrés wusste, dass seine albernen Gedanken vermutlich Überbleibsel aus der Steinzeit waren, aber er konnte sie dennoch nicht unterdrücken. Er würde jede Sekunde mit ihr auskosten, die er bekam. So lange es eben dauerte. Deswegen hatte er sie geweckt, schlafen konnten sie später noch genug.

»Geniale Logik.«

Er sah, dass sich ihre Lippen zu einem Lächeln kräuselten, obwohl sie die Lider noch geschlossen hatte.

»Soll ich alleine aufstehen?«, neckte er sie.

»Du würdest mich hier doch nicht erfrieren lassen, oder?«

»Im Ofen brennt schon ein Feuer.«

»Fleißig«, kommentierte sie und drehte sich noch einmal um. *Zu verlockend*, dachte er, als sie ihren Hintern an ihm rieb.

»Kannst du nicht genug bekommen?«, raunte er an ihrem Ohr und strich ihr die Haare aus dem Gesicht.

»Ich bin unersättlich.« Sie kicherte.

»Böses Mädchen.«

»Das höre ich gerne.«

»Dachte ich mir.«

Er streichelte über ihre zarte Haut, genoss die Weichheit und Wärme ihres Körpers an seinem. Ob er es nun wollte oder nicht, er bereute es nicht, sich auf Alex eingelassen zu haben, auch wenn klar war, dass das, was sie hatten, nur von kurzer Dauer sein würde. Das hatte er spätestens gestern Abend begriffen, als ihre Mutter angerufen hatte.

Er war kein Träumer und machte sich schon lange nichts mehr vor. Zu keinem Zeitpunkt hatte er geglaubt, noch glaubte er jetzt, dass er und Alex eine gemeinsame Zukunft hatten. Obwohl er einer der wenigen Männer war, die Gefühle und Sex nicht voneinander trennen konnten, wusste er, dass das Leben manchmal seltsame Wege ging. Und seines war mit dieser Insel, mit den Menschen, die hier lebten, verbunden – Alex, eine seltene Blume, gehörte hier nicht hin. Sie war exotisch, sprühte vor Leben und Ideen. Vielleicht würde es ihr für eine Weile bei ihm und mit ihm gefallen, bis sie begriff, dass sie die romantische Einfachheit der Landschaft, seines Gemüts, sein Zuhause nicht auf Dauer fesseln konnte.

Sie war eine Stadtpflanze – er ein Naturbursche. Und doch konnte er sich ihrer Lebenskraft nicht entziehen. Er genoss jede Sekunde mit ihr, und dabei ging es nicht nur um den atemberaubenden Sex. Den genoss er auch, aber es war mehr als das. Alex hatte ihm gezeigt, dass diese Welt mehr für ihn bereithielt als Arbeit und die Aufgaben als Vater. Obwohl er es nicht hatte wahrhaben wollen, so hatte er begriffen, dass es nicht half, sich emotional ständig zurückzu- ziehen. Er musste sich wohl oder übel damit abfinden, dass sein Verhältnis zu Hildur immer schwierig bleiben würde, aber je älter Svala wurde, desto weniger würde seine Ex sein Leben tangieren, selbst wenn sie in der Nachbarschaft lebte.

Er wollte das Zusammensein mit Alex genießen, solange es dauerte, auch wenn es egoistisch war – es konnten nicht mehr als ein paar Tage, wenn er Glück hatte, Wochen sein.

Alex drehte sich zu ihm um und schaute ihn, den Kopf

auf dem Kissen, an. »Willst du nun raus aus den Federn oder nicht?«

»Ich bin mir unschlüssig«, gab er mit einem anzüglichen Grinsen zurück.

Sie ließ ihre Fingerkuppen über seinen flachen Bauch tiefer gleiten. »Irgendwas sagt mir, dass du noch nicht aufstehen möchtest.«

Er atmete scharf ein, als sie ihn liebkoste. »Einverstanden«, keuchte er, als ihre Bewegungen schneller wurden.

Solange es dauerte, hallte es durch seinen Kopf.

»D u bist ein lausiger Schütze!«, gackerte sie, als sie am Ende des Tages nach Hjalteyri zurückfuhren. Schlechtes Wetter war im Anmarsch, und dafür waren sie in der Hütte wirklich nicht ausgerüstet. Auch wenn er das bedauerte, er hatte jede Minute der Zweisamkeit mit ihr genossen – bis auf diese einen Moment vielleicht, als ihm klargeworden war, dass Alex bald gehen würde. Aber den hatte er einfach ausgeblendet.

»Ich habe absichtlich danebengeschossen«, witzelte er.

»Ich glaube dir kein Wort.«

Es stimmte tatsächlich. Als er gesehen hatte, wie andächtig Alex die Schneehühner beobachtet hatte, hatte er es einfach nicht übers Herz gebracht, sie zu enttäuschen. Und das wäre sie gewesen, wenn er das arme Vieh hätte ausbluten lassen, ehe er die Eingeweide entfernt hätte.

Sie tat vielleicht taff nach außen, tief drinnen war sie jedoch weicher als Butter in der Sonne.

»Okay«, meinte er schließlich. »Ich bin ein lausiger Schütze. Zufrieden?«

Er spürte ihren Blick auf sich, ließ sich jedoch nicht beirren und starrte geradeaus auf die Straße.

»Na, jetzt zweifelst du doch!«, stichelte er.

»Bin mir nicht sicher.« Sie schaute aus dem Fenster, nach einer Weile sagte sie: »Sollen wir nachher weiter an den Bildern arbeiten?«

»O Gott, ich weiß nicht.«

»Also, ich könnte arbeiten, du kochst. Oder sowas in der Art.«

»Das klingt schon besser. Dir ist wohl klar, dass ich das ohne dich niemals hinbekomme, nicht?«

Alex lachte, und in seinem Bauch kribbelte es. Ein seltsames Gefühl, das ihn irritierte. »Das ist mir vollkommen klar. Schon alleine deswegen kann ich noch gar nicht abreisen.«

»Ich könnte dir ein kleines Gehalt zahlen«, schlug er vor.

»Was? Nein! Spinnst du? Ich wohne doch nicht bei dir, lasse mich von dir verköstigen und nehme noch was dafür.«

Er zuckte die Schultern und wusste nicht, was er darauf erwidern sollte. Es war dumm von ihm gewesen, es überhaupt zu erwähnen. Wenn Alex etwas nicht brauchte, dann war es Geld.

»Es kommt mir komisch vor, dich die ganze Arbeit machen zu lassen.«

Sie legte ihm eine Hand auf den Arm. »Glaub mir, es wäre mir ein Vergnügen.«

»Na schön, dann sehen wir mal, wie weit wir kommen.«

Alex lachte. »Heute kommen wir sicher nicht allzu weit, das ist ein Riesenwust an Material, den du da hast.«

Er seufzte leise. »Als ob ich das nicht wüsste.«

ndrés kochte, während Alex mit ihrem Laptop an der Kücheninsel saß. Sie hatte die Bilder auf eine externe Festplatte geladen, sodass sie nun mit ihren

Programmen daran arbeiten konnte. Auch die Accounts konnte sie nun über ihren PC bespielen. Sie fing gleich damit an und lud ein paar Highlights hoch, fügte den Link zu seiner Website in die Biographie und postete etwas in die Story. Sie hatte so eine Ahnung, dass Andrés keine Lust hatte, täglich auf Instagram unterwegs zu sein, aber wenn er wollte, dass die Tauchschule bekannter wurde, würde er es wohl oder übel lernen müssen.

Oder du machst es für ihn, sagte ein Stimmchen in ihrem Kopf. Sie biss auf ihre Unterlippe und führte den Gedanken nicht weiter, konzentrierte sich auf ihre Aufgaben.

Irgendwann kam er zu ihr, gab ihr einen Kuss in den Nacken und schlang seine Arme um sie. »Du siehst sexy aus, wenn du so konzentriert bist.«

»Und du machst eine gute Figur am Herd.«

»Womit wir beim Thema wären, das Essen ist fertig.«

»Es duftet schon mal verführerisch.«

»Ja, da es kein Schneehuhn gibt, musste der Kabeljau aus meinem Gefrierschrank dran glauben.«

Alex kicherte. »Heute mal nicht ohne Gewürze in Wasser gekocht?«

»Nein, ich hatte so das Gefühl, dass du das isländische Nationalgericht langweilig findest.«

»Ach, so schlimm war es nicht.«

»Egal, jetzt ist der Fisch gebraten.«

Während des Essens plauderten sie ein wenig über ihre Instagram-Ideen für die Tauchstation. Alex freute sich, dass Andrés aufmerksam zuhörte und nicht gleich alles ablehnte, was sie vorschlug.

»Warte, ich zeig dir mal, wie ich das meine.«

Sie öffnete ihren Instagram-Account auf dem Handy und sah, dass sie in mehreren Artikeln markiert worden war.

Ein mulmiges Gefühl breitete sich in ihr aus, dennoch konnte sie es nicht lassen.

Ihr wurde übel, als sie einige der Headlines las.

Folgt bald eine neue Eskapade?

Hat sie die Szene am Hochzeitstag inszeniert, um sich wichtig zu machen? Was meint ihr? Top oder Flop?

Lügt sie, weil es einfacher ist?

Lief zwischen den beiden schon länger etwas im Verborgenen? Dazu ein Bild mit Leopold und ihr.

Der Grund für die Trennung war ihre Schwester.

Verarbeitet Alexandra Schäfer ihre Zurückweisung mit einer neuen Liebe?

Dazu gab es Bilder von ihr, die meisten waren auf irgendwelchen Partys entstanden, die sie längst vergessen hatte und die sowas von nicht aktuell waren.

»Wieso jetzt?«, murmelte sie, und ihre Augen füllten sich mit Tränen.

Sie scrollte weiter, und selbstverständlich gab es auch einige Beiträge zur Trennung ihrer Schwester. Die wurde natürlich überall als das arme Opfer dargestellt, während man sie nach wie vor als die Böse brandmarken wollte. »Warum hört das niemals auf?«

Andrés nahm ihr das Handy aus der Hand und hielt ihre Finger in seinen. »Warum nimmt es dich so mit?«

»Weil es mein Leben ist, das durch den Dreck gezogen wird.«

»Was andere Leute über dich denken, ist nicht dein Problem.«

Sie schluckte und starrte auf ihre Hände.

»Alex«, fuhr er sanft fort. »Schau mich an!«

Sie hob ihren Kopf.

»Du bist gut, wie du bist. Was irgendjemand über dich schreibt, musst du ignorieren und vergessen.«

»Wenn es so einfach wäre.«

»Ich weiß nicht, warum, aber ich habe das Gefühl, dass du dich sehr über die Außenwelt definierst.«

»Habe ich mich hier bei dir etwa so verhalten?«

»Nein, das nicht. Aber du hast ein bisschen was über dich und deine Familie erzählt. Ich verstehe, dass es in eurer Welt mehr um Schein als um Sein geht.«

»Ja, vor allem um die glänzende Fassade.«

»Es ist egal, was irgendein Reporter oder sonst wer über dich denkt. Das, was du selbst von dir hältst, ist alles, was zählt.«

»Ich …« Sie zögerte und dachte darüber nach. »Du hast recht. Ja. Aber es ist nicht so leicht, wenn man immer wieder im Schützenfeuer steht. Jetzt zum Beispiel, du weißt selbst, dass ich abgetaucht bin, ich habe gar nichts getan. Dann baut jemand anderes Scheiß, oder meine Schwester trennt sich – und ich bekomme den schwarzen Peter zugeschoben. ›Leopold war so verzweifelt‹, haben sie hier geschrieben«, sie tippte auf das Handy, »»dass er sich deswegen an diese andere Frau rangemacht hat.‹ Es sind immer die anderen schuld, das ist so ungerecht.«

»Du hast recht, Alex. Es ist ungerecht. Aber wenn du dich davon kleinkriegen lässt, haben sie gewonnen.«

Sie neigte ihren Kopf ein wenig. »Ja, das hätten sie dann wohl.«

»Lass das nicht zu.«

Andrés war der erste Mensch in ihrem Leben, der ihr das so deutlich sagte. Der ihr Halt gab, wenn der Boden unter ihren Füßen schwankte. Er wollte für sie da sein, obwohl sie ihn nicht darum gebeten hatte, denn er war ein guter Mensch. Ein liebenswerter Mensch. Ein Mensch, den sie liebte.

In diesem Moment begriff Alex, dass sie sich in ihn

verliebt hatte. Hals über Kopf. Mit Haut und Haaren. Sie schob ihren Stuhl zurück, umrundete den Tisch und setzte sich auf seinen Schoß. Sie umfasste sein Gesicht mit beiden Händen und sah ihm tief in die Augen. »Danke, dass du mehr in mir siehst als die anderen.«

Er schwieg, aber sie erkannte in seinem Blick, dass auch er Gefühle für sie hatte. Sie hoffte, dass sie sich nicht täuschte.

Und dann senkte sie ihre Lippen auf seine und küsste ihn, als wäre es das letzte Mal. Sie legte alle Emotionen, die in ihr tobten, in diesen Kuss. Andrés spürte es, er zog sie noch enger an sich und erwiderte ihre Leidenschaft.

Natürlich konnte man mit Sex nicht jedes Problem lösen, aber für den Moment war es eine gute Ablenkung. Eine sehr gute. Was morgen oder am Tag danach kam, war ihr für den Augenblick egal.

KAPITEL 17

Der Wind rüttelte an den Häusern, wehte den Schnee über die Straßen und sorgte dafür, dass nur diejenigen, die wirklich rausmussten, das warme Zuhause verließen. Andrés war es ganz recht. Wenn er ehrlich war, so konnte er Alex ein Stück weit für sich alleine haben. Er wollte sie nicht teilen, mit niemandem, und sei es nur für eine Sekunde.

Sie arbeiteten gemeinsam an seinen Themen, über die letzten drei Nächte hatte er mehr als siebentausend neue Follower auf Instagram dazubekommen, und stündlich wurden es mehr. »Die richtigen Hashtags und die passenden Bilder bringen eine ganze Menge«, hatte Alex ihm immer wieder gesagt. Geglaubt hatte er es erst, als er die Zahlen gesehen hatte. Es war verrückt – und nicht seine Welt.

Sie hatte sich, was ihre eigenen Probleme und die gehässigen Schlagzeilen anging, erstaunlich schnell wieder beruhigt. Vielleicht hatte sie ja endlich kapiert, worum es wirklich ging, dass sie ein wertvoller Mensch war, egal, was andere über sie schrieben oder dachten.

Auf seinen Vorschlag hin hatte sie ihre Schwester kontaktiert, die sich aber noch nicht zurückgemeldet hatte – was er irgendwie auch verstehen konnte. Vielleicht schämte sie sich, dass sie Alex so ungerecht behandelt hatte. Ihre Eltern nervten hingegen permanent. Auf eine Art brauchte sie das vielleicht, andererseits konnte sie ihnen nicht verzeihen. Auch das verstand er, dennoch machte es ihr Leben nicht einfacher.

Zwischen ihnen hatte sich eine angenehme Routine eingestellt. Während sie arbeitete, ließ er sie in Ruhe, dafür versorgte er sie mit Kaffee und Snacks. An den Abenden kochte er, nicht allzu üppig. Er bediente sich an den Vorräten, die er noch im Haus hatte, das genügte ihnen. Andrés schaute aus dem Fenster, es sah so aus, als ob es langsam aufklarte. Ja, so ein Sturm konnte nicht ewig dauern. Beinahe fand er es schade, er hatte die Zeit allein mit Alex genossen.

Im nächsten Moment bekam er ein schlechtes Gewissen, denn im Grunde freute er sich natürlich auf die Rückkehr seiner Tochter aus Reykjavík. Allerdings würde das auch heißen, dass er nicht mehr so offen und unbefangen mit Alex umgehen konnte – oder was auch immer sie sonst so trieben.

Seine Mundwinkel bogen sich nach oben. Er hätte nicht gedacht, dass es ihm mal so gehen würde, dass er quasi von Luft und Liebe leben konnte.

In der nächsten Sekunde hielt er den Atem an. Moment mal, Luft und Liebe? Ganz sicher nicht! Körperliche Liebe vielleicht, aber Gefühle? Das wäre komplett irre, sie kannten sich ja kaum. Es war schön mit ihr, er mochte sie, dennoch war klar, dass aus ihnen nicht mehr werden würde. Vermutlich funktionierte ihr ›Zusammenleben‹ deswegen so gut, niemand stellte hohe Ansprüche an den anderen. Es war fast schon erschreckend, wie unkompliziert der Umgang mit

Alex war, weil das Leben mit Hildur nie einfach gut gelaufen war. Mit seiner Ex hatte es ständig Streit und Stress gegeben. In einer Beziehung würde das mit Alex vielleicht auch anders aussehen. Es war ja bekannt, dass man erst alles mit der rosaroten Brille sah, und nach kurzer Zeit beschwerte Frau sich, dass der Klodeckel nicht heruntergeklappt war. Er zog eine Grimasse. Nein, er war nach wie vor der felsenfesten Überzeugung, dass das Singledasein genau das war, was richtig für ihn war. Sobald Alex abgereist war, würde auch die Anziehung zwischen ihnen verschwinden, da war er sich sicher, getreu dem Motto: aus den Augen, aus dem Sinn. Jegliche Zweifel an dieser Theorie begrub er unter einer dicken Schicht Sturheit.

»Na?«, hörte er ihre Stimme hinter sich. »Was grübelst du?«

Er drehte sich um, und als er sie in einem seiner Pullover entdeckte, der ihr fast bis zu den Knien hing, wurde ihm warm ums Herz. Es war schön mit ihr, er genoss jede noch so kleine Berührung, und das war es, was zählte.

»Komm her«, sagte er und streckte seine Hand nach ihr aus. »Machen wir uns noch einen gemütlichen Abend.«

»Noch *einen*? Was bedeutet das? Schmeißt du mich dann raus?« Sie kicherte. Als er nicht sofort antwortete, erlosch ihr Lächeln. »Oder was meinst du?«

Andrés räusperte sich, Unbehagen breitete sich in seinem Magen aus. »Ich werfe dich sicher nicht raus.«

»Aber?«

Er atmete tief ein. »Svala und Hildur sind auf dem Rückweg, morgen ist Samstag, ich denke, dass ich dann etwas mit meiner Tochter unternehmen werde.«

Alex schwieg.

»Und dann gehe ich vielleicht mit ihr ins *Greyfinn*, das Restaurant mit den fettigsten Burgern der Stadt. Das ist so eine Tradition bei uns, das machen wir oft, wenn wir Vater-Tochter-Zeit haben.«

Sie zuckte die Schultern. »Ja, klar. Kein Problem. Ich langweile mich schon nicht. Vielleicht schaue ich dann endlich mal wieder bei Erla vorbei. Die denkt sicher schon, ich wäre hier eingefroren, weil ich mich die ganze Zeit nicht gemeldet habe.«

»Sie wusste ja, dass du während eines Schneesturms nicht so gern Auto fährst.«

Alex lächelte schwach. »Ich hänge eben an meinem Leben.«

Andrés hob ihre Finger an seine Lippen. »Das ist auch gut so.«

»Ja, äh, also, ich habe zu tun«, sagte sie und zog ihre Hand zurück. »Ich gehe noch ein bisschen was arbeiten. Wir wollen ja, dass alles irgendwann mal fertig wird.«

»Natürlich. Soll ich dir doch einen Kaffee bringen?«

»Bloß nicht, ich habe ohnehin schon Herzflattern, aber einen Tee würde ich nehmen.«

»Wird gemacht, ich bin dann gleich bei dir.«

Sie nickte und verließ das Zimmer beinahe geräuschlos, während Andrés ihr hinterherblickte. Und da wäre sie wieder, die verdammte Realität. Er seufzte leise, ging in die Küche und setzte Wasser auf.

Andrés gab ihr alles – nur nicht sein Herz, grübelte Alex, als sie am nächsten Tag aus dem Auto ausstieg und zur *Götubarinn* schlenderte, um Erla zu besuchen. Es war in Ordnung, sie durfte nicht zu viel erwarten, enttäuscht war sie trotzdem. Insgeheim hatte sie sich Hoffnungen gemacht, dass ihre Gefühle gegenseitig wären, dass auch er sich in sie verliebt hätte. Zumindest ein bisschen. Andererseits konnte sie natürlich nicht erwarten, dass er sie seiner Teenager-Tochter direkt als seine neue Freundin präsentierte. Vor allem nicht, da sie beide mit keiner Silbe darüber gesprochen hatten, dass das, was sie miteinander hatten, eine Beziehung werden oder bereits sein könnte. Sie redeten viel, es war schön, mit Andrés zu plaudern, zu scherzen und zu lachen. Doch sie kratzten eben bloß an der Oberfläche, sprachen über Gott und die Welt, nur nicht über das, was tiefer ging.

Alex atmete ein, die eisige Luft brannte in ihren Lungen, der Himmel war klarer heute, aber immer noch von dichten Wolken bedeckt. Die Schneemassen nahm sie kaum noch wahr, sie hatte sich in den letzten Wochen so daran gewöhnt, dass es normal für sie geworden war. Ihr Handy brummte in der Jackentasche.

Bitte nicht wieder meine Mutter, dachte sie und zog es doch heraus.

Als sie den Namen ihrer Schwester darauf blinken sah, wurden ihr die Knie weich. Sie beantwortete sofort. »Hallo?«

»Hey Alex …« Kurzes Schweigen, dann räusperte Vanessa sich. »Ich … Mein Anruf ist längst überfällig.«

Alex fehlten die Worte. »Ja?«, war alles, was sie hervorbrachte.

»Ich wollte mich entschuldigen«, sagte Vanessa, ihre Stimme zitterte.

»Ist schon okay«, hörte Alex sich erwidern. »Wie geht's dir?«

Vanessa atmete geräuschvoll aus. »Ach, ich weiß nicht. Ich bin einfach leer … Ich verstehe nicht, wie ich so lange auf ihn reinfallen konnte.«

»Tja, er war halt sehr überzeugend.« Sie verzog ihre Lippen.

»Bist du mir sehr böse?«

»Ach, weißt du, du hattest es auch nicht leicht. Mir ist klar, dass die Situation schwierig gewesen ist, aber ehrlich, ich war betrunken – mehr nicht. Er ist mir gefolgt, ich hatte echt nichts damit zu tun.«

»Das weiß ich jetzt. Und es tut mir unendlich leid, dass ich deine Worte angezweifelt habe.«

»Ich hätte an deiner Stelle vermutlich genauso reagiert. Ich meine, ich bin das schwarze Schaf – du bist perfekt.«

»Was? Ich bin doch nicht perfekt, und du bist sicher nicht das schwarze Schaf.«

»Vanessa, du musst mal die Augen aufmachen. Vielleicht siehst du das nicht, aber unsere Eltern haben mir seit jeher das Gefühl vermittelt, dass alles, was ich mache, nicht gut genug ist. Du bist einfach immer besser als ich.«

»Das stimmt nicht.«

»Es ist nicht deine Schuld, das sage ich ja gar nicht. Der Punkt ist doch der – mir tut die Auszeit hier sehr gut, ich komme endlich mal zum Nachdenken.«

»Wovon lebst du eigentlich? Mama hat mir erzählt, was vorgefallen ist. Mit der Kreditkarte und so.«

»Ich komme zurecht, und eigentlich muss ich ihnen dankbar sein. Ich habe endlich kapiert, worauf es *nicht* ankommt. Ich brauche keine Kreditkarte, um glücklich zu sein.«

»Aber von irgendwas musst du ja leben.«

Das stimmte natürlich, sie konnte nicht für immer bei Andrés unterschlüpfen – er hatte sein Leben, und sie war kein Teil davon. Sie war die Affäre, eine kleine Ablenkung vom Alltag. Der Gedanke ernüchterte sie.

»Ja, aber ich bin versorgt. Mach dir keine Gedanken.«

»Und wie lange willst du noch untertauchen? Ein bisschen beneide ich dich, ich wünschte, ich könnte auch einfach abhauen. Und was ist eigentlich mit der Arbeit? Stimmt es, dass du gekündigt hast?«

»Es stimmt. Bisher habe ich es nur Papa und Mama gesagt, noch nicht schriftlich. Das mache ich, wenn ich wieder da bin.«

»Und was hast du dann vor?«

»Das weiß ich noch nicht, das wird sich ergeben. Ich kann was«, sagte sie, vielleicht auch, um sich selbst daran zu erinnern.

»Du bist gut in dem, was du tust. Um ehrlich zu sein – in der Marketing-Abteilung geht es drunter und drüber, seit du nicht da bist. Die Meyer kommt überhaupt nicht mit den Influencern klar.«

Es tat unfassbar gut, das zu hören. »Ich sollte mich nicht freuen, trotzdem ist es schön, dass man endlich mal sieht, dass ich nicht nur das nutzlose Töchterchen bin.«

»Nimmst du dich so wahr?«

»Ich habe immer das Gefühl vermittelt bekommen. Also: Ja. Ich denke, es ist Zeit, dass ich aus dem Nest fliege – auch beruflich betrachtet.«

»Wow, ich wünschte, ich hätte so viel Mut wie du.«

»Ich und mutig?« Sie musste lachen.

»Doch, Alex. Du warst schon immer die Rebellin, dafür habe ich dich bewundert. Auch jetzt. Vielleicht denkst du, dass ich perfekt bin, weil ich immer alles gemacht habe, was unsere Eltern von mir wollten.«

»Es sah für mich so aus, als ob du kein Problem damit hättest.«

Vanessa seufzte. »Tja, so eine Ehe, die bereits nach einem Monat gescheitert ist, lässt einen vieles überdenken. Leopold hat mich nie geliebt – er liebte meinen Namen, unsere Familie und das Ansehen, das sich ihm damit geboten hat. Ich war für ihn nur das Mittel zum Zweck.«

»Du solltest froh sein, dass er sein wahres Gesicht jetzt schon gezeigt hat und nicht erst nach Jahren.«

»Ja, das sollte ich vielleicht. Trotzdem ist es bitter. Er hat mich zum Gespött der Leute gemacht – offenbar mehrfach. Zum Glück haben wir einen Ehevertrag. Er bekommt nichts und kann dahin gehen, wo der Pfeffer wächst.«

»Wenigstens das.«

»Danke, Alex, dass du immer noch mit mir sprichst. Ich weiß nicht, ob ich an deiner Stelle so großzügig wäre. Es tut mir leid, dass ich an dir gezweifelt habe.«

»Schwamm drüber«, erwiderte Alex, und ihr wurde seltsam leicht ums Herz. »Blut ist dicker als Wasser, wir Schwestern müssen doch zusammenhalten.«

»Kann ich denn was für dich tun? Immerhin ist es meine Schuld, dass du jetzt auf Island festsitzt. Wäre ich nicht so blind gewesen …«

Alex überlegte einen Moment, dann sagte sie: »Nein. Nein, danke, ich komme wirklich klar. Es überrascht mich selbst, aber … ich genieße es, endlich mal das zu tun, was ich möchte. Geld hin oder her.«

»Das klingt fantastisch. Du machst das großartig, ich bewundere dich für deinen Mut. Hab dich lieb.«

Dieses ungewohnte Lob fühlte sich großartig an, Alex wurde warm ums Herz.

»Ich dich auch.«

Sie verabschiedeten sich kurz, dann legten sie auf, und Alex ging in die *Götubarinn* und trank einen Kaffee mit Erla.

»Du siehst erholt aus«, meinte ihre Freundin. »Island scheint dir gutzutun.«

Alex lachte. »Ja, was soll man bei dem Wetter auch machen, außer sich ausruhen und schlafen.«

Sie spürte ihren forschenden Blick auf sich. »Und, wie läuft es mit Andrés?«

»Der ist heute mit Svala unterwegs. Ansonsten habe ich die meiste Zeit vor dem Rechner verbracht, um seinen Kram zu organisieren«, gab sie ausweichend zurück. »Er ist wirklich hoffnungslos, aber alleine durch ein paar gezielte Postings hat er jetzt ein paar Tausend Follower mehr.«

»Hey, das ist ja cool. Könntest du es nicht weiter für ihn übernehmen? Ich meine, sowas posten kann man ja von überall aus, oder?«

Alex dachte nach. »Im Prinzip schon. Klar.«

»Hast du es ihm mal vorgeschlagen?«

»Nee, noch nicht. Auf die Idee bin ich noch gar nicht gekommen. Um ehrlich zu sein, ich hatte viel mit mir zu tun, zu überlegen, was ich wirklich will und so.«

»Und, zu welchem Ergebnis bist du gelangt?«

Alex nagte an ihrer Unterlippe. »Ich werde mich wohl irgendwo bewerben, wenn ich zurück in Hamburg bin. Werden ja gerade überall Leute in dem Bereich gesucht, also dürfte es nicht so schwer sein, woanders einen Job zu finden.«

»Ja, vermutlich nicht. Wann fliegst du denn zurück?«

»Sicher bald«, antwortete sie vage. »Ewig kann ich ja nicht hier abtauchen.«

Der Gedanke, Andrés und Island zu verlassen, versetzte ihr einen Stich, aber vom Kopf her wusste sie, dass sie bald abreisen musste. Warum sollte sie bleiben? Worauf sollte sie hoffen?

»Hast du wenigstens mal Nordlichter gesehen?«

»Ja, das war der Wahnsinn! Als wir da draußen bei dieser Hütte waren. Ich bin immer noch geflasht – alleine dafür hat sich die Reise schon gelohnt.«

Erla lachte. »Ihr Deutschen seid so süß, alles muss sich am Ende irgendwie lohnen.«

Ja, vermutlich hatte Erla recht. Sie zuckte die Schultern. »Ja, sieht so aus.«

»Ich werde dich vermissen, wenn du weg bist. War irgendwie schön, dich in der Nähe zu haben.«

»Ja, ich dich auch.«

»Zu schade, dass Andrés genug von der Frauenwelt hat. Eigentlich wärt ihr doch ein niedliches Paar.«

»Ach, ich weiß nicht.« Sie horchte auf, hatte sie doch noch zu gut ihre Warnung im Kopf, dass sie Andrés in Ruhe lassen sollte. Seltsam.

»Aber dazu gehören ja immer zwei, nicht? Du willst ja auch keine feste Beziehung, oder?«

Alex überlegte und wusste nicht, was sie dazu sagen sollte. »Was meinst du mit ›auch nicht‹?«

»Na ja. Andrés hat mir letztens erst die Ohren vollgeheult, wie nervig seine Ex ist und dass er nie mehr heiraten wird.«

»Beziehung und heiraten ist ja nicht das Gleiche.«

»Für ihn schon. Er ist so ein Kerl, ganz oder gar nicht.«

»Aha.« Was sollte dieses Gespräch?

Erla lachte. »Letztens habe ich ja kurz vermutet, ihr hättet was miteinander. Aber dann habe ich darüber nachgedacht und gemerkt, wie absurd der Gedanke ist. Er steht ja sowas von nicht auf Tussis, und du hast ja wohl im Gegenzug auch nichts für Naturburschen übrig.«

»Ich bin also eine Tussi?«

»Das meine ich positiv, du bist halt ein Mädchen, das gerne einkaufen geht und Handtaschen sammelt.«

Sie konnte es nicht abstreiten, vor allem aber wollte sie sich nicht vor Erla rechtfertigen. Deswegen erwiderte sie nur: »Kann sein.«

»Wirklich«, betonte diese noch einmal. »Zu schade.«

»Als ob es nur daran liegen würde.«

»Was meinst du?«

»Es gibt doch Paare, die sind total unterschiedlich, und es klappt trotzdem.«

»Ja, das schon. Aber ich glaube nicht, dass Andrés nach allem, was er mit Hildur durchgemacht hat, viel Lust auf Kompromisse hat. Das Problem liegt ja eher darin, dass er die Schnauze voll hat von Frauen.«

»Ja. Hat er mir auch erzählt.« Das stimmte, daraus hatte er keinen Hehl gemacht, zu keiner Zeit. Aber wie passte Erlas Ganz-oder-gar-nicht-Aussage mit der Tatsache zusammen, dass sie Sex hatten und sich prima verstanden? Konnte Andrés das wirklich so gut trennen?

Und dann kapierte Alex, dass das genau der Punkt war. Er war ein Mann: Natürlich konnte er Sex von Gefühlen trennen. Sie war einfach zu dumm.

Erla seufzte. »Genug über meinen Bruder. Er muss es ja selbst wissen, wenn er für immer alleine bleiben will.«

Während ihre Freundin weiterplapperte, überlegte Alex, ob Andrés vielleicht mit ihr gesprochen hatte? Hatte er bei ihr ein paar Kommentare in die Richtung gemacht, dass Erla ihr unauffällig zu verstehen gab, dass er die Fronten abgesteckt haben wollte, jetzt, wo seine Tochter wieder zurück war?

Das leuchtete ihr ein, gleichzeitig verletzte es sie. Nach allem, was sie mit Andrés erlebt hatte. Ja, es waren nur ein paar Tage gewesen, aber sehr intensive Tage – und Nächte.

Sie trank ihren Kaffee aus. »Ja, dann will ich mal wieder. Vermutlich sollte ich mich langsam um einen Rückflug kümmern.«

Sie drückte Erla zum Abschied und schlenderte dann hinaus in die Kälte.

KAPITEL 18

Kurz nach zehn kehrte Andrés nach Hause zurück. Er hatte Svala bei ihrer Mutter abgeliefert, nachdem sie zuvor noch im Kino gewesen waren. Es hatte gutgetan, ein wenig Zeit mit ihr zu verbringen. Jetzt war sie eine junge Frau, kein Kind mehr, und er musste froh sein, dass sie überhaupt noch mit ihm etwas unternehmen wollte. Manche Teenager fanden ihre Eltern ja so peinlich, dass sie gar nicht mehr mit ihnen aus dem Haus gingen. Svala war zum Glück nicht so extrem.

Leise tapste er die Treppe nach oben, weil alles im Dunkeln lag. Schlief Alex etwa schon? Er drückte die Klinke zu seinem Schlafzimmer nach unten, aber er spürte sofort, dass sie nicht hier war. Hm, dachte er und ging rüber in die andere Wohnung.

»Alex?«, rief er leise, dann trat er vorsichtig in ihr Schlafzimmer, das sie in den letzten Tagen nicht benutzt hatten.

Er schlüpfte aus Jeans und Hemd und krabbelte zu ihr unter die Decke. »Hey«, murmelte sie verschlafen. Andrés gab ihr einen Kuss auf die Stirn. »Hab' ich dich geweckt?«

»Jetzt ja«, brummte sie. »Wie spät ist es?«

»Kurz nach zehn. Wieso schläfst du schon?«

»Weil ich müde war.«

Er schmunzelte. »Habe ich verstanden. Komm her.« Er zog sie in seine Arme. »Unten habe ich abgeschlossen«, teilte er ihr mit, damit sie sich keine Sorgen machen musste, dass sie erwischt wurden.

»Ach ja?«

»Ja, wir sind also ungestört.« Er wusste nicht, was er erwartet hatte, aber wahrscheinlich nicht, dass sie schwieg.

»Ist alles okay?«, fragte er nach einer Weile.

»Ja. Kann ich vielleicht weiterschlafen?«

War sie wirklich nur müde? Er fand ihre Reaktion irgendwie seltsam. »Ja, gute Nacht. Ich habe dich heute vermisst«, fügte er noch hinzu.

Sie atmete hörbar ein. »Du brauchst nicht zu lügen.«

Er runzelte die Stirn. »Was hast du denn für ein Problem? Bist du eifersüchtig?«

Alex lachte. »Ja klar, so kann auch nur ein Mann denken.«

»Was stimmt denn nicht?«

»Gar nichts. Es ist alles in bester Ordnung. Du kannst nur nicht erwarten, dass ich, wenn du hier mitten in der Nacht reinschneist, mich dir an den Hals werfe.«

Andrés glaubte, er hörte nicht recht. »Das muss ich mir echt nicht antun.« Von Zicken hatte er genug. »Ich glaube, ich lasse dir besser deine Ruhe.«

»Ja, vielleicht ist das besser.«

»Aber ehrlich, Alex. Ist es so schlimm, wenn ich einen Tag mit meiner Tochter verbringe?«

»Du kannst so viel Zeit mit ihr verbringen, wie du willst. Darum geht es doch nicht.«

»Worum dann?«

Sie schnaubte, als ob klar sein müsste, was sie meinte. Himmel noch mal, er hatte noch nie kapiert, was in Frauen vorging. »Du musst nicht sagen, dass du mich vermisst, wenn es nicht so ist. Das ist doch albern. Niemand erwartet, dass du mich vermisst. Du und ich, wir schlafen zusammen. Das war's.«

Wow, dachte er. *Deutlicher geht es wohl nicht.* »Wenn du das so siehst?« Er setzte sich auf und schwang die Beine aus dem Bett.

»Klär mich auf, wenn es anders ist.«

Er wusste nicht, worauf sie hinauswollte. »Worum geht es, Alex?«

»Ich denke, ich werde mich langsam mal nach einem Rückflug erkundigen«, meinte sie.

Die Information ließ ihn erstarren. Obwohl er immer gewusst hatte, dass das irgendwann kommen würde, war er doch nicht im Ansatz darauf vorbereitet. »Aha.«

»Ich kann dir auch von Hamburg aus mit den Bildern helfen.«

Die Bilder interessierten ihn nicht. »Ist schon in Ordnung. Wieso jetzt so plötzlich?«

Er wünschte, es wäre nicht dunkel im Zimmer. Er hatte keine Ahnung, was in ihr vorging. Wenn er ihr wenigstens ins Gesicht sehen könnte … Vorsichtig tastete er nach der Nachttischlampe und knipste sie an.

Alex blinzelte, er kniff die Augen zusammen. »Was soll das denn jetzt?«

»Ich weiß auch nicht, irgendwie habe ich das Gefühl, dass was vorgefallen ist, und ich wüsste gerne, was.«

»Gar nichts ist vorgefallen.«

»Warum bist du dann so schlecht drauf? Nur, weil ich dich geweckt habe?«

»Ich bin nicht schlecht drauf. Es ist einfach so, dass ich

nicht für immer hierbleiben kann als dein kleines Geheimnis, das sich um die Social-Media-Kanäle kümmert.«

Er schwieg, weil er nicht wusste, was er darauf erwidern sollte. Natürlich hatte sie recht. »Ja«, sagte er schließlich.

»Darum geht es mir. Es war schön, die Tage mit dir habe ich sehr genossen.«

Eine Schlinge legte sich um sein Herz. »Was wird das jetzt?«

Alex blickte ihn an, er konnte nicht erkennen, was in ihr vorging. Sie wirkte total verschlossen, er erkannte sie gar nicht wieder. Er wollte nicht, dass sie abreiste, aber aussprechen konnte er es auch nicht. Was sollte er auch sagen? ›Bleib bei mir?‹ Sie hatte recht, sie konnte nicht ewig sein Geheimnis bleiben. Die Auszeit vom Alltag war wundervoll gewesen. Beinahe hätte er sich gewünscht, dass aus der Auszeit Realität werden würde – aber er wusste natürlich, dass das nicht ging. Alltag war genau das, grau, problematisch und der Killer für jedwede Romantik. Er war überzeugt davon, dass Alex nicht in dieses Leben passte, das er führte. Und sie wusste es offenbar auch, sonst würden sie diese Diskussion nicht führen. Anziehung hin oder her.

Sie schwieg noch immer, deswegen fragte er: »Und wann fliegst du zurück?«

Sie zuckte die Schultern. »Ich weiß noch nicht, ich werde mir das morgen ansehen.«

»Aha.«

»Ja.«

»Dann … soll ich dich alleinlassen und in mein eigenes Bett verschwinden?«

Gott, er war so dumm. Ging es noch erbärmlicher?

Alex schaute ihn aus großen Augen an. »Ich weiß nicht.«

»Möchtest du denn, dass ich bleibe?«

Sie neigte ihren Kopf ein wenig. »Es ist definitiv weniger kalt mit dir.«

Ein leises Lächeln schlich sich in sein Gesicht. Er wusste, dass das alles keinen Sinn ergab, wollte aber bei ihr bleiben. »Dann streck deine kalten Füße aus …«

»Ich wüsste auch noch, wie mir warm werden würde.«

»Ach ja? Wie denn?«

Alex grinste und zog ihn am Handgelenk zu sich. Er gab zu gern nach und legte sich über sie. »So?« Sein Atem strich über ihre Lippen.

»Ja«, hauchte sie. »Noch näher.«

Und dann verschloss er ihren Mund mit seinem und zeigte ihr auf seine Weise, wie sehr er sie wollte.

A m nächsten Morgen, als sie gerade frühstückten, klingelte Andrés' Telefon. »Da muss ich kurz ran«, sagte er zu Alex und hob ab. »Hallo, mein Schatz. Was gibt's?«

»Hey Papa, ich steh unten, kannst du mal aufmachen?«

»Klar, ich komm gleich runter.«

Er legte auf und sah Alex an, die in ihren Kaffee starrte. »Svala kommt rauf, stört dich doch nicht, oder?«

Sie schüttelte den Kopf. »Nein, natürlich nicht. Soll ich gehen?«

»Quatsch, du hast doch noch gar nicht gegessen.«

»Nicht dass sie einen falschen Eindruck bekommt – oder den richtigen.« Sie hob eine Augenbraue und schaute ihn forschend an. Obwohl sie seit der kurzen Diskussion in der letzten Nacht nicht weiter über das Thema gesprochen hatten, schwebte es doch über ihnen wie eine dunkle Wolke.

»Sie ist siebzehn, Alex, nicht fünf. Trotzdem würde ich

vorschlagen, dass wir das nächtliche Programm für uns behalten.«

»Ja, ist klar. Ich werde ihr nicht sagen, dass ihr Vater ein begnadeter Liebhaber ist.«

»Oh, das ist gut zu hören.« Er freute sich innerlich, dann setzte er sich in Bewegung.

»Bild dir bloß nichts drauf ein«, rief sie ihm hinterher.

Andrés grinste breit, riss sich dann auf der Treppe zusammen. Er öffnete die Tür und begrüßte Svala mit einem Kuss auf die Wange. »Guten Morgen, du bist ja früh wach.«

»Es ist elf, Papa.«

»Ja, stimmt. Hast du Hunger?«

»Was gibt's denn?«

»Rührei könnte ich dir anbieten.«

»Bäh, nee. Wie wäre es mit Pancakes.«

Sie gingen gemeinsam nach oben. »Du schaust zu viele amerikanische Serien.«

»Vielleicht, aber Pfannkuchen mag ich trotzdem gerne.«

»Ja, ist gut. Ich mache dir welche.« Kurz bevor sie oben ankamen, warnte er sie vor: »Alex ist bei mir, sie hilft mir bei den Bildern für die Website.«

»Aha, gut«, war alles, was seine Tochter dazu verlauten ließ.

Sein Herzschlag beschleunigte sich doch ein wenig, als sie gemeinsam in die Küche gingen, wo Alex gerade etwas auf ihrem Handy tippte.

»Morgen«, grüßte Svala knapp, dann setzte sie sich auf die Arbeitsplatte.

»Guten Morgen«, erwiderte Alex mit einem Lächeln.

»Ich mache Pfannkuchen«, sagte er und fühlte sich total dämlich dabei. Es war eine absurde Situation irgendwie. Er fragte sich, ob Svala die richtigen Schlüsse zog, aber die baumelte nur mit den Füßen und schaute unbeeindruckt. Er hatte also keine Ahnung, was in seiner Tochter vorging. Auch nichts Neues. Das Wesen der Frauen blieb ihm ein Buch mit sieben Siegeln, egal wie alt er wurde.

Andrés nahm Eier, Mehl, Milch und etwas Salz und Zucker zur Hand, rührte daraus einen Pfannkuchenteig zusammen und fragte Svala ein wenig über ihre Zeit in Reykjavík aus. Sie sprachen Isländisch, alles andere wäre komisch gewesen, und Alex war sowieso mit dem Handy beschäftigt – es sah zumindest danach aus.

»Mama nervt manchmal wirklich«, verkündete Svala gerade, ohne aufzublicken.

»Wem sagst du das.« Er grinste.

»Wusstest du, dass sie jetzt datet?«

Er verschluckte sich beinahe. »Äh, nein. Aber ich nehme an, das ist gut.«

»Ich finde ja, es könnte nicht schaden, wenn sie jemanden hätte, der ihren Hormonhaushalt in Ordnung bringt.«

Andrés machte große Augen. »Äh, darauf muss ich jetzt nichts antworten, oder?«

»Besser nicht.« Svala grinste.

»Wie sieht es eigentlich bei dir aus?«

»Hä?«

»Hast du einen Freund?«

»Mann, Papa, du sollst nicht nerven.«

»Was war denn noch mit diesem Kjartan, den fandest du doch süß.«

»Das war vor drei Monaten, das ist eine Ewigkeit her.«

Er lächelte schief. Drei Monate in seinem Leben fühlten sich eher nach einem Wimpernschlag an. »Wenn du meinst. Dann gibt es also gerade niemanden?«

»Hör auf mich auszuquetschen, oder gehe ich dir vielleicht damit auf den Keks?«

»Nur weil du weißt, dass ich Single bin.«

Im nächsten Moment merkte er, dass das nicht ganz der Wahrheit entsprach, aber korrigieren wollte er sich auch nicht. Andrés holte eine Pfanne aus dem Schrank und stellte sie auf den Herd.

»Du wirst auch nicht für immer alleine bleiben. So hässlich bist du für dein Alter nicht.«

Er hob eine Augenbraue, während er etwas Speiseöl in die Pfanne gab. »Ich nehme an, das war als Kompliment gemeint?«

Sie grinste. »Ja, so ungefähr.«

»Ich weiß nicht, ob das eine Diskussion ist, die ich führen will.«

»Dann hör auf, dich nach meinem Liebesleben zu erkundigen. Dann frag ich dich auch nicht nach deinem.«

»Gott«, er schüttelte den Kopf, »du wirst wirklich erwachsen.«

»Wie lange will sie eigentlich noch bleiben?«, wollte Svala jetzt wissen, und ihm war klar, dass sie Alex meinte.

Er zuckte die Schultern, dann gab er drei Teigkleckse in die Pfanne. »Weiß ich nicht.«

»Mama war ziemlich angepisst, als sie euch beim Knutschen erwischt hat.«

Ihm fiel die Kelle aus der Hand, und sein Mund klappte auf. In diesem Moment war er überglücklich, dass sie dieses Gespräch auf Isländisch führten und Alex nichts verstehen konnte. Die saß noch immer völlig gelassen mit dem Computer da und bearbeitete Bildmaterial. Ihm war schrecklich heiß geworden, er versuchte aber, es sich nicht anmerken zu lassen.

»Papa, chill mal.«

Gut, das hatte also nicht geklappt, sein Versuch, lässig zu wirken. Er atmete tief durch.

»Svala«, fing Andrés an und suchte nach den richtigen Worten, aber sein Kopf war wie leergefegt. Er würde Hildur liebend gerne umbringen, denn es war fast klar gewesen, dass sie den Kuss im heißen Topf gegen ihn verwenden würde.

»Hey, ich hab damit kein Problem. Echt nicht«, versicherte seine Tochter.

»Hast du nicht?« Er hob eine Augenbraue.

»Wie gesagt, so hässlich bist du für dein Alter nicht, und du musst ja nicht wie ein Mönch leben.«

Andrés wurde heiß und kalt zugleich. Er hatte in seinem Elterndasein schon einiges erlebt, aber das toppte irgendwie alles. Er war nicht vorbereitet auf so ein Gespräch. »Ich weiß nicht so recht, was ich jetzt antworten soll.«

»Bitte erspar mir auf jeden Fall Details«, erklärte Savla mit einem angewiderten Gesichtsausdruck.

»Ich möchte gar nicht darüber reden, wenn ich ehrlich bin.«

»Siehst du! So geht es mir auch. Dann können wir ja einen Deal machen. Du nervst mich nicht mehr mit Fragen über Jungs, und ich gehe dir auch nicht auf den Senkel wegen deiner kleinen Affäre.«

Er hob eine Augenbraue. »Hat deine Mutter es so formuliert?«

»Ey, du willst nicht hören, was sie wortwörtlich gesagt hat.« Svala hob die Hände. »Das ist die nette Version.«

Andrés schluckte und wendete die Pfannkuchen. Wenn er hiermit fertig war, konnte er direkt noch einmal unter die Dusche springen, er war in kaltem Schweiß gebadet.

· · ·

An diesem Abend zögerte Andrés, ehe er ins Haus ging. Er war mit Svala Eislaufen und bei seiner Mutter zum Abendessen gewesen, obwohl er immer wieder an Alex gedacht hatte. Die Szene gestern hatte er noch gut in Erinnerung und auf eine Wiederholung wenig Lust. Gleichzeitig dachte er an das Gespräch mit seiner Tochter. Sie hatte vielleicht cool und erwachsen getan, weil sie siebzehn und ein Teenager war, aber sie war im Grunde doch noch ein Kind. Sein Kind.

Er hatte bei vielen Freunden und Bekannten miterlebt, dass nichts so einfach war, wie es aussah. Es würde in jedem Fall Probleme geben, wenn er oder seine Ex einen neuen Partner hatten – in der einen oder anderen Form. Es war natürlich, ein normaler Prozess. Er fühlte sich dem noch nicht gewachsen.

Gestern hatte er einen kleinen Vorgeschmack erhalten, was auf ihn zukommen würde, wenn er sich auf jemanden einließ. Er hatte Alex an den Kopf geworfen, dass sie eifersüchtig auf Svala wäre. Vielleicht hatte er recht, vielleicht auch nicht, und gleichzeitig war es so absurd, dass sie über so etwas diskutiert hatten, wo doch niemand bislang überhaupt über Gefühle geredet hatte.

Hatte Alex Gefühle für ihn?

Und was war mit ihm?

War es doch mehr als Sex?

Er seufzte und legte die Hände aufs Lenkrad. Selbst wenn, es veränderte nichts an den Tatsachen, dass sie Hamburgerin war und er auf Island lebte. Es sprachen eine Million Gründe dagegen, und doch … da war ein Funke, der in ihm glomm. Ohne es zu wollen, hatte er sich in ihm entzündet. Er konnte es selbst nicht fassen, aber es war so.

Alex war liebenswert und zugleich leidenschaftlich, aber sie war auch jung und hatte selbst keine Familie. Sie verfügte nicht über die gleiche Lebenserfahrung, wie er sie als Vater hatte. Er bezweifelte, dass sie Verständnis für ihn und seine Verpflichtungen aufbringen würde. Kaum eine Frau konnte das, die selbst noch keine Kinder hatte. Vielleicht täuschte er sich auch, aber so hatte er es in seinem Umfeld erlebt. Patchwork war kompliziert. Immer.

Er war nicht bereit für so etwas, vorausgesetzt, von ihrer Seite aus war es überhaupt mehr als pure Lust. Für sie war das Ganze hier vielleicht ja immer noch nur eine Auszeit, ein Urlaub und er damit eine kleine Urlaubsaffäre zur Ablenkung von ihren Problemen zu Hause.

»Scheiße«, brummte er, als er aus dem Wagen ausstieg und durch den Schnee zum Haus hinüberstapfte. Nein, entschied er. Es würde zu nichts führen.

Er hatte sich gedanklich in eine falsche Richtung bewegt, er fing an, mit seinem Schwanz zu denken, und der leitete ihn direkt zu Alex.

Aber an seiner Einstellung hatte sich nichts geändert: Er hatte sich gerade vom Rosenkrieg mit seiner Ex erholt, da würde er sich nicht in etwas stürzen, das von vornherein zum Scheitern verurteilt war. Auf keinen Fall.

Andrés' Stimmung sank unter den Nullpunkt, als er nach dem Zähneputzen in sein Bett kroch. Er starrte in die Dunkelheit und wartete auf die Müdigkeit, aber sie wollte nicht kommen, sein Gedankenkarussell hielt ihn wach. Und dann hörte er leise Schritte, eine Tür wurde geöffnet. »Andrés?«, wisperte Alex in die Dunkelheit.

»Ich bin hier«, erwiderte er, und sein Herz schlug schneller. Er war seltsam erleichtert, sie in seiner Nähe zu wissen.

»Störe ich?«

»Nein.« Er hob seine Decke an. »Ich bin froh, dass du da bist.«

Sie kroch zu ihm und kuschelte sich an ihn. Er reagierte

sofort auf sie, küsste sie hungrig und zerrte an ihrem Shirt. Er wollte sie mit einer Intensität, die ihn selbst überraschte. Schon fiel er über sie her und nahm sich doch Zeit, sie ausgiebig zu liebkosen, bis sie beide atemlos waren. Er holte ein Kondom, rollte es über und drang in ihre feuchte Hitze ein. Alex klammerte sich an ihm fest, bewegte ihre Hüften unter seinen im gleichen Rhythmus. Sie waren perfekt füreinander. Und doch wieder nicht.

Als sie kam und leise seinen Namen rief, wurde ihm klar, dass er nie genug von ihr bekommen würde. Die Erkenntnis traf ihn genau in der Sekunde, als ihn der Höhepunkt erfasste.

Er war verloren.

Es würde niemals gutgehen.

Er musste es beenden, ehe er noch einmal den gleichen Fehler beging, sich auf eine Frau einzulassen, die ihn niemals für das lieben konnte, was er war. Ein einfacher Mann, mit einfachen Träumen und Wünschen. Er würde Alex nie das Leben bieten können, das sie gewohnt war, und er wollte das auch gar nicht. Er war zufrieden mit dem, was er erreicht hatte. Aber Alex würde mehr wollen als das.

Andrés biss die Zähne zusammen und spürte noch die letzten Wellen des Orgasmus' durch seinen Körper fließen, als er längst das Bedürfnis verspürte, davonzulaufen. Ganz schnell und so weit weg, wie er nur konnte.

Natürlich tat er es nicht, sondern hielt sie in seinen Armen. Küsste ihren Scheitel und wartete, bis sie eingeschlafen war, ehe er das Bett verließ und im Wohnzimmer in die Dunkelheit starrte.

Er musste es ihr sagen. Sie bitten zu gehen, ehe es zu spät war.

Er durfte sich nicht verlieben. Nicht in Alex. Sie würde ihm das Herz brechen, das wusste er. Vielleicht fand sie ihn jetzt interessant, weil er das Gegenteil von dem war, was sie als Tochter aus reichem Hause kannte. Aber wenn ihre familiären Probleme gelöst waren, würde ihr klarwerden, dass ihre Welten zu unterschiedlich waren. Und das wollte er sich ersparen.

KAPITEL 19

»Seit wann sitzt du schon hier?«, fragte Alex ihn, während sie blinzelnd auf ihn zutapste.

»Konnte nicht schlafen.«

Sie forschte in seinem ihr mittlerweile so vertrauten Gesicht. »Ist was passiert?«

Er rieb sich die Stirn, dann schüttelte er den Kopf. »Nein. Im Grunde nicht, außer dass mir klargeworden ist, dass es so nicht weitergeht.«

Sie spürte einen Stich in der Magengrube. »Was meinst du?«

»Das hier.« Er machte eine umfassende Handbewegung. »Was tun wir hier eigentlich?«

Alex runzelte die Stirn, ansonsten rührte sie sich nicht. »Ich hatte angenommen, dass wir erwachsene Menschen sind, die sich zueinander hingezogen fühlen.«

»Wohin soll das führen?«

Sie zuckte die Schultern. »Ich weiß es nicht.«

»Aber ich weiß es.« Seine Stimme klang seltsam abgeklärt. »Und ich denke, es ist das Beste, wenn wir damit aufhören.«

Sie schaute ihn sprachlos an. Als sie begriffen hatte, was er von sich gegeben hatte, lachte sie humorlos. »So, das hast du also entschieden?«

Er zeigte keine Regung, also fuhr sie fort. »Du wirfst mich raus?«

»Nein, natürlich nicht.«

»Aber es wäre dir lieber, ich würde bald gehen.«

In Andrés' Augen war nichts von der Wärme zu erkennen, mit der er sie so oft angesehen hatte. Um seinen Mund lag ein harter Zug. »Es wäre das Beste.«

Sie schüttelte den Kopf, ihr Magen schien aus einem Meer aus Knoten zu bestehen. »Dann gehe ich mal packen.«

Sie wollte ihm noch eine ganze Reihe von Dingen an den Kopf werfen, doch ihre wirren Gedanken ließen sich nicht zu einer vernünftigen Abfolge von Worten aneinanderreihen. Das Schlimmste von allem war, dass es so wehtat. Sie hatte gehofft, dass es anders wäre, dass er etwas für sie empfinden würde.

Aber das war nicht der Fall.

Er hatte sie wirklich nur als kleine Ablenkung empfunden, als Sprungbrett, um sich vollständig von seiner Ex zu lösen.

Und jetzt hatte er genug von ihr.

Sie spürte Tränen in sich aufsteigen, aber blinzelte sie weg. Sie war wütend auf sich und ihre Reaktion.

»Alex, du musst nicht gleich –«

Wut schäumte in ihr hoch. »Nein, muss ich nicht? Soll ich etwa noch schön mit dir frühstücken, dich dann vögeln und erst danach abreisen?«

Ein Muskel an seiner Wange zuckte. »Alex, können wir nicht wie zwei normale Menschen darüber reden?«

Sie lachte bitter. In der Hinsicht war er doch typisch Mann, wie alle anderen. Nüchtern und abgeklärt, wenn die Lust befriedigt war. »Ich glaube nicht, dass es noch was zu reden gibt. Aber ist schon okay, ich habe es verstanden. War nett mit dir.«

Sie wirbelte herum und stürmte nach drüben, wo sie ihre Habseligkeiten in ihren Koffer stopfte. Als sie den Islandpullover in der Hand hatte, überlegte sie kurz, ihn hierzulassen, entschied sich aber dagegen. Sie hatte das kratzige Ding in der kurzen Zeit so liebgewonnen, dass sie es nicht übers Herz brachte, ihn zurückzulassen. Mit einem Seufzen zog sie ihn an und machte sich dann auf den Weg. Als sie in Andrés' Wohnung zurückkehrte, saß er noch immer an der gleichen Stelle.

»So, ich wäre dann so weit.«

Er stand auf, aber sie hob eine Hand, und er näherte sich ihr nicht weiter. »Bleib, wo du bist«, sagte sie und fühlte sich völlig bescheuert. Sie hatte schon eine Menge erlebt, aber das hier war die Krönung von allem.

»Ich wüsste nur zu gern, was deine Meinung auf einmal geändert hat«, würgte sie tonlos hervor, während sie ihr Kinn trotzig nach vorne reckte. Ein bisschen Stolz steckte noch in ihren Knochen, sie war dankbar dafür, weil er sie aufrecht hielt in einem Moment, in dem alles in ihr zerbrach. Sie hatte gedacht, dass Andrés anders war als die anderen Kerle, die sie nur ausgenutzt hatten. Aber sie hatte sich getäuscht.

»Ich habe meine Meinung überhaupt nicht geändert, und das ist doch der Punkt, Alex. Wir schlafen zusammen, es war nie mehr, und es wird nie mehr sein. Ich … Das ist nicht, was ich möchte.«

Ein Funken Hoffnung glomm in ihr auf. War das der

Moment, in dem sie ihm sagen sollte, dass sie sich in ihn verliebt hatte? Ihr Herz raste. »Was möchtest du denn?«

Er seufzte und strich sich durch die Haare. »Das ist es ja. Ich suche gar nichts. Ich war zufrieden damit, wie mein Leben war – bis du aufgetaucht bist.«

»Soll ich mich dafür entschuldigen? Ich kann nichts dafür, dass Erla deine Schwester und meine Freundin ist, und du bist ja wohl auch ziemlich freiwillig mit mir ins Bett gegangen.«

»So habe ich das nicht gemeint.«

»Ach nein?« Ihre Stimme war höher als normal, ihr Herz hämmerte hart gegen ihren Brustkorb. »Wie dann? Du warst zufrieden, bis ich aufgetaucht bin, wie soll das denn zu verstehen sein?«

Er atmete hörbar aus, und für einen Augenblick glaubte sie etwas in seinen Augen aufblitzen zu sehen, im nächsten Moment war es verschwunden. »Ich will weder eine Beziehung noch den Ärger, den man sich damit einhandelt – und dabei haben wir noch nicht mal über die Distanz Island-Hamburg gesprochen. Es ist einfach so: Nichts davon passt mir in den Kram.«

»Aha. Und was ich darüber denke, interessiert dich nicht? Habe ich mich dir vielleicht an den Hals geworfen und darum gebettelt, dass du mein Freund sein sollst?«

Er hob eine Augenbraue. »Nein, hast du nicht.«

»Eben. Habe ich nicht. Warum machst du es kompliziert? Es lief doch gut.«

»Ja, da hast du recht, Alex. Aber … um ehrlich zu sein, Sex allein ist auch nicht das, was auf die Dauer funktioniert.«

Sie atmete tief ein. »Ja, du scheinst offenbar sehr genau zu wissen, was du alles willst und was nicht. Dem habe ich dann wohl nichts hinzuzufügen.« Für einige Sekunden starrten sie sich wortlos an. Es war so absurd, das alles. So, wie diese Affäre begonnen hatte, so endete sie auch. Ohne Worte.

»Was sagt man in so einem Moment? Schönes Leben noch?« Ihr Tonfall war mehr als ironisch, er zuckte kaum merklich zusammen.

»Ich wünsche dir alles Gute«, brummte er.

Sie presste ihre Lippen aufeinander, ehe sie erwiderte: »Ja, ich dir auch. Viel Glück.«

Dann wandte sie sich ab und schleppte ihren Koffer nach unten. Beinahe hätte sie laut gelacht, dass dieser Klotz von einem Mann nicht mal in der Lage war, ihr dabei behilflich zu sein.

Fassungslos stapfte sie zum Wagen, den sie sich von Erlas und Andrés' Mutter ausgeliehen hatte, hievte das schwere Ding in den Kofferraum und setzte sich auf den Beifahrersitz. Sie ging online und versuchte sich Flüge zu buchen – überraschenderweise funktionierte ihre Kreditkarte wieder. Sie zog eine Grimasse und lachte humorlos über die Ironie ihres Lebens. Sie schaffte es offenbar überall, Mist zu bauen, um sich am Ende als Versagerin zu fühlen. Zeit, nach Hause zurückzukehren, in den Kreis ihrer Familie, wo sie auch einiges zu regeln hatte.

Vielleicht sollte sie Andrés dankbar sein, dass er sie rausgeworfen hatte – sonst wäre sie womöglich geblieben und hätte sich Hoffnungen auf mehr gemacht. Gleichzeitig war etwas in ihr zerbrochen, denn es war natürlich zu spät. Sie hatte, ohne es zu wollen, davon geträumt, in ihm den einen Mann gefunden zu haben, der sie so mochte, wie sie war. Bei dem sie sich nicht hatte verstellen müssen, dem sie gut genug war – ohne Tamtam oder Blingbling. Nun, die Realität sah anders aus. Sie hasste sich dafür, dass sie mal wieder auf die süße Liebe reingefallen war.

Alex drehte den Zündschlüssel um und fuhr in Richtung Akureyri, auf dem Weg dorthin klingelte sie bei Erla durch.

Eine halbe Stunde später saß sie in der kleinen Familienküche und trank eine Tasse grünen Tee mit ihr. »So, dann ist es jetzt also Zeit, nach Hause zu fahren?«

Alex nickte. »Jap, sieht so aus.«

»Hast du wenigstens schöne Nordlicht-Aufnahmen?«

»Ja, immerhin. Es war nur eine Nacht, aber die war großartig. Die Bilder meine ich.«

»Wieso reist du so plötzlich ab?«

»Ach, ich wollte Andrés nicht länger auf den Keks gehen.«

»Es lief doch recht gut mit euch?«

Alex fragte sich, was sie wusste. »Wie man es nimmt.«

»Erzähl schon.«

»Gibt nichts zu erzählen. Du weißt doch, wie dein Bruder ist.«

»Eben.« Erla hob eine Augenbraue.

»Frag ihn doch. Außerdem hast du mir doch neulich gesagt, dass ich mich sowieso nie auf jemanden festlegen könnte.«

»Du nimmst es mir übel«, stellte sie fest.

»Nein, nicht wirklich. Aber es gibt einfach keinen Grund, warum ich bleiben sollte.«

Erla griff nach ihrer Hand. »Kann sein, dass ich hoffnungslos bin, was Romantik angeht. Aber irgendwie hatte ich das Gefühl, dass zwischen euch schon bei dem Skata-Essen am dreiundzwanzigsten Dezember die Funken geflogen sind.«

O Gott, sie hatte es also doch gemerkt. »Weiß nicht, was du meinst«, erwiderte sie kleinlaut.

»Nur für den Fall, dass das stimmt: Geh nicht, ohne ihm zu sagen, was wirklich in dir vorgeht. Andrés ist mein

Bruder, aber er ist auch ein Mann. Die begreifen alles immer erst, wenn es zu spät ist.«

Alex brauchte einen Moment, dann prustete sie los. »Gott, Erla. Ich werde dich so vermissen. Andrés ist … na ja, ich sag lieber nichts dazu. Sturer Bock wäre eine Untertreibung sondergleichen.«

»Das ist korrekt. Also läuft da doch was zwischen euch?«

Sie zuckte die Schultern. »Keine Ahnung. Nein. Absolut nicht. Er hat mir ungefähr dreihundertmal klargemacht, dass er nie wieder eine Beziehung führen will, und überhaupt.«

Erla stöhnte. »Mein Gott, der Kerl ist echt ein Fall für die Couch. Wenn er nicht mein Bruder wäre …«

»Schon okay, es führt alles zu nichts. Deswegen, nicht nur deswegen natürlich, fliege ich nach Hause. Ich habe lange genug die Stopp-Taste gedrückt, ich muss endlich mal wieder auf Play kommen.«

»Was hast du vor?«

»Ich weiß nicht. Um ehrlich zu sein, eigentlich mochte ich den Takt hier auf Island. Als ich angefangen habe, mich um die Social-Media-Kanäle der Tauchschule und das Infomaterial zu kümmern, habe ich gemerkt, dass das genau das ist, was mir Spaß macht.«

»Du könntest dich ja bei ihm bewerben.«

»Genau, Erla. Du tickst wohl nicht richtig.« Sie schaute auf ihre Uhr. »Hör zu, mein Flug geht in einer Stunde, ich fliege direkt nach Keflavík und von dort aus weiter nach Hamburg.«

Erla seufzte. »Zu schade. Ich hatte wirklich ein bisschen Hoffnung, dass es mit euch beiden klappen könnte.«

Alex war kurz davor, ihr zu sagen, dass es bei ihr gefunkt hatte, dass Andrés derjenige war, der … Ach, sie verwarf den Gedanken. Es führte ja ohnehin zu nichts.

»Lass gut sein«, meinte sie knapp.

»Ja, nur eins noch. Auch, wenn ich mich wiederhole, es ist wichtig: Wenn du was für ihn übrig haben solltest, geh nicht, ohne es ihm zu sagen. Er kann manchmal ein Idiot sein, das ist mir klar, aber ich glaube, dass er einfach zu seinem Glück gezwungen werden muss.«

»Ich zwinge niemanden zu gar nichts.«

»Ich stelle mir das gerade zu lustig vor, wie man ihn unter Folterandrohung dazu bringen muss, zuzugeben, dass auch er nicht für den Rest seines Lebens alleine bleiben will.«

»Will er das wirklich?«

»Auf keinen Fall, aber er ist verletzt. Der Stress mit seiner Ex hat ihn fertiggemacht. Er glaubt, dass er noch nicht so weit ist und es nie wieder sein wird.«

»Tja, dann ist das halt so.«

»Euch ist wohl nicht zu helfen.«

»Wie ich schon sagte – ich dränge mich niemandem auf, und ich zwinge auch niemanden, mich zu mögen.«

»Aber immerhin weiß ich jetzt, dass du ihn ein bisschen magst.«

Alex verdrehte die Augen. »Wehe, du verrätst es ihm.«

»Du solltest das selbst tun.«

Alex hatte gerade ihren Koffer am Schalter abgegeben und eingecheckt, als sie zum wiederholten Mal über Erlas Worte nachdachte. Sollte sie Andrés sagen, dass sie Gefühle für ihn hatte? Würde sie sich damit nicht lächerlich machen? Auf der anderen Seite – sie hatte genug von verpassten Chancen. Sie war sich sicher, dass das, was sie zusammen erlebt hatten, mehr als nur Sex gewesen war. Ohne noch einen Zweifel zuzulassen, wählte sie seine Nummer, es ging nur die Mailbox ran. Ihr Puls raste, ihre Handflächen waren feucht. Was sollte sie tun? Auflegen und aufgeben? Nein, jetzt hatte sie den Mut, vielleicht würde sie ihn nie mehr aufbringen. Morgen war sie zurück in Hamburg, da würde sie tausend Gründe erfinden, warum sie nicht seine Nummer wählen sollte. Jetzt oder nie.

Nach dem Piepton hinterließ sie eine Nachricht.

»Hey, ich bin's.« Sie holte tief Luft. »Alex. Falls du dich noch an mich erinnern kannst.«

Sie räusperte sich und schlug sich mit der Hand an die Stirn. Verdammt, das war keine SMS, die sie wieder löschen konnte. Wenn sie noch mehr Mist verzapfte, würde er die Mailbox nie bis zum Ende abhören.

»Also, der Grund, warum ich anrufe …« Sie zögerte, dann fasste sie sich ein Herz. *Jetzt oder nie*, erinnerte sie sich.

»Ich wollte nicht gehen, ohne dass du weißt, dass es für mich mehr war als nur eine Bettgeschichte. Ich mag dich. Sehr sogar, und das, obwohl du manchmal nervst. Aber du bist ein guter Koch, und ein bisschen geht Liebe ja durch den Magen – bei mir jedenfalls.«

Verdammt, sie redete sich um Kopf und Kragen.

»Andrés, bevor ich deine Mailbox sprenge, mache ich es kurz: Ich habe mich in dich verliebt, und ich finde, du solltest es wissen. Ich wollte nicht gehen, ohne es dir gesagt zu haben. Ich weiß nicht, wie und ob es funktionieren könnte mit uns, aber ich möchte nicht am Ende meines Lebens dastehen und immer denken, was wäre gewesen, wenn. Deswegen sollst du wissen, dass ich mir vorstellen könnte zu bleiben. Das ist jetzt ein bisschen blöd, denn in einer Stunde geht mein Flug – in vier Stunden der zweite von Keflavík nach Hamburg. Vielleicht hast du ja Zeit, meine Nachricht abzuhören, … aber vielleicht siehst du das ja nicht so wie ich. Kurz und gut …« Sie räusperte sich noch einmal. »Andrés, ich habe mich verliebt, nur für den unwahrscheinlichen Fall, dass du es beim ersten Mal nicht mitbekommen hast.«

Und dann legte sie auf. Ihre Knie gaben unter ihr nach, und sie ließ sich auf einen der Sitzplätze hinter ihr fallen.

O Gott.

Sie hatte es getan.

Sie war stolz auf sich, und gleichzeitig fürchtete sie sich vor seiner Reaktion. Oder schlimmer noch: vor gar keiner Reaktion.

Sie starrte auf den Sekundenzeiger der Uhr über dem Schalter. Langsam zog er eine Runde nach der anderen. Menschen kamen und gingen. Jedes Mal, wenn die Schiebetüren sich öffneten, hoffte sie, dass es Andrés war.

Aber er kam nicht.

Ihr Flug wurde aufgerufen. Sie wartete, bis alle anderen vor ihr eingestiegen waren.

Aber er kam nicht.

Alex schluckte schwer, dann griff sie nach ihrem Handgepäck und ging zur Bordkartenkontrolle. Dieses Mal legte ihr kein Troll, keine Elfe Steine oder Schneewehen in den Weg – vielleicht war an der Sache doch nichts dran.

Natürlich nicht. Sie hatte an irgendwelche Zeichen glauben *wollen*, aber die hatte es vermutlich niemals gegeben.

KAPITEL 20

»Deine Laune ist ja unterirdisch«, stellte Friðrik fest, und Andrés brummte nur etwas in seinen nicht vorhandenen Bart. Die beiden saßen mit einer Tasse Kaffee im Büro der Tauchschule.

»Bist du nur gekommen, um mir das zu sagen?«

»Nein, ich wollte mal nach dir sehen, ob du noch lebst, oder ob du abgesoffen bist.«

»Sehr witzig. Aber gutes Stichwort, ich hatte gerade vor, tauchen zu gehen.«

»Hast du Kunden?« Er schaute sich im Büro um. »Ich sehe niemanden.«

»Stell dir vor, ab und zu mache ich das nur zu meinem Vergnügen.«

»Du siehst aber nicht vergnügt aus.«

»Ach, halt doch dein Maul.«

Friðrik grinste breit. »Wenn ich es nicht besser wüsste, würde ich sagen, du hast Frauenprobleme.«

Andrés schnaubte und stand auf.

Sein Kumpel folgte ihm. »Ist es wegen der Deutschen?«

»Es ist gar nichts«, knurrte er.

»Wieso ist sie eigentlich gegangen? Ich habe gehört, dass ihr euch gut verstanden habt.«

Ja, Andrés konnte sich lebhaft vorstellen, dass es sich dank Hildur herumgesprochen hatte, dass er Alex geküsst hatte. Er unterdrückte ein Seufzen.

»Weil ihr Urlaub vorbei war?«, gab er sarkastisch zurück.

»Aber du hattest was mit ihr. Krass, Alter! Glückwunsch. Hätte nicht gedacht, dass so ein heißer Feger in dein Bett steigt.«

»Noch ein Wort, und ich muss dich schlagen.« Andrés begann seine Ausrüstung zusammenzusuchen, Trockentauchanzug, Druckluftflasche mit Doppelabgang und zwei getrennten Atemsystemen, vereisungsempfindliche Atemregler. Er überprüfte alles sorgfältig, da er schon seit einigen Wochen nicht mehr alleine unterwegs gewesen war.

»Warum flüchtest du vor mir?«

»Du spinnst. Ich gehe tauchen, ich verziehe mich in eine Welt, die den meisten verschlossen bleibt und die ich jetzt gerade brauche. Ich muss ein bisschen nachdenken, und ich möchte …«, er schaute seinen Freund böse an, »meine Ruhe haben. Unter Wasser muss ich nicht reden und saudumme Fragen beantworten.«

»Was auch immer.« Friðrik runzelte die Stirn und sah Andrés nachdenklich an. »Du hast dich in sie verguckt, stimmt's?«

»Selbst wenn es so wäre, sie ist weg.«

Andrés musste an ihre Nachricht denken, die er seit ihrem Anruf sicher an die hundertmal abgespielt hatte. Dennoch war sie bis zum heutigen Tag unbeantwortet geblieben. Sie hatte gesagt, dass sie sich in ihn verliebt habe, und er brachte es nicht über sich, sich seinen eigenen Gefühlen zu stellen. Die Angst saß zu tief.

Zuerst hatte er sich riesig gefreut, aber dann waren die Zweifel in seinem Kopf aufgetaucht, die sich einfach nicht abstellen ließen. Er glaubte ihr, aber er war sich auch sicher, dass alle seine Gründe, die gegen eine Zukunft mit ihr sprachen, mindestens genauso gewichtig waren. Es würde nie gutgehen, aus dem Grund meldete er sich nicht bei ihr. Und sie hatte es auch nicht noch einmal bei ihm versucht. Sicher dachte sie längst anders darüber und war froh, dass er ihrem Aufruf nicht gefolgt war.

»Aus der Welt ist Hamburg auch nicht«, meinte sein Freund.

»Kann sein. Aber sie passt nicht hierher.«

»Hat sie das so gesagt?«

»Nein, aber ich sage das. Sieh dich doch mal um, was könnte ich einer Frau wie ihr bieten? Das hast du selbst schon bei der ersten Begegnung festgestellt.«

»Das war ein Scherz, Andrés. Wenn sie dich nicht nimmt, wie du bist, dann ist sie es nicht wert. Ist sie etwa so eine oberflächliche Tussi?«

Er zuckte die Schultern. »Nein, ich glaube nicht. Nein, sie ist nicht oberflächlich.«

»Da hast du doch deine Antwort. Und jetzt gehe ich, ehe ich doch noch von dir verprügelt werde. Und pass auf dich auf, Andrés, mach keine Dummheiten.«

»Du kennst mich doch.« Er hob eine Augenbraue.

Sein Kumpel klopfte ihm aufmunternd auf die Schulter, dann ließ er ihn allein zurück. Andrés war in Gedanken versunken, während er sich umzog und sich bereitmachte.

ährend seines Tauchgangs war er vollkommen konzentriert, denn man konnte sich, wenn man alleine unterwegs war, keine Fehler erlauben.

Immer tiefer ließ er sich ins Wasser gleiten und tauchte bis hinab auf den Grund des Eyjafjords, um nach Strýtan, dem Namensgeber seiner Tauchschule, und dessen Bewohnern zu sehen. Er liebte diese wortlose, faszinierende und schillernde Umgebung unterhalb der Wasseroberfläche, er genoss die Schönheit und bizarren Wunder der Natur bei jedem Tauchgang aufs Neue. Jedes Mal fühlte er sich, als würde er in eine fremde Welt vordringen, die aus einer der vielen Sagen entsprungen zu sein schien. Die Heißwasserschlote waren für ihn eins der Weltwunder, und er war voller Stolz, dass er sie wiederentdeckt und für Sporttaucher zugänglich gemacht hatte. Andrés nahm eine leere Flasche aus seiner Bauchtasche und füllte sie mit dem neunundsiebzig Grad heißen Wasser, das aus den Kegeln strömte. Sonst machte er es für die Touristen, heute würde er es für sich nutzen und sich daraus einen Kakao zubereiten. Manchmal kochte er für seine Gäste kleine Eier dreizehn Minuten unter Wasser, um zu beweisen, dass es heiß genug war, obwohl es aus Kegeln inmitten des eiskalten Meeres im Eyjafjord entströmte. Ein Kabeljau schwamm um ihn herum und beäugte ihn skeptisch, dann setzte er seinen Weg über den Grund fort.

Andrés genoss die Stille und den Frieden hier unten, verharrte eine Weile, und in diesem Moment der Regungslosigkeit tauchte Alex' Gesicht vor ihm auf. Sie lächelte, und ihre Augen funkelten. Er würde sie niemals vergessen, denn er liebte sie. Die Erkenntnis traf ihn hart, dass es passiert war, obwohl er alles versucht hatte, sein Herz verschlossen zu halten. Aber sie hatte das Schloss mühelos und völlig lautlos entfernt und sich ihren Platz darin gesucht. Er wünschte, sie wäre hier bei ihm, dass er ihr seine Welt zeigen könnte, denn er sehnte sich danach, dass sie ein Teil davon wurde, dass sie die Stille und Ruhe hier genauso genoss wie er, dass sie ihn ebenfalls liebte. Aber er hatte seine Chance vertan. Oder?

* * *

Alex saß in ihrem Büro in Hamburg und räumte ihre Privatsachen in einen kleinen Umzugskarton. Sie hatte es wirklich getan – ihre schriftliche Kündigung, rückwirkend zum dreiundzwanzigsten Dezember, lag in der Personalabteilung. Jetzt war sie offiziell arbeitssuchend und frei.

Und einsam.

Wie immer, wenn sie an ihre Zeit auf Island zurückdachte, breitete sich ein flaues Gefühl in ihrer Magengrube aus. Stina hatte doch recht gehabt, überlegte Alex, ihr stand ein Neuanfang bevor. Dennoch hatte der in ihren Vorstellungen ein wenig anders ausgesehen.

Andrés hatte nicht auf ihren Anruf reagiert. Was das bedeutete, war klar.

Für ihn war es doch nur Sex gewesen. Er wollte sie nicht.

Sie musste es akzeptieren, auch wenn es ihr bis jetzt nicht gelungen war, das zu tun. Vielleicht war sie ja doch romantischer veranlagt, als sie gedacht hatte. Seufzend zog sie ihr Smartphone aus der Gesäßtasche ihrer Jeans und stalkte einen gewissen Nutzer auf Instagram –, er postete selten etwas, aber wenn, dann waren es ausschließlich die Bilder, die sie für ihn bearbeitet hatte. Dazu wählte er die Hashtags, die sie ihm notiert hatte. Es lief okay, nicht gut, aber das war keine Überraschung gewesen.

Sein Gesicht fehlte ihr, sein Geruch fehlte ihr. Sein Lachen und seine Zärtlichkeiten. Sie vermisste alles an ihm.

Es führte zu nichts, das war klar. Sie musste damit aufhören, ständig an ihn zu denken und sich nach ihm zu sehnen. Alex klappte den Karton zu und schaute sich ein letztes Mal in ihrem Büro um.

›Ein Ende ist auch immer ein neuer Anfang‹, hatte sie mal irgendwo gelesen. Alles war zu irgendwas gut.

Alex verdrehte die Augen. Gott, wenn sie noch mehr in so dämlichen Plattitüden dachte, konnte sie bald als Life-Coach anheuern – zu dumm nur, dass sie ihr eigenes Leben nicht unter Kontrolle hatte.

Auf dem Weg nach draußen verabschiedete sie sich von ihren ehemaligen Kolleginnen, dann packte sie die Kiste in den Kofferraum und fuhr zum Flughafen. Erla und ihr Mann würden in einer Viertelstunde landen, die beiden planten ein Wochenende in Hamburg – ohne Kinder. Sie hatte versprochen, sie abzuholen und mit ihnen essen zu gehen.

Alex stellte ihren SUV im Parkhaus ab und schlenderte hinüber in die Ankunftshalle. Ein Blick auf die Anzeigetafel verriet ihr, dass die Icelandair bereits vor fünf Minuten gelandet war. Sie freute sich, ihre Freundin und deren Mann wiederzusehen, aber sie spürte gleichzeitig auch diese tiefe Sehnsucht in sich, die alles um sie herum in ein farbloses Grau tauchte. Obwohl es ein unfassbar milder März war, überall in der Natur die Blumen sprossen, die Vögel zwitscherten, empfand sie keine Freude über den Frühling.

Weil etwas fehlte.

Weil jemand fehlte.

Weil er fehlte.

Alex verzog ihren Mund und versuchte die Bilder wegzuschieben, die Erinnerungen loszuwerden, aber es war so mühsam, so kräftezehrend, dass sie langsam glaubte, verrückt zu werden.

Die Schiebetüren gingen auf, und Erla kam mit ihrem Mann, der einen großen Koffer hinter sich herzog, auf sie zu. Alex winkte und lächelte. Nach einer kurzen Umarmung fragte Erla: »Hast du heute schon mal auf Instagram geschaut?«

»Äh, wieso?«

»Ich meine, hast du dir Andrés' Story angeschaut?«

»Seit wann postet er was in der Story?«

Erlas Gesicht hellte sich auf. »Oh! Du folgst ihm also?«

Alex' Wangen brannten. »Äh …«

»Los! Guck dir die Story an!«

»Jetzt?«

»Na klar jetzt.«

»Sollen wir nicht erst mal aus dem Flughafen raus?«

»Nein!«

Alex schaute Bergþór hilfesuchend an, aber er zuckte nur mit den Schultern und guckte dann auf seine Füße. Okay, also wollte er nichts zu dem Thema sagen. Ihre Freundin hingegen zupfte an ihrem T-Shirt, was Alex irgendwie witzig fand, denn ihre Kinder verhielten sich bei ihr vermutlich genauso.

»Ja, ich mach' ja schon«, sagte sie schließlich und zückte ihr Handy erneut. Sie öffnete die Instagram-App und ging auf Andrés' Tauchschulen-Account. Tatsächlich, er hatte was in der Story gepostet.

»Nun mach schon«, drängelte Erla.

»Jaha.« Sie tippte darauf und erstarrte, als sie sein Gesicht entdeckte. Sehnsuchtsvoll zog sich ihr Herz zusammen. Er schaute gut aus – natürlich – vielleicht ein bisschen müde, aber …

Die Story war vor drei Stunden gepostet worden, er stand irgendwo draußen. Dichte Wolken zogen über einen grauen Himmel, seine Haare wurden vom Wind zerzaust. O wie gerne würde sie mit ihren Fingern darin wühlen … Sie atmete tief ein, als er anfing zu sprechen. »Ja, hallo Leute«, sagte er auf Englisch und lächelte nervös in die Kamera.

»Ihr wundert euch vielleicht, warum ich heute mein Gesicht in die Linse halte, aber ich habe ein Problem, das ich lösen möchte. Ich bin ein Experte unter Wasser; wie ihr mittlerweile vielleicht wisst, kann ich ganz gute Aufnahmen beim Tauchen machen, aber ich bin nicht besonders gut darin, sowas wie jetzt zu tun.« Er fuchtelte mit der Hand herum. »Und da bin ich auch schon bei meinem Anliegen: Ich suche jemanden, der das für mich übernehmen könnte. Ich brauche Hilfe! Nicht nur bei den Insta-Storys.«

Alex runzelte die Stirn. Es war ja schön, dass er offenbar auf der Suche nach einem Mitarbeiter war, aber warum sollte sie sich das anschauen? Wenn er ihre Hilfe hätte haben wollen, hätte er sich melden können. Sie würde sicher nicht ihre Bewerbungsunterlagen nach Island mailen. Erla war verrückt, wenn sie das glaubte.

Ihre Freundin konnte offenbar Gedanken lesen, denn sie sagte zu ihr: »Schau es bis zum Ende an, es dauert nicht mehr lange.«

Alex kommentierte es mit einem unwilligen Schnauben.

Andrés sprach weiter. »Ich bin ein Idiot«, sagte er, und sie hatte das Gefühl, dass diese Nachricht vielleicht doch nicht an alle Leute da draußen gerichtet war, sondern an sie.

Aber das war unmöglich.

Oder doch nicht?

Ihr Herz schlug schneller.

»Alex, ohne dich bin ich verloren – und ich spreche jetzt nicht nur über Social Media. Ich kann nicht mehr schlafen. Ich kann nicht mehr essen. Ich brauche dich. Du fehlst mir. Natürlich ist es ziemlich feige, so einen Aufruf im Internet zu posten, aber dafür ist meine Schwester verantwortlich.« Er verdrehte die Augen. »Du weißt selbst, wie nervig sie sein kann.«

Erla gluckste neben ihr und stieß Alex ihren Ellenbogen

in die Seite. »Ja, ja«, murmelte sie, völlig in diese Botschaft versunken.

»Trotzdem bin ich irgendwie froh, dass es endlich raus ist. Also Alex, wenn du das hier siehst: Bitte verzeih mir, dass es so lange gedauert hat zu kapieren, dass ich dich liebe.«

Und dann endete das Video.

»Was zur Hölle …«, stieß sie hervor und rang nach Atem. Ihre Knie wurden weich und drohten unter ihr wegzusacken. Ihr wurde schwindelig. Hatte sie das eben wirklich gehört und gesehen?

Das war es?

Er liebte sie.

O Gott.

Während ihr die verschiedensten Gedanken durch den Kopf schossen, tippte jemand von hinten auf ihre Schulter.

Ihr Herz blieb stehen.

Nein! Das war nicht möglich.

Ganz langsam drehte sie sich um. Sie wagte nicht, ihre Augen zu öffnen, doch sie tat es, und dann schrie sie auf.

»Du!«

Andrés stand vor ihr, er trug eine Jeans und einen Wollpullover mit dem typischen isländischen Muster. Er war nicht rasiert, und seine dunkelblonden Haare waren so zerzaust, als ob er sie sich ziemlich häufig gerauft hätte in den letzten Minuten. »Hallo«, sagte er und seine Stimme klang rau.

»Hallo«, wiederholte sie, und alles um sie herum verblasste. Es gab nur noch sie beide. »Was machst du hier?« Ihr Herz drohte aus ihrer Brust zu springen.

»Ich wollte dich fragen, ob du dich bei mir bewerben willst.«

Sie hatte mit vielem gerechnet, aber nicht mit diesem Satz. Sie wusste nicht, was sie sagen oder tun sollte. Ihre Hände waren eiskalt, ihre Beine schlotterten.

»I-ist das dein Ernst?«, stammelte sie.

Für einen Augenblick schaute er sie nur eindringlich an, bis Erla ihm etwas auf Isländisch zurief, das sehr stark nach »Mach schon, du Idiot« klang.

Er räusperte sich, sie sah ihn schlucken. »Nein, natürlich nicht. Das heißt. Doch, zum Teil.« Er holte Luft. »Alex, es tut mir leid, dass ich nicht zurückgerufen habe, es tut mir leid, dass ich nicht zum Flughafen gekommen bin, und es tut mir unendlich leid, dass ich einfach nicht kapiert habe, dass ich mich schon am ersten Tag in dich verguckt habe, als deine hübschen Augen mich mit Blicken hatten töten wollen. Ich war so in meiner eigenen Welt gefangen, dass ich vor lauter Wald die Bäume nicht gesehen habe.«

»Moment mal«, unterbrach sie ihn. »Hast du eben gesagt, du hast dich in mich verguckt?«

Er nickte und trat einen Schritt auf sie zu. »Ich liebe dich, Alex.«

Ihr wurde schwindelig vor Glück. »D-du liebst mich?«

Und dann nahm er ihre Hand. »Kannst du mir vergeben, dass ich mich wie der letzte Trottel verhalten habe?«

Sie wollte »natürlich« schreien und sich in seine Arme werfen. Aber sie wollte auch diesen Augenblick genießen. Sie wollte alles von Andrés. Sie wollte ihn und vor allem sein Herz.

»Wie willst du es wiedergutmachen?«, fragte sie deshalb. Er hatte sie verletzt, und auch das musste er verstehen. Aber als sie den Ausdruck in seinen Augen sah, lösten sich auch die letzten noch so kleinen Zweifel endgültig in rosafarbenen Rauch auf.

»Oh, da würde mir eine ganze Menge einfallen. Fürs Erste würde ich dir anbieten, dass ich lebenslänglich für dich kochen werde, ich werde immer deine eiskalten Füße wärmen, ich werde immer für dich da sein, wenn du mich brauchst, wenn du es auch willst.«

Er schaute sie erwartungsvoll an, und ihre Augen füllten sich mit Tränen. »Das hier passiert gerade wirklich?«

»Nun küss ihn schon«, rief Erla dazwischen, und Alex bekam gerade noch mit, wie ihr Mann sie zur Seite zog und eine Entschuldigung murmelte, dass er seine Frau wegschaffen würde für den Moment.

Alex musste grinsen. »Deine Schwester«, sie zeigte mit dem Daumen nach ihr, »die ist fast genauso nervig wie du.«

Andrés' volle Lippen verzogen sich zu einem schüchternen Lächeln. »Ist das gut oder schlecht?«

»Es ist wundervoll!« Und dann warf sie sich in seine Arme. »Ich bin so froh, dass du gekommen bist. Was hast du dir nur dabei gedacht, mich so lange in der Luft hängen zu lassen?«

Andrés vergrub sein Gesicht in ihren Haaren. »Es tut mir leid, ich musste mir selbst über einige Dinge klarwerden. Willst du mich denn noch?«

Sie schaute zu ihm auf. »Sag noch mal, dass du mich liebst!«

»Ich liebe dich.«

Dann nickte sie. »Ja, Andrés, ich will dich.« Sie nahm sein Gesicht zwischen ihre Hände. »Ich liebe dich auch.« Und dann küsste sie ihn, als wäre es das erste Mal.

EPILOG

Vier Monate später

Es war eng in Andrés' Haus geworden, nachdem alle Kisten und Möbel vom Umzugsunternehmen ausgeladen worden waren und der LKW jetzt vom Hof rumpelte. Svala hatte sie tatkräftig beim Einräumen unterstützt und sogar einen Willkommenskuchen für sie gebacken. Bislang lief das System Patchwork überraschend reibungsfrei, was auch daran liegen könnte, dass Alex von Anfang an klargestellt hatte, dass sie sich nicht als ›neue Mutter‹ aufführen würde, sondern lieber eine Freundin werden würde. Sie ließen es langsam angehen, und bis jetzt schien es ganz gut zu funktionieren, denn auch Andrés hatte seiner Tochter erklärt und gezeigt, dass sich an ihrem Verhältnis nichts ändern würde, nur weil er eine neue Frau an seiner Seite hatte. Hildur hatte sich noch nicht so ganz mit der Situation abgefunden, aber das versuchten sie so gut wie möglich zu ignorieren.

Alex und Andrés standen inmitten des Chaos und schauten sich an. Wie immer, wenn sie in seiner Nähe war, schlug ihr Herz höher. »Das wäre es jetzt also«, sagte sie.

Er nickte und lächelte. »Nicht ganz – oder soll es so bleiben?«

Alex lachte. »Natürlich nicht. Aber das Gröbste hätten wir hinter uns – also ich zumindest. Es ist ganz schön nervig, einen Hausstand aufzulösen und über dreitausend Kilometer zu transportieren.«

»Ja, das weiß ich. Umso schöner, dass du jetzt hier bist.«

»Ich finde, wir haben ein hübsches Sammelsurium verschiedener Möbelepochen. Was meinst du?« Sie grinste und zeigte auf die alten Stühle, die von Andrés stammten, und auf ihre Designer-Sofagarnitur, die sie sich vor gar nicht allzu langer Zeit zugelegt hatte.

»War das sarkastisch gemeint?«, fragte er und umrundete die Kisten.

Alex hob eine Augenbraue. »Auf keinen Fall. Ich liebe es.«

»Wir können uns auch ein anderes Haus kaufen.«

»Bitte nicht, die Aussicht hier ist so besonders, die möchte ich um keinen Preis aufgeben.«

Er zog sie in seine Arme. »Ich bin froh, dass du das sagst. Aber was hältst du davon, wenn wir die Fenster hier durch größere ersetzen lassen?«

»Das wäre fantastisch.«

»Und dann würde ich gerne die beiden Wohnungen zusammenlegen.«

»Findest du, wir haben nicht genug Platz?«

Er zuckte die Schultern. »Man weiß ja nie …«

Alex' Magen zog sich nervös zusammen. »Ich glaube, es ist noch ein bisschen früh, um über Familienplanung nachzudenken.«

»Meine biologische Uhr tickt«, verkündete er mit einem Augenzwinkern.

Alex prustete los. »Das habe ich noch nie gehört. Nicht aus dem Mund eines Mannes jedenfalls.«

Er gab ihr einen Kuss. »Es war nur ein Scherz, aber was ich ernst meine: Ein bisschen mehr Platz wäre doch nicht übel.«

»Und was ist mit den Saisonarbeitern?«

»Die können wir auch woanders unterbringen.«

»Okay«, erwiderte sie. »Von mir aus. Ich will nur nicht, dass du glaubst, dass ich das brauchen würde.«

Er legte ihr einen Finger an die Lippen. »Das weiß ich, meine Liebe. Aber ich habe lange genug in einem Provisorium gelebt. Ich freue mich darauf, mit dir einen wirklichen Neuanfang zu wagen.«

»Das klingt wundervoll.«

»Dann stimmst du mir zu?« Seine Augen funkelten.

»Lass uns später über die Einzelheiten reden.« Sie stellte sich auf die Zehenspitzen und legte ihre Hände in seinen Nacken.

»Was hast du vor?«, raunte er.

»Du weißt was …«

»So verlockend es auch klingt, ich würde gerne mit dir tauchen gehen, jetzt, wo du alle wichtigen Scheine hast.«

»Ehrlich? Du ziehst Tauchen Sex vor?«

Er grunzte, ehe er antwortete. »Nur in diesem einen Fall. Komm mit, ich will dir was zeigen.«

»Oh, jetzt bin ich aber neugierig!«

»Das solltest du auch sein.«

»Da hat Stina doch recht gehabt«, murmelte Alex.

»Wer ist Stina? Und womit hatte sie recht?«

»Ach, nur eine Astrologin. Ich habe sie im Dezember kennengelernt, sie hat mir die Ferienwohnung vermietet.

Und sie hat ständig was von Neuanfang und abtauchen in neue Welten gefaselt und dass Elfen und Trolle einem Steine in den Weg legen, wenn sie etwas in eine gewisse Richtung lenken wollen. Ich hab ja nicht dran geglaubt, aber … jetzt frage ich mich, ob die Frau nicht doch ziemlich genau weiß, wovon sie spricht.« Alex lachte.

»Natürlich hat sie recht, Alex! Jeder kennt Stina, sie ist sowas wie die National-Astrologin. Sie hat sogar eine eigene Videokolumne in einer unserer Tageszeitungen!«

»Ach, ehrlich? Das wusste ich nicht.«

Er gab ihr einen Kuss. »Du hättest auch gleich sagen können, dass Stina dir prophezeit hat, dass wir zusammen-kommen, das hätte uns eine ganze Menge erspart.« Andrés grinste breit.

»So genau hat sie es nicht ausgedrückt, leider – ich musste ziemlich viel rätseln. Also stimmt es?«

»Was?«

»Island ist magisch!«

Andrés erwiderte zunächst nichts, aber das Funkeln in seinem Blick ließ ihr Herz höherschlagen. »Komm mit, ich zeige dir, wie magisch.«

E ine halbe Stunde später ließen sich Alex und Andrés in ihren Trockenanzügen ins dunkelblaue Wasser des Eyjafjords gleiten. Die Sonne strahlte vom Himmel, einige Möwen kreisten über ihnen. Nicht weit entfernt tauchten zwei Seehunde um die Wette. Er deutete mit dem Finger darauf und stupste Alex an. Er konnte ihr Jauchzen förmlich in seinem Kopf hören. Freude flutete durch seine Adern, als er daran dachte, welche Entdeckung sie gleich machen würden.

Sein Herz raste wie verrückt, je tiefer sie kamen. Andrés

war noch nie so aufgeregt gewesen. Am Grund angekommen wies er sie auf eine verschlossene Kiste hin und blickte in Alex' Gesicht. Er sah die Fragezeichen in ihren Augen. Mit einer Handbewegung gab er ihr zu verstehen, dass sie den Deckel öffnen sollte.

Er beobachtete, wie sie seiner Bitte nachkam und ein Schild herauszog. Obwohl er längst wusste, was darauf stand, las er es noch einmal.

Du bist die Liebe meines Lebens, danke, dass du mit mir in meine Welt abgetaucht bist. Willst du mich heiraten?

Alex riss ihren Kopf herum und schaute ihn an. Er machte eine Handbewegung, dass er auf eine Antwort wartete, als sie ihm um den Hals fiel.

Er deutete das als ein Ja!

Einen Atemzug später löste sie sich von ihm und machte das Handzeichen für Ja, woraufhin Andrés anzeigte, dass sie nach oben tauchen sollten. Er hielt es keine Sekunde länger aus, ohne seine Lippen auf ihre zu pressen.

Obwohl es viel zu bereden gab, war es nicht das, was ihn antrieb. Er wollte ihre Haut auf seiner spüren, ihren Herzschlag an seinem hören. Zum Glück war es ein warmer Tag im Norden Islands, sie würden sich in der Sonne an Deck des kleinen Boots trocknen lassen. Er hatte sogar eine Flasche Champagner an Bord geschmuggelt, und einen Ring … Er war gespannt, ob er Alex gefiel.

Oben angekommen riss sie sich das Mundstück heraus und zog sich an Deck, er folgte ihr. »Du bist ein Verrückter«, kreischte sie glücklich, während sie die Kapuze ihres Anzugs abnahm.

»Ist das gut oder schlecht?«, fragte er mit einem trägen Grinsen.

»Das ist unfassbar«, murmelte sie und warf sich in seine Arme.

»Ich liebe dich, Alex.«

»Ich liebe dich auch.«

An diesem Nachmittag holte sich Andrés den ersten Sonnenbrand seit langer Zeit, … und es war ihm vollkommen egal.